SONIA MOLINARI

NE PAS LAISSER LE TEMPS À LA NUIT

ZOE
Poche

www.editionszoe.ch
Maquette de couverture : Notter + Vigne
Illustration : © Ronnie Chua/Shutterstock.com
ISBN 978-2-88927-989-0

Les Éditions Zoé bénéficient du soutien de
la République et Canton de Genève,
et de l'Office fédéral de la culture.

À mon frère.

À l'amitié.

1. La boutique de Fong

Hong Kong, 4 octobre 2004

Le petit voyant vert s'alluma. Maiko poussa la porte de la chambre. Elle posa sa valise et son sac, se laissa tomber sur le lit et s'endormit aussitôt.

Des rêves confus agitaient son corps lorsqu'un son strident l'extirpa du sommeil. Elle ouvrit les yeux d'un coup. Tout était calme, la chambre baignée d'une lumière diffuse. L'affichage numérique de la radio indiquait 8 h 30. Elle avait dormi plus de douze heures. Elle se leva, prit une douche fraîche, enfila un jean délavé et un t-shirt puis vida le contenu de son sac à main sur le bureau. Dans son passeport français, le nom de Sabine Garnier apparaissait en dessous de la photo. Elle déchira minutieusement chaque page du document et jeta le tas de confettis dans la cuvette des toilettes. Elle emporta quelques dollars, une enveloppe, un étui en cuir, son paquet de cigarettes et un pull dans un sac en toile, déposa sa valise à la réception et régla la note d'hôtel.

Une fois dehors, vacarme et odeurs l'assaillirent. Elle prit une grande inspiration, comme pour goûter la ville, et expira : Hong Kong !

Elle se dirigea directement vers la station de ferry-boat et acheta un billet aller-retour pour Kowloon. Alors que le bateau quittait la rive, accoudée au bastingage, Maiko pensa à sa mère et à son frère, Nao. Ils étaient là, tout près.

Elle se remémora avec nostalgie cette période où elle leur rendait visite lors de chaque escale au pays.

Des bribes de sa dernière conversation avec sa mère remontèrent à la surface :

— Qu'est ce qui s'est passé, Maman ?

— Je ne sais pas.

— J'aimerais remonter le temps, parler avec lui, mieux le connaître.

— Patience, Maiko, la douleur finira par s'estomper.

Maiko se sentit coupable de n'être qu'à quelques rues de son appartement et de ne pas lui rendre visite. Plus difficile encore : résister à la tentation de passer chez Nao pour lui raconter ce qu'elle avait découvert et l'avertir du danger. Trop risqué. Elle ne pouvait plus l'impliquer.

Le billet Oslo-Hong Kong avait bien entamé ses économies. Les cinq heures d'escale à

Helsinki lui avaient laissé le temps de se connecter à internet et d'établir un plan d'action. À partir de maintenant, elle ne pouvait plus compter que sur elle-même.

À peine le ferry avait-il accosté qu'elle se rua sur le quai et sauta dans un bus pour Mong Kok. Elle en sortit à Sai Yeung Choi Street South et disparut dans la ruelle où se trouvait le magasin de Fong.

Fong était disquaire. Au début de son adolescence, Maiko avait passé une bonne partie de son temps dans cette boutique. Passionnée de rock, elle y avait découvert les dernières sorties et dégoté des raretés. C'était son shopping à elle. Plus tard, elle avait compris que la musique n'était pas la seule spécialité de Fong et c'était bien ce qui la conduisait aujourd'hui jusqu'à ce quartier louche.

Arrivée devant la porte, elle prit quelques secondes pour revenir à l'instant présent et entra. Les affiches de concerts et de sorties d'albums qui recouvraient la vitrine plongeaient la boutique dans la pénombre. Du haut des cinq marches, elle balaya du regard l'intérieur de la pièce. Fong était bel et bien là, assis derrière son ordinateur entre deux imposantes armoires en bois massif. À force de rester terré dans son trou, sa peau était devenue grise.

Des souvenirs acides de l'époque où elle fréquentait ce lieu assaillirent Maiko tandis qu'elle descendait l'escalier. Il était encore temps de faire demi-tour. L'angoisse et le dégoût se disputaient le premier rang dans sa tête. Elle se concentra sur le moyen de vite remonter vers la lumière et se dirigea d'un pas décidé vers le comptoir.

— Bonjour Fong.

— Maiko ? !

— Je viens chercher ma commande, j'ai reçu ton message.

La mâchoire de Fong se décrocha. Cela faisait au moins cinq ans qu'il ne l'avait pas revue. Il écarquilla deux yeux incrédules avant de se ressaisir pour entamer une rapide réflexion sur la manière dont il allait s'en tirer en y laissant le moins de plumes possible. Maiko, bien vivante, venait de prononcer la phrase qui, cinq ans auparavant, servait de mot de passe pour certains clients. Il eut une hésitation mais il y avait dans le regard de la jeune femme un mélange inquiétant de détermination et d'effroi qui le dissuada vite de jouer à celui qui ne comprenait pas.

— Euh… il faut que je regarde dans le stock ?

— Oui ! Et laisse-moi t'accompagner, j'en profiterai pour jeter un œil aux nouveautés.

Fong, qui manifestement n'avait pas d'autre choix que d'accéder à la demande de Maiko, s'assura qu'il n'y avait personne d'autre dans son magasin et plaça contre la porte le petit panneau jauni « de retour dans 5 minutes ».

Puis, précédé de la jeune femme, il disparut dans l'arrière-boutique.

— T'es en vie ?! T'es complètement folle de venir ici, y a plein de types qui sont venus me questionner à ton sujet ! Qu'est-ce que tu veux, Maiko ?

— Pose pas trop de questions. T'inquiète pas, je ne me suis pas fait repérer. J'ai besoin de huit identités, d'un truc assez fort pour mettre K.-O. à la première respiration. De GHB, de Rohypnol ou de kétamine. Bref, un cocktail capable de provoquer une amnésie de plusieurs jours.

— Putain, tu disparais complètement de la circulation et tu te pointes là, sans avertir, avec ta liste de courses ! Ça a changé tu sais, j'ai plus rien, moi !

En même temps qu'il prononçait ces mots, son regard fuyant s'accrocha sur une pile de vieilles cassettes vidéo.

— Te moque pas de moi, Fong, je ne suis plus une gamine. Et arrête d'essayer de gagner du temps.

Tout en gardant Fong dans sa ligne de mire, elle poussa du pied la pile de cassettes, laissant apparaître une planche qui recouvrait le sol.

— Voilà, c'était pas si difficile ! Active, s'il te plaît !

Fong, résigné, fit glisser la planche sur le côté, souleva trois lames du plancher et hissa une boîte remplie de fioles hors du trou. Il se tourna ensuite vers l'étagère et sortit d'un carton des récipients vides, des seringues et des sachets en plastique.

— Pas de seringues !

— Tu veux quoi alors ?

— Bon, une seringue, on ne sait jamais, et pour le reste des flacons et un tissu imbibé. Je ne veux pas que ça laisse de traces.

Fong prépara un sachet, ouvrit une fiole et versa doucement le liquide sur un petit bout de tissu. Il referma la fiole et marqua un temps d'arrêt. Maiko s'aperçut que sa main tremblait.

— Oublie ça ! Tu ne crois tout de même pas que j'ai pris le risque de venir seule ?

— Tu bluffes...

— Tu prends le risque ?

— T'as de quoi payer au moins ?

— Faut-il vraiment qu'on en discute ? T'as pas le choix, Fong, et tu le sais. Alors arrête de pleurnicher et donne-moi ce que je te demande !

Maiko regarda sa montre. Elle sortit de son sac l'étui en cuir brun qu'elle jeta sur la table devant Fong.

— Si je n'apparais pas dans la ruelle d'ici trente minutes, t'es grillé. Alors dépêche-toi, mets tout ça dans l'étui.

Fong y rangea soigneusement les fioles et le sachet en plastique.

— Quel genre, les identités ?

— Femelles ! Tu dois en avoir encore une bonne dose en stock, non ?

— T'as des photos ?

Maiko lui remit l'enveloppe contenant huit photos passeport.

— C'est toi chaque fois ? Waouh, méconnaissable !

— Mêle-toi de tes affaires !

Fong colla les photos, finalisa les documents et les remit à Maiko avec l'étui. Elle jeta un bref coup d'œil aux noms sur les cartes d'identité et les passeports. Il y avait plusieurs provenances, c'était parfait. Elle embarqua le tout dans son sac.

— Évidemment, tu ne m'as pas vue ! Si je devais avoir le moindre écho de tes bavardages, tu pourras dire adieu à ton petit business. Et au cas où l'envie d'éliminer le problème te viendrait, oublie-la tout de suite, j'ai une assurance-vie très efficace, crois-moi. À une autre fois. Je sors par derrière.

Fong revint seul de l'arrière-boutique, le visage encore plus blême qu'avant d'y être entré.

Dans une ruelle adjacente au magasin, une vieille porte en métal rouillé se referma en grinçant. Une silhouette s'éloignait, se découpant dans la lumière.

Maiko s'employa à tuer les quelques heures qui lui restaient en flânant dans le quartier. Elle se laissa porter au gré des foules à travers les rues bondées. Perruches, chiens errants, chats et rats cohabitaient avec des humains de toutes sortes: vieillards, femmes, enfants, touristes amateurs d'authenticité, hommes d'affaires autochtones ou expatriés. Pour ces derniers, marcher, téléphoner, manger et lire le journal en même temps semblait tout à fait ordinaire.

L'atmosphère était lourde, l'air se plaquait contre ses joues. L'odeur des gaz d'échappement se mêlait à celles du poulet rôti, des crevettes à l'ail et de la friture. Les grondements des moteurs, la musique des bars, les vociférations des vendeurs, les piaillements, aboiements et autres bruits d'animaux du marché envahissaient l'espace. Au milieu de cette frénésie, le scintillement de l'eau de la baie attira son attention. Elle se détacha de la foule et s'assit à une table en bois sur la terrasse d'un bar. Au-dessus de l'eau, le soleil formait un halo. Maiko sentit sa chaleur écrasante à travers le smog qui empêchait le ciel d'être bleu.

Elle commanda une eau fraîche qu'elle but lentement en contemplant la lumière avec l'impression que tout aurait pu devenir simple. Une sensation qui se dissipa lorsqu'elle remarqua que le soleil entamait sa descente. La partie reprenait son cours.

Elle rejoignit en bus les quais des ferries. Sur la rive de Hong Kong Island, elle héla un taxi.

— À l'hôtel *Four Seasons*, s'il vous plaît. Et ensuite, à l'aéroport.

Une fois sa valise récupérée, elle se réinstalla sur la banquette arrière et la voiture démarra. Maiko chercha l'horizon à travers la vitre. Au-delà des buildings, ses yeux esquivaient chaque bâtiment, chaque obstacle, en quête de la lumière diffuse de l'après-midi. Ce ne fut qu'une fois dans le tunnel qu'elle se concentra sur la suite des événements.

Son regard traversa l'habitacle de la voiture et croisa celui du chauffeur, pas intrusif ou déplacé, plutôt intrigué. Elle ne baissa pas tout de suite les yeux mais demeura muette. Elle n'avait pas envie de parler.

Le chauffeur se focalisa de nouveau sur la route.

Quand Maiko arriva à l'aéroport, alors qu'elle payait sa course, une fossette se creusa sur chacune de ses joues, trahissant la tension grandissante. Elle remercia le chauffeur et claqua la portière.

Dans le hall des départs, les plaquettes des tableaux d'affichage venaient de tourner. D'un coup d'œil, elle vérifia que son vol n'était pas retardé puis elle se dirigea vers les toilettes les plus proches et s'enferma dans la cabine réservée aux handicapés. Il y avait juste assez de place pour ouvrir sa valise, échanger sa tenue de touriste contre son uniforme d'hôtesse de l'air et réorganiser tout son équipement.

Ensuite, elle sortit de la cabine et installa sa trousse de maquillage, sa brosse à cheveux et le reste de son attirail sur un coin de lavabo. Alors qu'elle vérifiait le résultat dans le miroir, son reflet la jugea. Elle défia son propre regard, espérant embrouiller sa conscience. Puis elle sortit des toilettes et se dirigea d'un pas déterminé vers la zone réservée au personnel aérien.

Les membres de l'équipage du vol SAA286 de la South African Airways devaient bientôt passer la porte. Ce fut le chef de cabine qui arriva le premier, suivi d'assez près par deux hôtesses, une blonde et une brune. Elles déambulaient un peu nonchalamment, perchées sur leurs talons. L'uniforme leur donnait un air inaccessible, réhaussé par la perfection de leurs coiffures. La brune avait attaché ses longs cheveux lisses en queue de cheval à l'aide d'un ruban de velours noir. La blonde portait un chignon. Sur elle, l'uniforme se convertissait en tailleur sur mesure.

Dommage qu'elles se déplacent en groupe, la brune aurait fait l'affaire. Quoique, peut-être un peu grande.

Enfin, une autre brune, seule cette fois-ci, entra et se dirigea tout droit vers les toilettes. Maiko jugea qu'elle était de taille et de corpulence similaires à la sienne. Elle vérifia l'heure. Le briefing avait lieu dans vingt-cinq minutes, ce qui lui laissait juste le temps de mettre à exécution la première phase de son plan.

L'hôtesse venait d'entrer dans les W.-C. Maiko plaça devant la porte un panneau de maintenance abandonné sur le côté et entra à son tour. Une fois à l'intérieur, elle contrôla qu'il n'y avait personne d'autre dans le local. Son pouls résonnait dans ses tympans, sa gorge se serra. Postée devant la cabine occupée par la brune, elle tenta de maintenir un rythme de respiration normal. Lorsque le loquet tourna, son cœur sortit quasiment de sa poitrine. La femme eut à peine le temps d'entrouvrir la porte que Maiko la saisit à la gorge, la repoussa à l'intérieur et referma. La pression exercée sur sa trachée ne provoquait aucune douleur, l'hôtesse pouvait respirer mais il lui était impossible d'émettre le moindre son.

— N'aie pas peur surtout ! Je ne vais pas te faire de mal. Pardonne-moi, je n'ai pas le choix, chuchota Maiko pour la rassurer.

Ce qui n'eut évidemment pas l'effet escompté. La femme semblait terrorisée. Maiko sortit de sa poche l'une des fioles.

— Bois, dit-elle doucement.

L'hôtesse fit mine de boire mais soudain elle recracha le liquide. Maiko s'essuya le visage et vérifia qu'il restait de la drogue dans le flacon. Juste assez.

— Je n'ai pas envie de te faire mal, alors bois !

Cette fois, elle avala. Maiko n'avait pas le temps d'attendre que la substance fasse effet. Tout en maintenant fermement la gorge de la femme d'une main, elle prit le petit sachet en plastique hermétiquement fermé et le déchira avec ses dents. Elle saisit rapidement le morceau de tissu imbibé et le plaça sous le nez de sa victime. La pauvre s'écroula instantanément.

Maiko lui retira son uniforme et lui passa une robe ample, trouvée dans sa valise. L'adrénaline aidant, elle réunit ses forces pour soulever la femme. Elle l'installa sur la cuvette des toilettes et appuya doucement sa tête contre le mur en intercalant une serviette pour que ce soit plus confortable. Elle ramassa l'uniforme qu'elle venait de lui retirer, ouvrit la cabine et, s'assurant que personne n'était entré entre-temps, plaça ses bagages ainsi que l'uniforme dans la cabine d'à côté. Ensuite elle retourna auprès de la femme, s'enferma de l'intérieur, effaça ses empreintes sur la poignée et le loquet, vérifia qu'il n'y avait plus aucun document permettant de l'identifier dans sa valise ou sur elle et escalada la paroi. Une fois en haut, elle jeta un dernier regard à l'hôtesse, qui semblait paisible à présent.

Le grésillement des haut-parleurs fit sursauter Maiko :

« Amanda Pelerino est attendue en salle de briefing 46… Amanda Pelerino… »

Elle sauta dans la cabine qui contenait ses affaires pour en ressortir quelques minutes plus tard, vêtue de son nouvel uniforme avec, à la main, une perruque et une paire de lunettes. La carte d'accès d'Amanda posée sur le rebord du lavabo, elle arrangea sa coiffure de façon à lui ressembler le plus possible. Jetant un dernier coup d'œil au miroir, elle accrocha la carte d'accès à l'envers au revers de son blazer.

Elle courut en direction des salles de briefing. Arrivée devant la porte n° 46, elle frappa et entra.

— Bonjour, je suis Eva Macielo, c'est la réserve qui m'envoie, dit Maiko.

— Où est passée Amanda? demanda le chef de cabine qu'elle avait aperçu un peu plus tôt.

— Ils ne m'ont pas donné de détails, je crois qu'elle a eu un malaise et qu'elle est à l'infirmerie.

— Entendu, alors prends place, Eva. Je suis Tom, bienvenue à toi.

Voyant son visage se détendre, Maiko fut soulagée. Le plus dur était derrière elle. Ce sentiment s'envola d'un coup lorsqu'il poursuivit:

— Tu as eu le temps de regarder la *Crew* list? Amanda était inscrite comme responsable *galley* en classe éco. Ça va pour toi de travailler en cuisine?

— C'est que je suis nouvelle et… si c'était possible d'échanger avec un poste de service en cabine, je serais plus efficace.

Un sourire condescendant se dessina sur les lèvres d'un steward qui visiblement n'était pas d'humeur à échanger sa place. Un long silence rendit l'atmosphère déjà très humide encore plus pesante. L'odeur du kérosène devint insistante et Maiko fut prise de vertiges.

— Pour moi c'est d'accord.

— Merci Jade, dit Tom. Donc, en *galley* 3 nous avons Jade avec Myriam et Eva en cabine.

Jade était l'hôtesse blonde qui avait franchi la porte en même temps que Tom. Elle venait d'insuffler une bouffée d'oxygène dans la salle. D'une voix douce, elle ajouta à l'oreille de Maiko :

— Ça m'arrange, je suis crevée, je préfère me cacher en *galley*.

Maiko lui adressa un regard tellement reconnaissant qu'il en était presque suspect. Jade n'y vit que de la candeur.

— On fera une super équipe ! dit Myriam.

À la fin du briefing, Maiko se rendit compte qu'elle n'avait pas lâché la pose, arborant toujours son même sourire. Le moindre mot sortant de sa bouche pouvait trahir son émoi. Finalement, elle murmura un « merci » chevrotant puis, reprenant ses esprits, elle répéta plus fort :

— Vraiment merci, Jade.

— Avec plaisir !

L'équipage se déplaçait en meute à travers les couloirs du terminal. Maiko pensa à Amanda. Pourvu que l'effet amnésique ne se dissipe pas avant quelques jours... Soudain Jade demanda :

— Café ?

— Oui, répondit-elle en forçant un sourire.

Le groupe se dispersa et les deux femmes se retrouvèrent autour d'une table haute. Jade lui tendit une tasse.

— Dis-moi, t'as commencé quand ?

— Ça va faire un mois. Mais toi, raconte-moi, c'est comment cette vie ?

Jade parla de son métier qu'elle aimait avec ses avantages et malgré ses inconvénients. Lorsque ses grands yeux bleus devinrent rêveurs, Maiko l'observa à la dérobée, pour mieux lire entre les lignes de son récit et tenter de décrypter à qui elle avait affaire.

Au moment d'embarquer, Maiko prétexta avoir oublié quelque chose à la cafétéria. Elle ne pouvait pas risquer qu'un membre de l'équipage reconnaisse la carte d'accès d'Amanda. Il fallait passer le contrôle d'identité seule.

Lorsqu'ils furent tous à leurs postes à bord du MD-11, Maiko se détendit et prit ses marques. Elle avait souvent travaillé sur ce type d'avion et en quelques minutes les gestes lui revinrent naturellement. Dans la cuisine, cela aurait été plus compliqué car les procédures diffèrent beaucoup d'une compagnie à une autre. En cabine, c'était bien. Il lui suffirait d'imiter ses collègues, et pour les demandes spéciales, Jade serait là.

L'avion quitta le sol et Maiko eut pour Amanda une dernière pensée qui lui serra le cœur.

Dès que les voyants des ceintures s'éteignirent, le personnel de bord se mit au travail. Jade plaçait les barquettes de nourriture dans les fours pendant que Maiko et Myriam passaient avec le chariot des boissons entre les rangées de passagers.

Quand le service fut terminé, la cabine débarrassée des plateaux repas et les dernières commandes de boissons satisfaites, Myriam se prépara pour son tour de repos. Elle disparut dans la cabine à lits. Dans la *galley* du fond, Jade et Maiko étaient seules. Les passagers, repus, faisaient de moins en moins de bruit. Les enfants s'endormaient et les adultes encore éveillés se plongeaient dans leurs lectures ou leurs films. Certains sirotaient un whisky, d'autres finissaient leur bouteille de vin rouge. Maiko les observait depuis le fond du couloir. Les lumières étaient tamisées et il ne restait plus que quelques ampoules allumées au-dessus des passagers. Puis vint le moment où le pilote éteignit complètement les plafonniers de la cabine. Les pupilles de Maiko se dilatèrent. L'air lui manqua. Alors qu'elle se retournait vers la *galley* pour y trouver Jade, une onde vertigineuse la traversa des pieds à la tête. Elle était seule. Jade était probablement partie vers la *business class galley* pour discuter avec les autres. Maiko ne pouvait pas rester au fond de cet avion. C'était viscéral. Elle décida de les rejoindre mais lorsqu'elle fit de nouveau face au couloir, il lui parut encore plus sombre ; un tunnel hanté par les corps inertes des passagers endormis. Les rêves de tous ces gens flottaient au-dessus des sièges. Ils s'entremêlaient, formant de grosses mailles. Elle craignait de les sentir en passant au travers, comme des toiles d'araignées s'accrochant à ses cheveux et son visage.

Soudain, la voix de Jade fit irruption dans son délire :

— Eva, tout va bien ?

Maiko se retourna brusquement. L'air hagard, elle scruta le visage de Jade, surprise de n'y trouver aucune toile d'araignée.

— T'as vu un fantôme ?

En guise de réponse, elle sourit un peu bêtement et prétexta une migraine. Jade lui proposa une tisane et un cachet contre le mal de tête.

— Volontiers, dit Maiko pour rester crédible.

— Bouge pas, j'arrive tout de suite.

— Non ! Ne pars pas !

Pour la première fois depuis leur rencontre dans la salle de briefing, Jade était face à la vraie Maiko. Elle lui tendit la tisane, s'assit à côté d'elle, attendit qu'elle boive quelques gorgées puis, d'une voix calme, s'adressa à elle :

— Moi aussi j'ai mes démons... t'inquiète pas, ils finissent toujours par repartir.

À ces mots, Maiko sut qu'elle ne pourrait plus faire semblant avec Jade. Son apparence de poupée bien sage n'était qu'un mirage.

Les deux femmes échangèrent un regard empli de pudeur, puis Jade rompit le silence en parlant du dernier article qu'elle avait lu dans *HELLO Magazine* sur les « destinations de rêve ». Maiko enchaîna en la questionnant sur les pays qu'elle avait visités. Jade lui raconta ses aventures d'hôtesse.

Quatre heures s'écoulèrent ainsi jusqu'à ce que Myriam, le visage tout froissé, les interrompe :

— Vous ne m'avez pas réveillée ? Vous avez laissé passer votre tour de repos !

Dehors, la lueur du jour pointait. Les passagers s'éveillèrent petit à petit. Les dernières heures de vol étaient souvent les plus pénibles. Tout le monde se sentait à l'étroit, les enfants s'impatientaient. Pour Maiko, c'était l'inverse : la vie revenait. Les traits de son visage se détendirent.

Six heures du matin. Les voyants lumineux indiquèrent aux passagers d'attacher leurs ceintures. L'avion entamait sa descente sur Johannesburg.

Quand les passagers eurent quitté l'appareil, Jade et Maiko se rendirent au terminal avec le reste de l'équipage. Sur le chemin, le chef de cabine demanda :

— Alors Eva, comment s'est passé ce vol ?

— Elle a assuré ! répondit Jade.

En attendant leurs valises, ils échangèrent encore quelques mots et au moment de se dire au revoir, une fois qu'elle eut salué tout le monde, Jade prit Maiko dans ses bras.

— Ça a été un plaisir de travailler avec toi, Eva. J'espère que nous aurons l'occasion de nous revoir sur un autre vol.

— Moi aussi j'espère que nos chemins se croiseront bientôt, répondit Maiko.

La fraîcheur et l'insouciance avaient déserté les grands yeux bleus de Jade. Ses démons ; à quoi ressemblaient-ils ?

L'horloge du hall principal indiquait 8 h. Dans la lumière rasante du matin, Maiko suivit du regard la silhouette de Jade qui se dirigeait vers la sortie. Elle sentit un vide se créer autour d'elle, hésitant à chaque seconde entre suivre son plan initial ou courir après la seule personne capable de la comprendre. Elle demeura immobile, la regardant s'éloigner comme un pétale de fleur posé sur une rivière, emporté par le courant. Jade avait disparu.

2. Jess

Au même moment, à Hong Kong

Jess gara son taxi devant l'entrée d'un immeuble décrépit. La benne à ordures à côté du parking débordait. L'odeur nauséabonde de poisson en décomposition avait attiré les chats errants de tout le quartier. Ils feulèrent quand il approcha du dépotoir pour se débarrasser des cartons, gobelets et autres emballages de fast food laissés par ses clients à l'arrière de la voiture. La nuit avait été longue. Depuis qu'il avait déposé la jeune femme à l'aéroport, la veille, une sensation de déjà-vu le hantait. Il était persuadé de ne jamais l'avoir transportée ; pourtant, à l'instant où elle s'était installée dans son taxi, l'espace s'était empli d'une présence agréable.

D'habitude, il se contrefichait des passagers qu'il trimbalait. Il était agacé par ces touristes qui essayaient de lui faire la conversation pour se donner bonne conscience en camouflant leur complexe de supériorité. Mais cette femme… Qui était-elle ? En entrant dans la voiture, elle ressemblait à un oiseau blessé, puis l'instant d'après, quand leurs regards s'étaient croisés, il avait vu la détermination dans ses yeux. Elle n'était pas une touriste, ni une femme d'affaires, ni une épouse, ni une étudiante.

Il se mit à chercher du côté des rencontres qu'il avait faites quand il était encore flic. Cette vie lui semblait si lointaine. Un mélange de nostalgie et d'amertume l'envahit.

Cette voix… les deux courtes phrases qu'elle avait prononcées résonnaient dans sa tête et sur sa rétine était imprimé le regard de la jeune femme.

Elle était descendue de son taxi, le claquement de la portière avait retenti, puis plus rien ; juste le silence faisant écho au vide qu'il ressentait à l'intérieur depuis cinq ans. Cinq longues années à faire semblant que c'était bien comme cela, que toutes ces affaires de flics ne le concernaient plus. Mais il ne se passait pas un jour sans qu'il ne balaye un irrépressible besoin de comprendre ce qui s'était passé l'après-midi où sa vie avait basculé.

Tout en ruminant, il rejoignit le quatrième étage par la cage d'escalier. Une fois chez lui, il s'affala sur son lit et resta ainsi, à attendre le sommeil, les yeux rivés sur les pales du ventilateur à moitié décroché du plafond. *Un de ces quatre, il va me tomber sur la gueule.*

Le regard de la jeune femme agissait comme un électrochoc chaque fois que ses paupières se fermaient. Où avait-il bien pu la croiser? Subitement, le décor devint net.

D'un bond il se leva, passa sa tête sous l'eau froide, ramassa ses clés et fonça au commissariat de Mong Kok district. Il se gara en face de l'entrée, un peu en retrait, éteignit le moteur, inclina le dossier de son siège et attendit. Deux heures passèrent avant que Shen-Wu, son ancien coéquipier, n'apparaisse. Jess se redressa et ouvrit la portière côté passager. Incrédule, Shen-Wu le regarda un instant avant de le rejoindre. Une main appuyée sur le toit du taxi, il passa la tête dans l'habitacle.

— Wow… incroyable! Qu'est-ce que tu fous là, Jess?

— Monte, répondit-il en allumant le moteur.

Après s'être assuré que personne ne l'avait vu, Shen-Wu s'installa sur le siège passager. À peine avait-il posé ses fesses que Jess démarra. La portière se referma sous l'effet de l'accélération.

— On va où?

— Peu importe, faut qu'on parle.

— Ça fait bizarre de revoir ta tronche après toutes ces années!

— Ouais, à moi aussi ça me fait tout drôle de traîner par là. Y a urgence, Shen-Wu, il m'est arrivé un truc hier. Je t'en dirai plus, mais d'abord, parle-moi un peu des dossiers en cours. Vos échanges avec Interpol ? Ça en est où ?

— Merde, Jess ! Ça va faire cinq ans qu'on s'est pas vus et tu te pointes là, sans prévenir, avec tes questions sur Interpol ! J'sais même pas c'que t'es devenu, pour qui tu bosses, ni dans quoi tu t'es fourré. T'étais mon meilleur pote, j'avais confiance en toi et d'un seul coup t'as disparu de ma vie. J'peux pas te balancer des infos comme ça ! On a été écartés de l'enquête, j'suis plus du tout au courant.

Jess lui tendit sa carte de visite.

— Je suis chauffeur de taxi, je bosse pour personne à part moi, et je ne me suis fourré dans rien. À part ça, ma vie est ennuyeuse à crever et je regrette sincèrement de ne pas t'avoir donné de nouvelles jusqu'à aujourd'hui. Maintenant, j'ai juste besoin de savoir si je peux compter sur toi pour me dégoter des infos sur l'enquête du squat de Kowloon.

— Depuis le temps, tu devrais être passé à autre chose. Oublie tout ça, Jess, ça vaut mieux, ça pue.

— Tu fais chier, Shen-Wu ! Tu crois que c'est facile pour moi ? Ça fait cinq ans que je fais le chauffeur et que j'essaie d'oublier. T'y arrives, toi ? Dis-moi que le soir dans ton pieu les images des corps de ces pauvres gamines ne viennent pas te hanter. Dis-moi que t'as jamais eu envie de buter ce gros porc de Chung et les autres salopards qu'on a chopés ce jour-là ! Ose me dire que t'as jamais soupçonné Tsai d'être pourri jusqu'au trognon ! J'ai besoin de savoir de quel côté tu es, Shen-Wu ! Dis-moi que t'en as rien à foutre de tout ça et on n'en parle plus. Je ferme ma gueule et je te ramène chez toi.

Shen-Wu sortit un paquet de cigarettes de sa poche et en alluma une.

— C'est non-fumeur, dit Jess en pointant de l'index l'autocollant sur le tableau de bord.

— Arrête la caisse, j'ai la gerbe.

Il stoppa la voiture juste à côté de la station de ferries. Ils descendirent du véhicule et Jess alla chercher deux cafés en attendant que Shen-Wu se reprenne.

Assis côte à côte sur un banc, le regard noyé dans l'eau trouble de la baie, ils reprirent leur conversation :

— Du tien…

— Quoi ?

— Du tien, j'suis de ton côté, Jess.

Jess avala son café d'un trait puis fixa son ex-coéquipier en esquissant un sourire.

— M'agace pas, Jess, je vois bien ton petit air satisfait. J'ai deux gosses à nourrir, alors va falloir rester discrets. Tu sais, moi aussi j'aurais bien voulu faire mon rebelle et me barrer de ce guêpier, mais… j'ai pas eu le choix, j'ai dû improviser avec ce qu'il y avait.

— Je sais. C'était peut-être pas une si bonne idée de venir te voir.

— Bon, accouche !

— Elle est en vie.

— Qui ?

— La gamine qu'on a perdue entre le squat de Kowloon et l'hôpital, la fille du biologiste !

— La fille Saez ?!

— Oui ! Je l'ai vue, elle est vivante.

— Où ?

— Je l'ai transportée depuis le *Four Seasons* jusqu'à l'aéroport, dans mon taxi.

— Comment tu peux être sûr qu'il s'agit bien d'elle ? Après tout ce temps ! C'était qu'une gosse junkie.

— J'en suis sûr, Shen-Wu, c'était elle.

— À l'aéroport…

— Oui.

— Elle t'a dit quelque chose ? Tu crois qu'elle t'a reconnu ?

— Non, j'ai pas l'impression.

— T'as autre chose ? Une piste, une idée d'où elle allait ? Tu l'as suivie ?

— Non, je l'ai pas tout de suite reconnue. Elle avait une valise et des sacs, je ne pense pas qu'elle venait accueillir quelqu'un. À mon avis elle partait, loin.

— Tu veux qu'on fasse quoi avec ça ?

— Que tu me files les copies de tous les dossiers sur l'affaire. Les noms des responsables d'enquête, des contacts chez Interpol.

— Tu sais, après ton départ, les disparitions ont cessé pendant quelque temps. Mais ces deux dernières années, on a enregistré treize nouveaux cas. Et je pense qu'il y en a plus, mais les autres ne sont pas déclarés.

— Tu crois que c'est le même réseau ?

— Ça me surprendrait pas.

— Il me faut aussi la liste de tous les passagers qui ont embarqué hier entre dix-huit et vingt-trois heures.

— Je ne te garantis rien pour les dossiers, je vais voir ce que je peux faire. Bon, là il faut que je rentre chez moi, Jiao va s'inquiéter. Je lui ai promis d'être de retour avant qu'elle parte bosser. On se prendra une bière la prochaine fois.

Sur le chemin de l'appartement de Shen-Wu, les deux hommes restèrent silencieux. Arrivé devant chez lui, avant de refermer la portière, Shen-Wu se pencha vers Jess :

— Dès que j'ai du nouveau, je t'appelle.

Dans le smog de la fin de journée, devant le poste de police de Mong Kok, trois flics fatigués par les dernières quarante-huit heures échangeaient quelques mots. Shen-Wu n'écoutait pas vraiment, il guettait l'arrivée de Jess. Dès qu'il vit son taxi, il traversa la rue en courant.

— T'es pressé ? Tu vas où comme ça ? lança l'un des agents.

— J'ai des trucs à faire, à demain les gars.

Jess maintint la tête dans la direction opposée pour que ses anciens collègues ne puissent pas le reconnaître.

— J'ai pas les dossiers, Jess, c'était l'émeute ces deux jours, impossible de faire ça discrètement. Mais j'ai la liste des passagers.

— C'est déjà ça. Tu l'as trouvée ?

— Non, aucune Maiko Saez n'a embarqué ce jour-là. Mais j'ai autre chose. Le soir-même, un type de la maintenance a découvert une Miss inconsciente dans les chiottes de l'aéroport. Elle est à l'hôpital, on l'a interrogée plusieurs fois mais elle prétend n'avoir aucun souvenir de ce qui lui est arrivé. Elle ne se rappelle même plus son nom. Les analyses ont montré des traces de drogues dans son organisme. À mon avis, c'est une victime, elle n'a pas le profil de la junkie. Ce qui est étrange, c'est qu'à part le fait qu'elle ait été droguée, y a aucun signe de maltraitance. Les médecins pensent qu'elle va bientôt recouvrer ses esprits.

— C'est lié, j'en suis certain. Ce serait bien que la mémoire lui revienne vite, à ta Miss. Elle est à quel hôpital ?

— N'y pense même pas !

Vingt minutes plus tard, Jess garait son taxi devant l'entrée des admissions.

Shen-Wu accrocha la carte en plastique « Visiteur » au revers de sa veste.

— Chambre 324, vous m'avez dit ?

— Oui monsieur, huitième étage.

— Merci madame, bonne journée.

Dans l'ascenseur, il fit craquer sa nuque, s'étira, gonfla ses joues et expulsa une grande bouffée d'air dans l'espoir d'effacer les signes de nervosité. Les portes s'ouvrirent. Face à lui, accrochée au mur, une pancarte en plastique indiquait la direction des chambres 306 à 330. Il avança. À travers les couloirs, des geignements de douleur se mêlaient aux cliquetis métalliques des chariots. Les odeurs de désinfectant et de vomi lui soulevèrent le cœur. Quand il aperçut les deux types postés devant la porte de la chambre 324, il prit un air faussement désinvolte. Il les salua en montrant furtivement sa plaque et entra. La jeune femme se réveilla en sursaut.

— Qui êtes-vous ?

— Tout va bien, je suis de la police, dit Shen-Wu en ressortant sa plaque. Comment vous sentez-vous ?

— Mieux, merci. Ça m'est revenu tout à l'heure, mon nom est Amanda Pelerino. Je suis hôtesse de l'air. Je travaille pour la compagnie South African Airways. Quel jour sommes-nous ?

— Vendredi.

— Je devais travailler sur le vol 286 de mardi, je m'en souviens maintenant ! Il faut que j'appelle… où est mon téléphone, où sont mes affaires ?

— Du calme, mademoiselle. Pour quelle destination partiez-vous ?

— Johannesburg… oh mon Dieu… ils doivent me chercher !

— Qui vous cherche ?

— Les autres, les membres de l'équipage !

— Amanda, vous avez été agressée, vous en souvenez-vous ?

— Qui ? Qui m'a agressée ? Pourquoi ?

— De quoi vous souvenez-vous exactement ?

— … je ne sais pas, c'est tout embrouillé dans ma mémoire. Je me rappelle être partie de chez moi. Ma valise était trop lourde. Le chauffeur m'a aidé à la décharger… puis plus rien. Je me suis réveillée ici. Où sommes-nous ?

— À Hong Kong. Où habitez-vous ?

— Ici. Ma famille pense que je suis partie pour Johannesburg, ils ne m'attendent pas avant samedi soir. Quel jour sommes-nous ?

— Nous sommes vendredi.

— Où sommes-nous ?

— Reposez-vous Amanda, vous êtes encore sous le choc. Mon collègue passera vous voir bientôt.

Shen-Wu déposa la carte visiteur à la réception avant de rejoindre Jess.

— T'avais raison, mon pote ! C'est lié, tout ça. La Miss s'appelle Amanda Pelerino, elle est hôtesse de l'air et j'ai le numéro du vol sur lequel elle était censée bosser.

Jess lui rendit le listing des passagers.

— Ça nous sert plus à rien. Maintenant, il faut trouver le reste de l'équipage pour savoir qui a remplacé Amanda.

— O.K., mais ce sera demain. Jiao et les gosses m'attendent.

— Je te ramène chez toi ?

Jess le déposa devant sa porte.

— J'peux pas t'inviter à entrer, Jess, désolé.

— T'inquiète pas, je comprends. Comment va-t-elle ?

— Bien, elle bosse toujours autant mais elle va bien.

— Et les enfants ?

— Bien aussi, merci. J'te fais signe demain, dès que j'peux.

Il était presque minuit. Debout sur une échelle bancale, Jess, un tournevis à la main, serra le dernier boulon. Il descendit, rangea l'échelle et se laissa tomber, bras en étoile, sur son lit. Les yeux rivés sur les pales du ventilateur bien accroché au plafond, il sombra dans un profond sommeil.

3. Selma

5 ans plus tôt, Bruxelles, 5 mars 2000

L'image était floue. Maiko distingua une silhouette, debout à quelques pas d'elle. Les draps du lit étaient rêches. L'air sec sentait le désinfectant. Des plaintes lointaines parvenaient à ses oreilles. Elle voulut se relever, mais la douleur était trop violente. Sa tête allait exploser.

— J'ai soif.

Ce murmure fit sursauter la silhouette.

— Maiko…

— Selma ?

— Oui, c'est moi.

— Il fait nuit ?

— Oui, il est trois heures du matin.

— Allume la lumière.

Selma s'empressa de tourner le bouton pour augmenter l'intensité du plafonnier. Maiko desserra les poings et son visage s'apaisa.

— Qu'est-ce que tu fais là ? Qu'est-ce que je fais là ? On est où ?

— Chut… attends, je t'apporte de l'eau.

Maiko saisit le verre en plastique que Selma lui tendait. Après quelques gorgées, elle réprima une envie de vomir.

— Maiko, écoute-moi bien attentivement. Ici, tu réponds au nom de Saskia Huang.

— Mais, où sommes-nous ?

— Je vais t'expliquer mais c'est très important, si un médecin ou une infirmière entrent dans cette chambre, tu t'appelles Saskia Huang. Ton père est diplomate ici à Bruxelles. Tu es fille unique et comme tes parents sont en voyage, c'est moi, la secrétaire de ton père, qui m'occupe de toi. C'est bien compris ? Tu es en froid avec tes parents. Tu ne désires pas parler d'eux. Ton père s'appelle Tom et ta mère Carmen. Allez, répète-moi les noms.

Maiko s'exécuta et récita sur un ton monocorde.

— Parfait ! Maintenant dis-moi, que te rappelles-tu exactement ?

Maiko sentait son corps endolori sans vraiment pouvoir dire où elle avait mal. Les souvenirs qui lui revenaient ressemblaient à des délires. La réalité se mélangeait aux hallucinations, formant une sorte de glu opaque dont elle ne parvenait pas à s'extirper.

— Du bruit… un vacarme effroyable… Le craquement d'une porte qu'on fracasse à coups de massue.

— C'est bien, ma jolie, quoi d'autre ? l'encouragea Selma.

— Des sirènes. Il y avait les sirènes de police. Des cris, une odeur de fuel et le vrombissement d'un moteur, un bateau je crois… La lumière ! Une lumière intense, éblouissante. Le soleil brûlant, sur mon front, dans ma tête, dans mon ventre. Oh Selma, j'y arrive pas, tout est flou, je n'arrive pas à me rappeler !

— Du calme, tout va bien maintenant, ça reviendra petit à petit, ne t'inquiète pas. Tu as passé plusieurs semaines dans le coma. Ils m'ont appelée hier pour m'avertir que tu te réveillais gentiment.

Une infirmière entra dans la chambre.

— Ah, vous êtes réveillée ! Comment vous sentez-vous, Saskia ?

— Ça va.

— Il y a trop de lumière ici, ça vous éblouit.

— Non ! C'est très bien, laissez comme ça, s'il vous plaît.

— Je vois que vous avez bu un peu d'eau, pas de vomissements ?

— Non, mais j'ai la nausée.

L'infirmière demanda à Selma de quitter la chambre quelques minutes.

— Je vais retirer la sonde urinaire.

Les jambes de Maiko tremblèrent.

— Voilà, c'est fait. Comment ça va ? Vous avez mal, n'est-ce pas ?

— Oui. J'ai mal.

— Saskia, avant que je rappelle votre amie, voulez-vous me parler de quelque chose ? Est-ce que vous vous souvenez de comment vous êtes arrivée ici et pourquoi ?

— Non, madame. Je ne me souviens de rien.

— Ce n'est pas grave, ça reviendra. Si vous deviez changer d'avis, ou ressentir le besoin de me parler, n'hésitez pas, vous n'aurez qu'à appuyer sur ce bouton. Entendu ?

— Entendu.

— Plus tard, quand le jour se sera levé, vous essayerez de vous asseoir.

L'infirmière fit signe à Selma qu'elle pouvait entrer.

— Je vous laisse un moment toutes les deux, je repasserai dans une heure avec un médecin qui viendra examiner Saskia.

— C'est gentil à vous, merci.

Selma attendit que l'infirmière s'éloigne avant de poursuivre.

— Tu pourras bientôt quitter la clinique. Je t'ai loué un meublé dans un chouette quartier. Tu habiteras dans un vieux bâtiment qui semble un peu délabré de l'extérieur, mais la chambre est propre. Tu travailleras comme serveuse dans un café, à quelques rues de ton appartement. Ce n'est que pour une courte période, le temps de te remettre en forme et de retrouver tes esprits. Ensuite…

— Arrête ! Tu as prévu de diriger toute ma vie jusqu'à ma mort ?

— Maiko, ne le prends pas comme ça, j'essaie juste de t'aider. Et crois-moi, tu en as besoin.

— C'est vrai. Excuse-moi, mais c'est un peu abrupt comme réveil.

— T'as pas envie de t'en sortir ?

— Si…

— Alors, je continue. Je suis consciente que ça fait beaucoup d'informations à la fois, mais je ne vais pas pouvoir rester longtemps. Mon avion pour Hong Kong décolle dans quelques heures. Je disais donc, quand tu te sentiras de nouveau forte et prête à envisager la suite de ta vie sereinement, tu m'appelleras. D'ici là, voici ton sac. Tu y trouveras des vêtements pour ta sortie, une enveloppe qui contient la clé et l'adresse de ton studio, tes nouveaux papiers d'identité, l'adresse du bar et un peu d'argent.

— Merci Selma, je ne sais pas quoi dire…

— Dis-moi que tu vas t'en sortir. Ah oui, j'oubliais, je passerai voir ta mère et Nao pour leur dire que tu es en stage en Europe pour une année et que dans un premier temps, tu ne leur donneras des nouvelles qu'à travers moi.

— C'est long, une année !

— On n'a pas le choix, Maiko. J'ai pris un risque énorme en te faisant venir ici sous une fausse identité. Là-bas, la police te recherche. Je ne sais pas dans quoi tu t'es fourrée, ma jolie, mais ils n'ont pas l'air de vouloir lâcher le morceau et je suis sûre que la ligne téléphonique de ta mère est sur écoute. Alors prudence, s'il te plaît.

— Comment t'as fait pour me fournir ces faux papiers ? Et comment t'as su où j'étais ?

— Chut... Il est important que les souvenirs remontent d'eux-mêmes. Je ne veux pas influencer ta mémoire. Je suis là pour te protéger et t'aider, ne l'oublie jamais.

Selma passa sa main sur le front de Maiko.

— Tout va bien se passer maintenant. Tu m'appelleras. D'ici là, prends soin de toi. À tout bientôt, Saskia.

— Merci, Selma.

Maiko avait grandi à Bruxelles. Alors qu'elle venait de fêter ses treize ans, son père, Juan Saez, docteur en biologie moléculaire, avait accepté un poste de chercheur dans la prestigieuse firme hongkongaise Celltrack-Labs. Maiko et son frère Nao avaient vécu ce déménagement comme une déchirure. Quitter l'école, les copains de quartier, pour aller vivre à l'autre bout de la planète leur avait semblé totalement injuste. En pleine crise de préadolescence, Maiko avait passé les premières semaines pendue au bout du fil avec sa meilleure amie, Gloria, restée à Bruxelles.

Puis, elle avait rencontré Jack, un camarade de classe. Jack avait également vécu en Europe et parlait français. En quelques jours, il l'avait convaincue que finalement, Hong Kong n'était pas si terrible que ça. Il lui avait présenté ses amis et en peu de temps, on aurait juré que Maiko faisait partie de la bande depuis toujours. Pour le plus grand soulagement de ses parents, sa colère s'était apaisée. Elle sortait, emmenant souvent son petit frère avec elle. Ils allaient à la découverte de cette ville ahurissante.

Quand ses enfants avaient pris leurs marques, Juan avait souhaité que sa femme puisse en faire autant. Originaire de Bangkok, Walaya avait seize ans lorsqu'elle avait débarqué à Madrid. Juan et elle s'étaient rencontrés sur le campus de l'université. Après leur mariage, ils avaient déménagé au gré des postes qui s'offraient à Juan. Quand Maiko était née, ils s'étaient fixés à Bruxelles. Walaya aurait suivi son mari n'importe où. Cependant, ce dernier savait qu'elle n'approuvait pas son choix de partir pour Hong Kong. Il sentait bien que Bruxelles lui manquait. Il avait donc décidé d'inviter quelques collègues à manger à la maison.

C'est à cette occasion que Maiko avait rencontré Selma.

Précédée par le claquement de ses chaussures à talons, Selma était apparue avec sa robe en soie imprimée de motifs minutieux verts et mauves, ses cheveux auburn coupés en carré plongeant, ses yeux de biche et son petit nez retroussé. Arborant un immense sourire, elle s'était approchée de Maiko : « Bonjour, je suis Selma, tu dois être Maiko, je suppose. »

Elle était si sûre d'elle, si femme ! Maiko s'était sentie toute petite. Cette sensation avait été décuplée à l'arrivée des autres collaborateurs de son père. Il y avait une dizaine de personnes, femmes et hommes, dont un qui avait attiré son attention. Stan. Il portait un jean et une chemise décontractée noire. Il avait un œil brun et l'autre vert, ce qui conférait à son regard un air inquiétant. Une barbe de deux jours, bien taillée, accentuait son côté « mauvais garçon ». C'était un être charismatique, qui parlait peu mais avait de la prestance. Maiko avait remarqué les regards des femmes présentes autour de la table. Hormis Selma, qui semblait totalement indifférente à son charme, les autres se disputaient la place de favorite. Maiko observait les réactions de Stan. Elle était si loin… à des années-lumière de toutes ces belles créatures.

À la suite de cette rencontre, Selma revint souvent chez eux pour apporter des documents à Juan. Walaya s'était liée d'amitié avec elle. Elle lui proposait régulièrement de partager leur repas.

Juan encourageait cette entente. Du haut de ses vingt-cinq ans, Selma assumait son rôle de secrétaire mieux que quiconque et il comptait bien la garder auprès de lui pour se décharger des tâches administratives liées à ses recherches. Elle entretenait un large réseau de connexions avec des personnes travaillant pour les nombreux consulats présents à Hong Kong et était d'une efficacité sans égale pour obtenir les visas et autres autorisations nécessaires aux voyages de son patron. Après quelques mois, à force de la côtoyer, la première impression de Maiko avait évolué. Elle voyait en Selma une sorte de grande sœur qu'elle admirait, à qui elle confiait ses joies et ses peines.

Ce statut de membre de la famille avait été scellé le 11 avril 1995. C'était un de ces jours où l'atmosphère pesait de tout son poids sur la ville. Depuis le début de l'après-midi, l'orage menaçait. En sortant du lycée, Maiko avait pris la direction du métro. Partout, les gens scrutaient le ciel de plomb. Un mélange d'inquiétude et d'attente plongeait les rues dans une ambiance électrique. Finalement, les nuages avaient cédé, déversant des trombes d'eau sur Hong Kong. En arrivant à la maison, après s'être séchée et changée, Maiko avait rejoint sa mère à la cuisine.

Elles buvaient le thé lorsque la sonnette avait retenti. Maiko s'était levée pour ouvrir la porte. Une odeur d'asphalte mouillée avait envahi l'entrée. Sur le perron, Selma, cheveux détrempés collés contre son visage, avait dit d'un ton grave : « Maiko… ta mère est là ? » Walaya l'avait entendue depuis la cuisine et l'avait fait entrer. Elle avait prié Maiko d'aller lui chercher de quoi se sécher. Selma s'était épongé le visage et les bras, avait essoré ses cheveux puis s'était assise.

— Nous n'avons pas de nouvelles de Juan, Walaya. Nous avons enfin reçu la liste des intervenants du congrès. Ton mari y était bel et bien attendu, mais il ne s'est jamais présenté.

— Et l'avion? Vous avez reçu une réponse concernant la liste des passagers?

— Oui, il était à bord; ça fait une semaine que nos agents quadrillent la ville de Sydney. Ils continuent mais...

— Il va réapparaître! avait dit Walaya, stoïque.

Maiko n'avait pas été sûre de comprendre. Elle s'était sentie comme une étrangère, témoin d'une conversation qui ne la concernait pas. Walaya et Selma agissaient comme ces adultes qui négligent la capacité des enfants à comprendre. Mais elle n'était plus une enfant!

Tout à coup, Selma était devenue une intruse encombrante. Elle polluait la quiétude de sa famille. Puis Nao était entré.

— Bonjour tout le monde!

Les visages sérieux de sa mère, de sa sœur et de Selma avaient ébréché son sourire.

— Il a disparu! Papa a disparu! avait soudain crié Maiko avant d'ajouter: Maman! Dis quelque chose! Qu'est-ce qui se passe?

Face au mutisme de sa mère, elle avait braqué son regard sur Selma.

— T'es au courant depuis combien de temps? Tu ne nous as rien dit? Il a vraiment disparu?

Selma s'était retournée et avait regardé Maiko comme si elle venait d'apparaître dans la pièce. Elle lui avait adressé un « désolée » du bout des yeux.

— Je ne sais pas quoi te dire, Maiko... Nous allons continuer les recherches, mais ça fait bientôt deux semaines que nous sommes sans nouvelles.

Walaya n'avait pas bougé. Pourquoi ne réagissait-elle pas ? On aurait dit qu'elle ne comprenait pas les mots que Selma prononçait. Ou peut-être était-elle déjà au courant ? Pour Maiko, la vie venait de basculer. Elle s'était agrippée au regard de son frère.

Nao, planté dans l'entrée, sa chemise et ses cheveux dégoulinant sur le tapis, avait visé Maiko, puis Selma, puis sa mère. Lorsque ses yeux avaient de nouveau rencontré ceux de sa sœur, cette dernière s'était dirigée vers lui et l'avait pris dans ses bras.

— C'est pas grave, Nao, hein...

En prononçant ces mots, Maiko avait regardé dehors. La pluie avait cessé. Les joues de Nao étaient mouillées. On aurait dit qu'il avait absorbé l'orage et que maintenant il le portait en lui, dans son cœur, dans sa tête.

Maiko était couchée dans son lit d'hôpital. Le visage de son frère lui apparut nettement.

— Maiko...

— Oui ?

— ...

— Je t'écoute ...
— ...
— Nao ! Ça va ?
— ...
— Maman ! Il ne parle plus !

L'infirmière fit irruption dans la chambre.

— Tout va bien, mademoiselle ? Voulez-vous que je réduise l'éclairage ?

— Non, ça va, répondit Maiko, l'esprit embrumé.

Puis, alors que l'infirmière quittait la pièce, elle ajouta :

— Comment suis-je arrivée ici ?

— Je n'ai pas l'autorisation de vous répondre, je suis navrée. Les consignes du Dr De Smet sont claires, il est important que vous recouvriez la mémoire par vous-même. Je viens juste contrôler vos constantes et je vous ai donné un sédatif léger.

Maiko leva les yeux vers le réservoir du goutte-à-goutte.

— Le docteur passera vous voir d'ici deux heures. En revanche, si quelque chose devait vous revenir, appelez-moi, je vous aiderai à noter les éléments.

Après la disparition de Juan, Selma leur rendit visite toutes les semaines. Elle restait souvent pour partager leur repas. Sa présence, devenue familière, comblait presque le vide laissé par l'absence de Juan.

Nao ne recouvrait pas l'usage de la parole et Maiko se sentait de plus en plus perdue. Les mois avaient passé, creusant un fossé entre l'enfant innocente qu'elle avait été et la jeune fille désorientée qu'elle était devenue. Elle s'était éloignée chaque jour un peu plus de ses proches. Elle savait Nao fragile, ce qui l'avait poussée à garder pour elle sa révolte envers sa mère qui ne réagissait à rien. Elle soupçonnait Walaya de leur cacher des informations, à elle et à Nao, mais les deux enfants s'étaient finalement accommodés de la présence « absente » de leur mère.

Le meilleur ami de Maiko, Jack, n'abordait jamais le sujet de la disparition, même s'il ne l'évitait pas non plus. Lorsqu'il parvenait à entrer en contact avec Maiko, l'espace de quelques minutes elle se sentait vivante. Cependant, avec le temps, même Jack disparut de sa réalité. La terre s'était ouverte, engloutissant tous ses repères.

Engourdie par les calmants que l'infirmière lui avait administrés, Maiko luttait, tentait de trouver un sens aux visions qui fusaient à travers son esprit. Visages, lieux, bruits se superposaient. Des rats au milieu de sacs-poubelles éventrés, leurs couinements stridents, les motifs verts et mauves de la robe de Selma, des rires grotesques, des affiches de concert, des ronflements de moteurs, une gouttelette au bout de l'aiguille d'une seringue, un regard mielleux à demi voilé par une rangée de faux-cils, la moquette tachée recouvrant le sol de la boutique de Fong, ses dents jaunies, le regard troublant de Stan.

Un profond malaise la saisit. Elle se laissa couler vers la léthargie.

Les semaines de rééducation qui suivirent l'aidèrent à refaire surface.

4. Respire !

Bruxelles, 3 semaines plus tard, 30 mars 2000

Il était neuf heures du matin lorsque Maiko quitta la clinique avec, pour seul bagage, le sac que lui avait laissé Selma. Les premiers rayons de soleil réchauffaient l'atmosphère humide de cette matinée de printemps. Elle parcourut les rues paisibles de cette ville qu'elle connaissait bien, et se rendit à l'adresse indiquée sur le bout de papier.

Après avoir gravi cinq étages, elle était arrivée. Elle inséra la clé dans la serrure, donna deux tours, et la porte s'ouvrit. Il faisait sombre. Elle ferma le loquet puis se dirigea vers le fond de la pièce. Un store vénitien recouvrait une grande fenêtre tout en hauteur. Une fois les lamelles à l'horizontale, les rayons de lumière, libérés, traversèrent l'espace, formant des strates entre le sol et le plafond. Maiko promena ses doigts au travers, comme pour les caresser. Des milliers de particules en suspension s'agitèrent au passage de sa main. Elle posa son sac sur le parquet. Ça sentait le renfermé. Elle releva complètement le store et ouvrit grand la fenêtre. L'air frais s'engouffra dans la chambre. C'était petit mais accueillant. La cuisine, séparée du reste de la pièce par un bar, était équipée d'un réfrigérateur, d'une gazinière, d'un buffet avec deux casseroles et, au-dessus, d'une armoire murale contenant assiettes, verres, couverts et quelques provisions. Juste à côté, à gauche de la cuisine, il y avait une cabine de douche. Les toilettes étaient à l'extérieur, au bout du couloir. Les autres chambres de l'étage servaient de débarras aux appartements plus luxueux du dessous, ce qui laissait Maiko seule utilisatrice des toilettes du cinquième. La pièce formait un « L ». Dans la partie étroite, il y avait un lit simple, surplombé d'une étagère chargée de livres et sur la gauche, une armoire. La partie la plus grande de la pièce comportait un canapé et une table basse.

Maiko fit coulisser la porte de l'armoire. À l'intérieur elle trouva des vêtements, des chaussures, des draps de lit, un nécessaire de toilette, des serviettes de bain et un sac de sport. Ce dernier contenait un téléphone mobile, une perruque rouge à cheveux courts et un dossier en carton rempli de documents. Selma a tout prévu ! pensa Maiko, abasourdie.

Après avoir refermé la fenêtre et retiré sa veste, elle se laissa tomber sur le canapé. La quiétude de cet instant était aux antipodes de ce qu'elle avait vécu ces dernières années. Les ruelles des bas-fonds de Hong Kong, jungle inextricable, truffée de créatures menaçantes et de dangers, qu'elle sillonnait d'un pas incertain, la conscience anesthésiée par les crises de manque. Trouver une dose, un endroit pour passer la nuit à l'abri, une cachette pour être tranquille, en sécurité juste un petit moment…

Tout en auscultant les cicatrices bleuâtres entre ses orteils, elle pensa que les semaines de coma avaient joué le rôle de cure de désintoxication. Son organisme était sevré, du moins physiologiquement. Elle prit conscience de la chance qui s'offrait à elle de commencer une nouvelle vie.

À peine ce constat posé, la culpabilité d'avoir laissé sa mère, son frère, Jack et tous les gens qu'elle aimait sans nouvelles pendant si longtemps lui fit l'effet d'un poignard planté dans son ventre. La tranquillité se dissipa et une envie de pleurer lui serra la gorge. Elle aurait aimé effacer ces dernières années. Mais on ne rebrousse pas chemin. Il fallait avancer, trouver la force et le courage au milieu du chaos.

— Courage !

Ce mot qu'elle dit à voix haute résonna dans la pièce.

Elle essaya de se remémorer le temps où elle était convaincue d'être une guerrière invincible. C'est alors qu'un souvenir d'enfance surgit de sa mémoire.

Comme chaque été, pour les grandes vacances, toute la famille se retrouvait en Espagne. C'était un de ces jours où Juan les avait emmenés au bord de la mer. Au bout de la plage, des enfants couraient sur le ponton, se jetaient à l'eau puis remontaient à toute vitesse par l'échelle sur le côté et recommençaient à sauter. Soudain, l'un des petits avait poussé une sorte de cri d'alerte. Ceux qui étaient dans l'eau s'étaient dépêchés de remonter par l'échelle. Alors qu'ils étaient tous réunis sur la jetée, la sirène du bateau qui partait avait retenti. Deux grands s'étaient mis à escalader les pylônes d'amarrage. Dès que l'embarcation avait quitté le môle, ils avaient sauté à l'eau. Les remous produits par les hélices du moteur les retournaient comme des chaussettes dans une machine à laver le linge. Maiko les observait, fascinée. Un garçon s'était approché d'elle.

— Tu veux essayer ?

Évidemment qu'elle voulait essayer !

Elle avait levé les yeux vers le pylône. Le soleil, juste en face, brillait de toute ses forces, diffusant sa chaleur écrasante. C'est drôlement haut tout de même, avait-elle pensé. Néanmoins, elle avait grimpé. Arrivée au sommet, elle s'était retrouvée accroupie comme une grenouille sur la petite surface ronde. Elle s'était relevée, lentement, jusqu'à ce que sa main quitte le sommet du pylône pour tenter de s'accrocher plus haut. Mais, plus haut, il n'y avait que de l'air. Surtout, ne pas regarder en bas !

Alors que cette pensée venait d'effleurer son esprit, elle avait plongé son regard dans le bleu de la mer. Le paysage s'était mis à tourner. Elle avait vite relevé la tête. Ses jambes tremblaient. Les voix des autres en bas formaient un murmure lointain. Éblouie, elle plissa les yeux. Les autres ont sauté. Pourquoi pas moi ? Au pire je fais un plat. À trois je saute. Un… deux… NON !

En bas, les plus grands s'étaient arrêtés de jouer. Finalement, l'un d'eux avait escaladé l'autre pylône et sans dire un mot, il avait sauté à l'eau. Maiko avait relevé le défi. Les bras grands ouverts, comme pour prendre son envol, elle s'était élancée. Quand ses pieds avaient quitté la surface rugueuse du pylône, elle avait pris une longue inspiration et à la seconde où elle s'était sentie tomber : Je l'ai fait ! J'ai réussi !

Le contact avec la mer avait été brutal. L'eau froide avait enveloppé son corps et un vacarme assourdissant avait empli ses oreilles. Une fois le choc passé, Maiko avait ouvert grand les yeux. Des centaines de petites bulles remontaient telles des perles d'argent. Un immense sourire dessiné sur sa bouche d'enfant, elle les avait suivies jusqu'à la surface. Les autres l'attendaient sur le débarcadère. Parmi eux, Nao avait regardé sa sœur avec admiration. Les grands l'avaient félicitée puis étaient retournés à leurs jeux. Maiko, elle, était restée un instant dans l'eau, faisant la planche. Les yeux fermés, elle avait pensé : C'est moi qui ai gagné. Pas la peur.

C'était ce jour, dans l'après-midi caniculaire d'un mois d'août, que le courage était né en elle. Elle avait neuf ans. Maintenant elle en avait le double et, assise dans le canapé du salon, elle releva la tête.

Du café, il me faut du café et une clope !

Elle fouilla dans le buffet de la cuisine, trouva du café. L'impatience de découvrir les documents que Selma lui avait laissés fit taire l'appel de la nicotine. Elle ouvrit le dossier en carton et éparpilla son contenu sur le bar. Après avoir lu le curriculum vitæ de Saskia Huang, elle s'attaqua à la lettre de Selma :

> Chère Saskia,
>
> J'espère que la chambre te plaît. Cette situation doit te sembler irréelle et tu vas certainement te sentir bien seule, mais c'est la meilleure manière que j'ai trouvée pour te sortir du guêpier dans lequel tu t'es mise. Dans quelques mois, les choses se seront tassées et tu pourras retrouver ton identité.
>
> En attendant, apprends bien ta leçon. La perruque empêchera les vieilles connaissances de tes parents de te reconnaître, si par hasard tu devais en croiser.
>
> Sinon, à part moi, tu ne dois en aucun cas prendre contact avec qui que ce soit de

Hong Kong pour l'instant. Tu pourras me joindre les lundis entre 13 h et 14 h (heure de Hong Kong). Il va de soi qu'il faut utiliser un téléphone prépayé et que tu ne dois jamais donner ton nom. Change de carte SIM chaque fois que tu m'auras appelée. Mon numéro se trouve dans le porte-document.

François, le patron du bar, t'attend dès lundi à 6 h 30 du matin pour la mise en place. Sois à l'heure.

J'ai payé les trois prochains mois de loyer. Ton salaire te permettra de régler les suivants et de t'acheter à manger. Rien de plus… La logeuse passera te voir en début de mois pour encaisser.

Prends quelques billets dans l'enveloppe et cache le reste, c'est pour plus tard. Je t'expliquerai le moment venu. Je ne pourrai pas te dépanner une nouvelle fois, alors je te fais confiance.

Voilà, ma jolie, j'attends ton appel avec impatience. Sois forte !

Je t'embrasse

Selma

Dépitée, Maiko referma le dossier. L'espoir d'y trouver des réponses, ou du moins quelques indices sur les événements précédant son réveil à Bruxelles venait de s'envoler. La lettre de Selma ne faisait qu'augmenter sa confusion. Pourquoi ne pouvait-elle pas appeler sa mère ? De quel guêpier parlait-elle ? Qu'avait-elle fait de si terrible pour devoir disparaître ainsi ?

Elle saisit la perruque et se planta devant le miroir accroché sur le côté de l'armoire. Le regard rivé sur ses pieds, elle prit une longue inspiration et finit par lever les yeux sur l'image qu'elle avait en face d'elle. Le souffle coupé, elle constata sa maigreur. Elle se déshabilla. En parcourant sa peau, elle sentit dans son dos une boursouflure qui mesurait une dizaine de centimètres de long, juste sous les côtes. Qu'est-ce qui avait bien pu lui valoir une telle cicatrice ? Elle détailla les traits de son visage. Sa bouche esquissa un sourire mais ses yeux trahirent le vide qu'elle ressentait à l'intérieur. Elle cacha ses longs cheveux noirs sous la perruque rouge, et pour mettre un terme à son malaise, décréta qu'elle n'était finalement pas trop mal.

Dans la trousse de toilette, elle trouva du maquillage. Ensuite, elle essaya tous les vêtements de l'armoire. Quand le choix de sa tenue du jour fut arrêté, l'envie de fumer une cigarette s'imposa de nouveau. Et puis elle avait faim.

Pendant qu'elle préparait son sac, l'appréhension grandissait. Et si quelqu'un la reconnaissait ? Si Gloria était toujours à Bruxelles, si elle la croisait, elle ou un autre camarade d'école de l'époque ? Cette idée la terrorisa et l'immobilisa quelques secondes devant la porte d'entrée. Elle se retourna vers le miroir. Impossible ! Elle était méconnaissable. Avec cette perruque qui la faisait ressembler à un personnage de manga, elle n'avait plus rien de la petite fille qu'ils avaient tous connue.

Arrivée en bas de son immeuble, elle ouvrit la porte, et là : le soleil, l'air frais, les arbres, l'étal de fruits et légumes en face, les passants, les cris des enfants qui sortaient de l'école… la vie l'éclaboussait.

Maintenant il faut sauter !

Cinq mois plus tard, août 2000

— Une Leffe, trois St-Feuillin et deux Pils s'il vous plaît !

La canicule rendait l'air des bureaux irrespirable. Les gens quittaient leur travail plus tôt dans l'après-midi pour venir se rafraîchir. Maiko remplissait les verres et servait les clients mais jamais elle ne s'attardait à discuter avec eux. À l'autre bout du bar, son patron, François, l'observait.

— Ça fait plusieurs mois qu'on travaille ensemble maintenant. Je ne t'ai jamais vue avec personne, Saskia. Tu n'as pas d'amis ici ?

Avec sa question, François mettait le doigt, ou plutôt un gros coup de poing, là où Maiko avait mal. Sa lâcheté lui éclata au visage. Elle se cachait derrière cette nouvelle identité, sous sa perruque rouge et cette routine créée de toutes pièces. La culpabilité d'avoir laissé ses amis, sa famille, sans nouvelles la maintenait prisonnière de cette vie artificielle. Elle se complaisait dans un rôle qui lui permettait de ne pas braver le passé.

— T'as bien bossé aujourd'hui, nénette, demain tu pourras partir plus tôt, je te laisse ta soirée, dit François.

Cette nuit-là, elle ne trouva pas le sommeil. Agacée à force de se tourner, retourner et tourner encore, elle quitta son lit, alluma une cigarette et passa en revue la dizaine de CD qu'elle s'était offerts avec ses premières paies. Elle choisit Cat Power. Soigner le mal par le mal. De tous les artistes qu'elle aimait, Cat Power était celle qui lui faisait le plus penser à Jack. Elle inséra le CD dans le lecteur qu'elle avait trouvé dans une boutique deuxième main pour quelques euros. Dès les premières notes, son esprit s'évada vers les moments pendant lesquels, avec Jack, ils parlaient jusqu'à tard en écoutant leurs disques préférés.

Au petit matin, en même temps que les rayons du soleil, une certitude surgit de l'ombre. Retrouver Gloria était urgent.

En arrivant au bar, elle glissa à l'oreille de François :

— J'ai repensé à ce que tu m'as dit hier. J'ai besoin de ton aide pour retrouver quelqu'un.

François leva un sourcil interrogateur.

— Si tu es d'accord pour m'aider, tu dois accepter de ne pas poser de questions.

— T'es vraiment bizarre comme nénette, mais tu peux compter sur moi.

— J'ai une amie ici à Bruxelles, elle s'appelle Gloria Vidale. Ça fait des années qu'on ne s'est pas revues et je ne sais pas comment trouver son numéro de mobile.

— Dans l'annuaire y a rien ?

— Si, j'ai le numéro de ses parents mais je ne peux pas appeler.

— Pourquoi ? Pardon, pas de questions.

— Tu pourrais appeler toi. Tu dirais qu'elle a oublié son livre ou autre chose dans le bar, et qu'il y avait son nom à l'intérieur, ou j'sais pas…

— Mais si elle leur dit qu'elle n'est jamais venue au bar ?

— Elle sera intriguée, je la connais. Elle finira par passer voir de quoi il s'agit.

Un peu avant midi, François s'avança vers Maiko.

— C'est fait.

— Qu'est-ce qu'ils ont dit ?

— C'est sa mère qui a répondu. Elle lui transmettra le message.

Le cœur de Maiko faillit exploser. Il n'y avait plus qu'à attendre. Les jours qui suivirent lui semblèrent interminables. Chaque fois que la porte du bar s'ouvrait, elle retenait sa respiration. Comme elle l'avait prédit, la curiosité de son amie joua finalement le rôle escompté. La première réaction de Maiko fut la fuite. Elle se réfugia dans le bureau de son patron. Après quelques minutes, François la rejoignit.

— Ton amie est là, Saskia. Elle dit être quasiment certaine de n'avoir rien oublié ici étant donné qu'elle n'est jamais venue. Je lui ai dit que j'ai trouvé un livre avec son nom et un numéro de téléphone sur le coin du bar. Je l'ai invitée à s'assoir en attendant que j'aille le chercher.

Maiko reprit son souffle. Elle sortit de sa cachette et s'approcha de Gloria qui avait pris place à une petite table.

— Vous désirez boire quelque chose ?

— Une Ginger Ale, s'il vous plaît.

Gloria guettait l'entrée du bureau. En déposant la limonade devant elle, Maiko insista du regard pour attirer son attention. Gloria fronça les sourcils et pencha la tête sur le côté. Puis elle ouvrit deux grands yeux incrédules.

— Maiko ? C'est toi ?

Maiko posa son index sur la bouche.

— C'est incroyable ! Mais… ?

Les deux femmes restèrent immobiles quelques instants. Elles se dévisagèrent. Un mélange de pudeur et de prudence les immobilisait. Gloria avait troqué sa dégaine de sauvageonne contre celle d'une jeune femme. Elle était maquillée et avait dompté les boucles de ses cheveux noirs. Son regard n'avait pas perdu un atome de sa douceur.

— C'est bon de te voir, Gloria.

Avant de s'assoir en face de son amie, Maiko jeta un coup d'œil à François qui lui fit un petit signe de la tête en guise de permission. Gloria prit une inspiration pour parler mais Maiko l'arrêta d'un geste de la main.

— Je m'appelle Saskia. Tu ne dois jamais m'appeler autrement. On ne peut pas parler ici. Je finis de travailler à 19 h, t'es libre ce soir ?

— Oui, quelle question ! Je finis les cours à 18 h 30, je passe te chercher ici ?

— Ça marche. Ah, encore une dernière chose, ne dis à personne que je suis là, on ne s'est pas vues, c'est très important. Je t'expliquerai.

Installées à une petite table sur la terrasse d'un bistro, Gloria et Maiko commandèrent deux Pils. Gloria lui raconta qu'elle était en deuxième année de psychologie à l'université et qu'elle vivait toujours chez ses parents. Pendant qu'elle écoutait son amie, un bonheur immense se déploya dans la poitrine de Maiko. Gloria était devant elle. Elle l'avait retrouvée. À la fin de son récit, un silence s'installa.

— Et toi alors? Raconte-moi!

— Trop d'oreilles. Allons ailleurs.

Elles marchèrent jusqu'au parc Tenbosch. Là, assises dans l'herbe, à l'ombre d'un cèdre majestueux, elles reprirent leur conversation.

— Je ne sais pas par où commencer, Gloria. Ces années de silence, je m'en veux!

— C'est vrai que je me suis inquiétée. Je n'ai pas compris pourquoi tu ne me rappelais jamais, mais tu es là, on est là toutes les deux, non? Commence par m'expliquer pourquoi «Saskia» et comment t'es revenue à Bruxelles.

— Je ne suis même pas capable de répondre à ça.

Maiko leva les yeux vers la couronne du géant qui les abritait. Elle alluma une cigarette, et poursuivit:

— Je crois que j'étais dans une sorte de squat. Il y a eu une descente de flics. Je me souviens du son des sirènes, d'une douleur atroce dans ma tête, dans mon ventre, ensuite il y a eu une lumière éclatante... malgré la sensation que mon corps allait se déchirer, je me rappelle que c'était comme une délivrance. Puis plus rien.

— T'étais où?

— À Hong Kong, mais où exactement, j'en sais rien. Après la disparition de mon père, j'ai tenu le coup un moment, mais petit à petit, je me suis mise à prendre des trucs pour arrêter de penser, de chercher à comprendre.

— Des trucs genre quoi ?

— Genre de la merde. J'ai commencé léger. Un joint de temps en temps pour me détendre, mais je me suis vite habituée, et ça ne suffisait plus, alors...

Gloria l'encouragea à continuer.

— Alors, je suis passée à des substances plus efficaces. Je me rendais bien compte que je dérapais, que mes amis, Nao, ma mère, m'échappaient. C'était plus fort que moi, je me suis perdue.

— Ta mère n'a pas réagi ?

— Je ne lui en ai pas laissé l'occasion. Elle me saoulait, et je me sentais si impuissante face au mutisme de Nao. C'était insupportable. J'ai fugué.

— Pour aller où ?

— Nulle part et partout à la fois. J'errais. Je dormais dans la rue. C'est atroce cette incapacité à me souvenir clairement de ces mois.

— Ces mois ? Depuis combien de temps ne t'ont-ils pas vue ?

Maiko baissa la tête puis murmura :

— Deux ans.

Gloria écarquilla les yeux. Maiko reprit :

— Au moins, depuis que je suis à Bruxelles, ils ont des nouvelles par Selma.

— Selma ?

— Oui, tu sais, la secrétaire de mon père, je t'en avais parlé.

— Celle qui t'impressionnait ?

— Après, ça a changé. Elle nous a tellement aidés. Je ne sais pas comment on aurait fait sans elle.

Elle lui parla des recommandations de Selma, de la lettre, de l'appartement, du job au bar, de François, avant d'ajouter :

— Selma dit que la police de Hong Kong me recherche. C'est pour cette raison le faux nom, la perruque et toute cette mascarade.

— Mais pourquoi, qu'as-tu fait ?

— Ça, je n'en sais rien. Elle refuse de m'en dire plus.

— C'est étrange, tout de même. Et tu la crois ?

— Je n'ai pas vraiment d'autre choix.

— Et comment t'as atterri ici ?

— Après la descente de police dans le squat à Hong Kong, je n'ai plus aucun souvenir. Avant non plus, d'ailleurs. Tout est flou. Et quand j'ai repris connaissance, j'étais ici, à Bruxelles, dans une clinique. Selma était présente.

— Si je comprends bien, ça fait plus de cinq mois que tu es de retour !

— Six mois et quelques semaines si on compte le coma.

— Tu veux dire que pendant tout ce temps, tu n'as rencontré personne d'autre que ton patron et moi ?

— C'est ça.

Gloria la fixa, perplexe, avant de demander timidement :

— Et la dope ?

— C'est bien le seul truc qui est réglé. Quand je repense à cette période, j'ai envie de vomir. C'est bizarre tout de même, que j'aie pu m'en défaire si vite. Je me demande ce qu'ils m'ont fait dans cette clinique.

Les mois passèrent. La chaleur d'août céda la place à un automne multicolore, puis à la bruine et aux longues nuits d'hiver. François accordait régulièrement des soirées libres à Maiko. Gloria passait la chercher après ses cours. Elles filaient chez Maiko croquer un morceau ensemble. Gloria lui confiait ses déboires amoureux et Maiko avouait à son amie son sentiment de solitude et le manque de sa famille. Elle lui racontait ses conversations avec Selma, ses tentatives pour la convaincre de la laisser rentrer à Hong Kong quelques jours, voir sa mère et Nao. Mais la réponse de Selma était toujours la même.

— Tu sais quoi, on devrait sortir un de ces soirs, dit Gloria.

— Trop risqué ! Si on me reconnaissait !

— Qui te reconnaîtrait ?

— J'en sais rien… Nathalie, Frank, Léa… tu ne les revois jamais ?

— Non, jamais. On avait douze ans, Maiko !

— Selma a été claire, je dois rester sur mes gardes.

— C'est pas une vie, ça !

Maiko ne répondit pas. C'était la vie que Selma lui avait offerte. Une vie sereine, apaisée. Cependant, autour d'elle une autre vie frémissait, retentissait. Et Maiko était lasse de s'en tenir à l'écart. Gloria insista.

— Arrange-toi avec François pour qu'il te libère un vendredi ou un samedi soir. Je t'emmènerai dans un endroit cool.

Février 2001

Maiko finissait de mettre du rouge sur ses lèvres lorsque Gloria arriva. Cette dernière lui colla un bisou sur la joue avant de lui tendre un paquet.

— Tiens, ouvre-le !

Maiko retira le papier cadeau, ouvrit la boîte et en sortit une tasse en porcelaine blanche avec, tout autour, une fine trame de courbes bleues et rouges et, sur un côté, un dessin de poupée japonaise.

— C'est pour te tenir compagnie quand tu ne dors pas.

La considération de Gloria lui fit l'effet d'une couverture qu'on lui aurait délicatement posée sur les épaules.

— Merci.

— Allez, prépare-toi, on va se changer les idées.

Tout en passant sa veste, Maiko regarda par la fenêtre. Gloria était là, tout allait bien se passer.

Une fois au centre-ville, elle fut rassurée par l'animation qui régnait dans les ruelles. Elles s'arrêtèrent sur la place de l'ancienne Bourse pour manger des frites, puis elles entrèrent dans un bar. Gloria présenta « Saskia » à ses amis. L'endroit était bondé. Maiko eut besoin de prendre l'air et sortit fumer une cigarette. Lorsqu'elle entra de nouveau dans le bar, alors qu'elle cherchait Gloria du regard, elle croisa celui de Jack. Un éclair la traversa. Ça ne peut pas être réel ! Elle resta plantée devant lui, bouche bée.

— Maiko ? s'exclama Jack.

— Jack ! Qu'est-ce que tu fais là ?

La sanction pour avoir désobéi aux directives de Selma venait de tomber. Elle était repérée. Son cœur battait à tout rompre.

— Et toi ? C'est incroyable ! Je te croyais… enfin, je sais pas…

Maiko le prit dans ses bras. Jack la serra fort contre lui. Elle chuchota à son oreille :

— Il faut m'appeler Saskia. C'est bizarre, je sais. Je t'expliquerai plus tard.

Jack fit un pas en arrière, la tint par les épaules et la dévisagea.

— T'as fait quoi à tes cheveux… « Saskia » ? Ça te va bien !

— Merci. T'es arrivé quand, à Bruxelles ?

— Ça va faire deux ans. Ma mère n'en pouvait plus de vivre à Hong Kong. Quand mon père a enfin compris qu'elle ne serait jamais heureuse là-bas, il a fini par abdiquer et comme par magie, sa boîte avait justement un poste à pourvoir en Europe.

— Et toi ? T'es plus heureux ici qu'à Hong Kong ?

— Ouais, maintenant ça va. Au début c'était difficile, mais… enfin, tu connais bien ça. On finit toujours par rencontrer des nouvelles personnes et la nostalgie s'efface peu à peu.

— Ouais…

— C'est incroyable de se retrouver !

Ils burent, beaucoup, et tout à coup, au détour d'une conversation anodine, comme un couperet, Jack lâcha :

— L'autre jour, j'ai croisé ce type avec qui tu traînais un temps. Comment il s'appelle déjà ? Mais oui, tu sais, il travaillait avec ton père… un mec avec des yeux bizarres… Je me demande ce qu'il fait à Bruxelles. C'est étonnant tout de même, il faut croire que Hong Kong n'est pas si loin que ça !

— Stan…

Maiko sentit son sang se glacer. Blême, elle sortit du bar en courant pour vomir. En retrouvant Jack, elle renouait avec la clarté de son passé. En revanche, l'évocation de Stan… L'angoisse lui serra la gorge.

— Ça va ? s'inquiéta Jack, qui l'avait suivie.

— Trop d'alcool, trop d'émotions… Où est Gloria ?

— Qui ?

Il se retourna et juste derrière lui, Gloria apparut. Elle s'assit à côté de Maiko et se mit à parler avec Jack. Une fois les présentations faites, Jack se pencha en avant pour voir où en était Maiko, mais avant qu'il n'esquisse la moindre question, Gloria reprit le cours de leur conversation, lui signifiant d'un regard que ce n'était pas le moment de l'interroger. Maiko voulut lui expliquer ce qui avait déclenché ce malaise, mais les idées s'emmêlaient. La vérité était qu'elle-même ne comprenait pas. Alors, les yeux fermés, elle se laissa bercer par le son des voix de ses deux amis. C'était rassurant.

Gloria et Jack discutaient depuis presque une heure lorsqu'enfin Maiko sentit ses muscles se détendre. Elle s'adossa contre la marche. Le calme d'après la tempête s'installa doucement dans son corps.

— On rentre ? demanda Gloria.

Maiko les invita à prendre un café chez elle. Gloria s'installa dans le canapé et Jack choisit un disque. Il jeta son dévolu sur un album de Led Zeppelin, qu'il inséra dans le lecteur. Maiko, qui venait de déposer les tasses sur la table basse, lui adressa un sourire complice avant de s'assoir sur le sol, face à eux.

— Vous deux devant moi ! Ça me semble irréel !

Gloria sourit.

— Alors... tu m'expliques maintenant? s'impatienta Jack. C'est quoi ce trip avec « Saskia » ?

Maiko lui épargna le couplet sur Hong Kong, la drogue, la descente aux enfers qu'il avait probablement imaginée à l'époque, et se limita à l'histoire depuis son réveil à Bruxelles.

— C'est du délire ! s'exclama Jack. T'as dû faire un truc vraiment louche pour devoir disparaître comme ça de la circulation ! Ou alors t'as vu quelque chose que t'aurais pas dû voir ?

Il demeura pensif. Maiko l'observait faire le même cheminement qu'elle avait suivi des centaines de fois depuis son réveil à la clinique. Gloria, le regard absent, sirotait son café. Elle aussi semblait en quête d'une hypothèse logique.

Maiko passa ses doigts sur la cicatrice qu'elle avait dans le dos. C'était le seul détail qu'elle n'avait pas révélé à ses amis. Elle ignorait ce qui la retenait d'en parler. Peut-être la pudeur, la peur qu'une trace physique, témoin des abysses qu'elle avait côtoyés, ne ternisse à jamais l'image qu'ils avaient d'elle.

— Et si on oubliait tout ça ! s'exclama-t-elle. Racontez-moi plutôt vos histoires de fac ! Toi, Jack, ils sont comment, tes colocs ?

À l'aube, Jack et Gloria partagèrent un taxi pour rentrer chez eux. Maiko s'assoupit et se réveilla quelques heures plus tard avec une gueule de bois terrifiante.

La rencontre de la veille avec Jack lui apparut comme un pont entre ce présent qu'elle commençait à peine à habiter et un passé édulcoré par la nostalgie. Serrer contre elle Nao et sa mère. Elle ouvrit les bras, tendit ses muscles jusqu'à la pointe des doigts pour mesurer le vide immense qui l'entourait. Son corps se mit à vibrer puis à trembler, et quand enfin la souffrance physique dépassa celle du cœur, elle laissa retomber ses bras. Les traits de son visage s'adoucirent.

C'était dimanche. Il pleuvait. Le front collé à la vitre de la grande fenêtre, elle observa d'en haut les passants pressés. Elle ne vit que des parapluies déployés, animés par une onde mystérieuse. Le bruit des gouttes de pluie contre la fenêtre et le tic-tac de la montre accrochée au mur de la cuisine rythmaient ce cortège sinistre. Le tempo était si lent! Maiko se détourna de la rue. Plus que quelques heures à attendre pour arriver à lundi, treize heures. Plus que quelques heures à attendre pour pouvoir appeler Selma et lui dire qu'elle voulait, qu'elle devait rentrer.

La nuit tomba, la pluie avait cessé. Il ne resta que le tic-tac qui enfla, étira les heures d'attente oppressante.

— Saskia ! Quelle surprise, comment vas-tu ? Ça fait bientôt six mois que tu ne donnes plus de nouvelles !

— Bonjour Selma. Oui, j'ai eu besoin de réfléchir un peu.

— Tout va bien ?

— Ne t'inquiète pas, tout se passe bien pour moi. Et ma mère ? Et Nao ? Comment vont-ils ? Et toi ?

— Je vais bien, ma jolie, merci. Walaya et Nao aussi. Je vois ta maman une fois par mois, elle vit toujours dans son monde, tu sais bien…

— Et Nao ?

— Nao a fini le lycée, il s'est installé à Mong Kok.

— Il ne vit plus avec Maman ? Comment fait-il ? Il parle ?

— Non, toujours rien. Mais tu sais, il se débrouille très bien, il s'est inscrit dans une école d'art. Quand tu verras ses toiles… il est doué, ton petit frère.

La gorge de Maiko se serra.

— Selma, justement, je voulais te dire…

— Tu veux venir.

— Ils me manquent tellement !

— Je sais. Tu te souviens dans ma lettre, je te demandais de cacher une partie de l'argent.

— Oui.

— Tu l'as toujours ?

— Oui !

— Eh bien, c'est à ça qu'il va servir. Je suis fière de toi, Saskia. Tu t'es reconstruite. J'ai parlé à François, il est très content, il dit que tu travailles bien, qu'il peut compter sur toi. Il dit aussi que tu as pris un peu de poids et que tu es devenue belle comme un cœur ! Si tu as toujours l'argent, c'est que...

Maiko n'écoutait plus. Plantée devant le miroir, elle se regarda. Comme la première fois qu'elle était entrée dans cet appartement, les rayons de la lumière du matin filtraient au travers du store vénitien. Elle observa son reflet et vit une jeune femme. Elle se rappela son impression de ce premier jour. La maigreur cadavérique de ce corps qu'elle ne sentait plus être sien.

— Saskia ?

— Oui, Selma, je t'écoute.

— Je te disais que la police ne te recherche plus, mais pour ne prendre aucun risque, c'est plus prudent d'acheter ton billet sous le nom de Saskia. En revanche, une fois dans l'avion, retire ta perruque, tu passeras plus inaperçue ici.

— Tu seras là ?

— Oui, je viendrai te chercher à l'aéroport. Rappelle-moi dès que tu as ton billet pour me donner tes détails de vol.

— Lundi prochain ?

— Oui. Je me réjouis de te revoir !

— Moi aussi. L'attente va me paraître interminable. Je t'embrasse, Selma. Merci pour tout !

— À bientôt, ma jolie.

Maiko se précipita vers la bibliothèque et empoigna le livre dans lequel elle avait caché l'argent.

Vite, préparer son sac, trouver une agence de voyage, avertir François qu'elle partait quelques jours, annoncer la bonne nouvelle à Gloria et à Jack. Revoir Jack avant de partir, lui dire comme c'était bon de l'avoir retrouvé. Régler le loyer, vider le frigo, passer à la laverie. Comment sa mère allait-elle réagir ? Est-ce que Nao avait beaucoup changé ? Ses toiles. Voir ses toiles ! Qu'est-ce qu'ils allaient lui dire de ces années d'absence, lui en voulaient-ils ? Savaient-ils à quel point elle les aimait ? Les rassurer, leur montrer que ce cauchemar était terminé, prendre une douche, s'habiller. Revoir les siens ! Les serrer dans ses bras, enfin.

5. Jade

Johannesburg, 7 octobre 2004

Dix heures du matin. Maiko leva les yeux vers le tableau d'affichage. Le vol Johannesburg - São Paulo venait de monter d'un cran. Décollage prévu à 11 h 30. La présence de deux agents de sécurité postés juste à côté augmenta encore son niveau d'anxiété. Elle pensa à Amanda qui devait être réveillée à présent, à la police certainement déjà sur ses traces.

Cela faisait plus de quinze minutes qu'elle campait là. Comme à Hong Kong, elle s'était installée stratégiquement à proximité de l'entrée du personnel. L'heure du briefing approchait et elle n'avait pas encore vu d'hôtesse dont la taille puisse correspondre à la sienne. Enfin, elle repéra de loin une blonde qui avait les bonnes mensurations. Elle se rapprocha d'elle pour mieux la voir mais lorsqu'elle fut assez près, elle remarqua que la femme avait un nez proéminent. Elle fit demi-tour. Les minutes passaient. Elle réfléchissait à une autre option lorsqu'une rousse arriva. Juste à temps ! pensa Maiko.

Elle procéda exactement de la même manière qu'avec Amanda. Alors qu'elle s'attaquait aux derniers détails, les lentilles de contact vertes, elle compara son reflet dans le miroir avec la photo de la carte d'accès de l'hôtesse. Elle se répéta intérieurement plusieurs fois le nom inscrit dessus : Elisabeth Kemp. Le stress augmenta lorsqu'elle remarqua que sa peau était beaucoup trop foncée par rapport à celle d'Elisabeth. Elle avait oublié de mettre le fond de teint ! Elle retira son chemisier et en recouvrit généreusement son décolleté, ses bras et son visage, sans oublier le dos des mains. Elle se rhabillait lorsqu'elle entendit du bruit dans la cabine d'à côté. Elle s'immobilisa, retint son souffle. Des gouttes de sueur perlèrent sur son front. Elle étouffait dans cette cabine. La chasse d'eau retentit. Elle attendit que la porte se referme pour réarranger sa perruque en un chignon bas. Cette fois, la ressemblance était acceptable. Elle s'épongea le visage et sortit des toilettes. Les files de passagers devant les guichets d'enregistrement débordaient jusqu'aux portes d'entrée. Tentant de se frayer un chemin au travers de la foule pour rejoindre les salles de briefing, Maiko se heurta à un chariot chargé de grosses valises qui dégringolèrent. Pas le temps de les relever ! Elle se retourna pour s'excuser auprès du propriétaire des bagages et là, stupeur, elle se retrouva face à Jade. Elle semblait très différente de la veille, cernée, inquiète, elle tenait un petit garçon à la mine triste par la main. Priant pour qu'elle ne la reconnaisse pas, Maiko baissa la tête, balbutia un « désolée, je suis en retard » peu convainquant et se sauva avant de se retourner quelques mètres plus loin pour vérifier la destination du vol que Jade s'apprêtait à prendre. Je suis stupide, pensa-t-elle. Jade l'avait suivie du regard, et si jusque-là elle ne l'avait pas reconnue, en insistant, Maiko venait de lui donner une bonne raison de chercher où elle avait déjà vu ce regard. Elle eut tout de même sa réponse. Londres. Qu'allait-elle faire à Londres avec toutes ces valises? Et l'enfant? Était-ce son fils? Étrange qu'elle ne lui en ait pas parlé pendant leur vol. Elle pressa le pas et arriva enfin en salle de briefing. Plus sûre d'elle qu'à Hong Kong, elle se présenta, l'air confiant:

— Bonjour, je suis Fanny, la dispo m'envoie de la réserve.

— Mon nom est Robert, je suis le chef de cabine. Bienvenue, Fanny. Qui remplaces-tu?

— Ils ne me l'ont pas dit.

Robert plongea le nez dans ses papiers. Il releva la tête et demanda à chacun de se présenter.

— D'accord, c'est donc Elisabeth Kemp qui n'est pas là. Autrement, on est au complet.

Parfait, pensa Maiko. Robert ne connaissait pas Elisabeth. Des brunes et des blondes, c'est commun, mais la coïncidence qu'une rousse en remplace une autre aurait pu éveiller des soupçons. À l'issue du briefing, Maiko fut soulagée: elle travaillerait en cabine. Elle s'arrangea pour passer le contrôle d'identité seule. Les agents de sécurité ne s'attardèrent pas sur la carte d'Elisabeth. Une fois à bord, elle constata qu'elle n'avait jamais volé sur ce type d'appareil. Elle observa ses collègues à la dérobée, imitant leurs gestes afin de dissimuler le fait qu'elle ignorait totalement le protocole.

Les trois cent quarante-six passagers étaient attachés et tous les bagages logés dans les casiers au-dessus de leurs têtes. Le pilote amorça le dernier virage qui plaçait l'avion en bout de piste. Un grondement sourd annonça que l'appareil qui les précédait venait de décoller. Assise sur son *jump seat*, le front collé contre le hublot, Maiko scruta le tarmac. Tant qu'ils étaient au sol, tout pouvait arriver. Des voitures de police pouvaient surgir, rouler jusqu'à eux, donner l'ordre de couper les moteurs, tout pouvait s'arrêter. Ils feraient descendre les passagers, puis l'équipage…

Le sifflement produit par les réacteurs qui tournaient à plein régime mit un terme au scénario catastrophe. L'accélération colla les passagers contre le dossier de leur siège. Ils se sentirent compressés vers le sol puis l'avion leva le nez et ils quittèrent la terre ferme. Pour Maiko, c'était la délivrance. Le bruit, si familier à ses oreilles, du système hydraulique qui refermait les trappes du train d'atterrissage s'avéra plus doux que jamais. Devant elle, plusieurs heures de vol promettaient un peu de répit.

Trois jours plus tard, à Hong Kong

— Shen-Wu, tu laisses tomber l'affaire de racket du lycée, file-la à Sadri et viens dans mon bureau.

— Oui patron.

Tsai referma la porte.

Sadri, le coéquipier de Shen-Wu, lui lança un regard interrogateur.

— Ça pue, Shen-Wu, tu vas te faire sonner les cloches !

— Possible.

Shen-Wu estima la distance. Environ vingt pas jusqu'au bureau de Tsai. Juste le temps qu'il fallait pour ébaucher un semblant d'explication. Comment justifier qu'il soit passé à l'hôpital pour interroger la jeune femme de l'aéroport ? Il frappa.

— Entre.

— Patron, c'est…

— Ferme et assieds-toi.

Le chemin de la porte à la chaise lui sembla plus long que d'habitude. Le visage impassible de Tsai n'augurait rien de bon. Finalement il se calma, ce n'était pas la chaise électrique non plus, il n'avait enfreint aucune règle.

— Puisque tu sembles t'intéresser à la jeune femme de l'aéroport, je t'intègre à l'enquête. On a besoin de monde. Il y a tout un équipage qui débarque demain matin. Ils atterrissent à 6 h 10. On commence les interrogatoires à 8 h. Sois présent.

— Je serai là.

— Mets le petit jeune au courant pour le racket et prend ta soirée, Shen-Wu.

— O.K. patron.

Il sortit du bureau et rejoignit son poste.

— Alors ?

Shen-Wu sortit une pile de dossiers du tiroir de son bureau et les déposa devant Sadri.

— Alors, tiens. Tu reprends le dossier du lycée avec le gamin. Moi je suis affecté à l'affaire de la Miss de l'aéroport.

— C'est ça qu'il t'a dit, Tsai ?

— Oui, c'est ça. À demain, Sadri.

— Tu vas où ?

— Prendre l'air.

Sur un banc, devant la station de taxis des quais de ferries, Shen-Wu faisait semblant de lire le journal. Lorsqu'enfin il vit débarquer la voiture de Jess, il se releva et faillit tomber. Il s'accrocha à la portière, l'ouvrit et monta à l'arrière.

— Roule.

— Moi aussi je suis content de te voir. T'as bu ?

— Non, ça fait deux heures que j'attends. Mes jambes sont engourdies.

— Ha ! ha ! ha ! débutant ! T'as plus l'habitude de planquer ?

— C'est ça, fous-toi de moi !

— Pourquoi t'as pas appelé ?

— J'préfère rester discret. Tsai est au courant de ma petite visite de vendredi, à l'hôpital.

— Fallait s'y attendre. Tu lui as dit quoi ?

— Rien, il m'a même pas demandé d'explications. Il m'a mis sur l'affaire.

— Et tu trouves ça bizarre ? C'est normal, t'es un de leurs meilleurs flics !

— Peut-être, mais ce mec n'est pas net. Ils font revenir tout l'équipage pour les interroger.

— Ici ? À Hong Kong ?

— Ouais. À part la brune de l'hôpital, ils sont tous basés à Johannesburg. Pourquoi ils ne les interrogent pas là-bas, d'après toi ?

— J'en sais rien. T'as le nom de votre contact chez Interpol ?

— Dimitri Matthys.

— Ha ! Matthys, il est encore dans le coup, celui-là ? à l'époque il n'avait pas été très efficace.

— Qu'est-ce que tu vas faire ?

— Rien pour l'instant. On attend les interrogatoires et on verra. Je te dépose chez toi ?

— Non, ramène-moi aux ferries, je vais prendre le bus.

Les yeux ensommeillés, Shen-Wu accrocha sa veste au dossier de sa chaise. Comme tous les matins, après les arrestations nocturnes, le poste de police empestait l'alcool et d'autres trucs indéfinissables. Parfois, les ronflements des épaves en cellule de dégrisement emplissaient les couloirs. Ce n'était pas le cas aujourd'hui. Tsai aura fait évacuer tout ce petit monde avant l'arrivée de l'équipage, pensa Shen-Wu. Sadri, son coéquipier, tenait fermement le bras d'une prostituée qu'il raccompagnait à la porte. Il adressa un regard ironique à Shen-Wu et lui lança :

— Déjà là ?

— Encore là ? rétorqua Shen-Wu sur le même ton. M'en veux pas, Sadri. C'est le patron qui a demandé mon affectation à ce dossier. J'te paie une bière ce soir pour compenser. Ça te va ?

— Ça me va.

— Ouvrez-moi ces fenêtres, ça pue ici ! gueula Tsai en sortant de sa tanière.

Lorsque l'équipage arriva, Tsai s'entretint quelques minutes avec Tom, le chef de cabine. Puis il répartit tout ce petit monde en groupes de trois, dans les salles d'interrogatoire. Shen-Wu s'occupa de la salle n° 4. Il fut surpris de n'y trouver qu'une personne. Après lui avoir proposé un café et relevé son identité, il entra dans le vif du sujet :

— Donc c'est vous, Myriam Jorgen, qui avez travaillé avec la remplaçante d'Amanda Pelerino ?

— Oui. Mais c'est surtout Jade qui a parlé avec elle. Pourquoi est-on ici ? Qu'est-il arrivé à Eva ?

— Pour le moment, on n'en sait rien. Mais elle est en cause dans une affaire d'agression sur la personne qu'elle a remplacée pendant le vol SAA286 de mardi dernier.

— Amanda a été agressée ? Comment va-t-elle ?

— Mieux maintenant. Elle retrouve progressivement la mémoire.

— Et vous soupçonnez Eva ? Vous vous trompez de personne ! Eva ne ferait pas de mal à une mouche. Les humains, je les connais bien, croyez-moi, j'ai l'habitude d'en côtoyer de toutes sortes. Cette fille-là, c'est une gentille.

Shen-Wu farfouilla dans ses papiers.

— Vous dites que c'est surtout Jade qui a parlé avec elle. Jade Pieters, c'est bien ça ?

— Oui c'est ça.

— Et où est Mme Pieters ? Je ne la trouve pas sur la liste de répartition des interrogatoires.

— Elle n'était pas avec nous sur le vol ce matin. Elle est arrivée un peu plus tôt. Il me semble que c'est votre chef qui l'interroge.

Shen-Wu griffonna dans son calepin :

Jade Pieters ?

Puis il reprit :

— Et cette Eva, vous a-t-elle dit quelque chose qui pourrait nous donner des indications concernant la raison de sa présence sur ce vol ?

— Non. Elle s'est présentée en tant qu'Eva… je ne sais plus comment, et elle a dit qu'elle avait été envoyée par la réserve pour remplacer Amanda, c'est tout.

— Avez-vous remarqué quelque chose d'étrange dans son attitude ?

— Non.

— Même un détail insignifiant pourrait nous mettre sur une piste, vous savez.

— Non, vraiment, rien de spécial. Je me rappelle qu'elle était nerveuse pendant le briefing. Elle avait l'air un peu perdue. Mais dès qu'on est montés à bord, elle s'est détendue et tout s'est très bien passé.

— Savez-vous ce qu'elle a fait une fois arrivée à Johannesburg ? Est-elle sortie de l'aéroport avec vous ?

— Non, dès que j'ai récupéré ma valise, je l'ai saluée et je suis partie, seule.

À l'issue de cet interrogatoire peu concluant, Shen-Wu passa dans le bureau de son patron dans l'espoir d'obtenir plus d'informations. Entre tous les enquêteurs, les seuls indices qu'ils avaient pu récolter étaient le nom d'emprunt de la remplaçante et tout de même un portrait-robot. L'équipage au complet reprendrait le vol du lendemain matin pour Johannesburg.

— Et Mme Pieters n'a rien révélé non plus ?

— Non, rien de nouveau, répondit Tsai sur un ton évasif.

Shen-Wu quitta le bureau de son patron et tomba nez à nez avec une blonde. Juste derrière elle, la femme qu'il venait d'interroger s'exclama :

— Ah Inspecteur ! Voici Mme Pieters. Pourriez-vous nous indiquer l'hôpital dans lequel Amanda se trouve ? Nous souhaiterions passer la voir.

Shen-Wu les envoya vers le bleu de service et tourna les talons. Comme Tsai s'entretenait avec le chef de cabine, il s'éclipsa en douce. Arrivé en bas de l'immeuble, dans la rue, il tomba sur ses collègues. Il alluma une cigarette et se posa un peu à l'écart pour appeler Jess.

— Shen-Wu ?

— Tu bosses ?

— Parle plus fort, je t'entends pas.

— Pas possible.

— Oui je travaille. Pourquoi ?

— T'es loin du poste ?

— Non.

— Ramène-toi vite. Gare-toi pas trop en vue et surveille l'entrée. L'équipage de la SAA va bientôt sortir. Ils vont probablement commander des taxis. Ils veulent aller à l'hôpital, rendre visite à l'amnésique. Parmi eux, il y a une blonde, cheveux longs, grands yeux bleus, joli cul. Arrange-toi pour qu'elle monte dans ton taxi. Je veux savoir où elle va. À mon avis, elle ne suivra pas le groupe.

Shen-Wu raccrocha, jeta sa cigarette à moitié consumée et rejoignit son bureau. Tsai venait de donner congé aux témoins et l'apostropha :

— Je te laisse raccompagner ces messieurs dames jusqu'à la sortie, Shen-Wu.

Il s'exécuta et en profita pour leur suggérer d'aller se détendre sur les quais avant de reprendre le ferry pour Hong Kong Island, « il y a plein de bars sympas ».

Sadri se moqua :

— Tu fais dans le tourisme, maintenant ?

Si tu savais dans quoi je fais exactement, pensa Shen-Wu.

Il était seize heures lorsqu'il termina enfin ses rapports. Il se passa une main sur le visage, s'ébouriffa les cheveux et laissa retomber ses bras le long de son corps. L'absence de nouvelles de Jess commençait à l'inquiéter. Il se leva d'un coup, ce qui fit sursauter Sadri.

— Ça fait combien de temps que t'as pas dormi, Sadri ?

— J'en sais rien, je préfère ne pas compter.

— On va se la boire, cette bière ?

— Ouais, j'ai vraiment besoin de prendre l'air.

— Donne-moi quinze minutes. Je dépose mes rapports et on se casse d'ici.

— Je t'attends en bas.

Une fois sur les quais, ils entrèrent dans le premier bar qui se présentait à eux. Après la troisième bière, Sadri partit soulager sa vessie. Shen-Wu en profita pour appeler Jess, mais sans succès. Au retour de Sadri, il proposa de changer d'endroit.

— Tu cherches les hôtesses, Shen-Wu ?

— Avoue que ça serait cool !

— C'est vrai qu'elles sont canon ! C'est drôle, je t'ai toujours imaginé au-dessus de ça. Le brave Shen-Wu, fidèle, qui quitte son job et file retrouver sa femme et ses gosses. Jamais de bavure, toujours droit. Un homme d'honneur !

— J'essayerai de ne pas ternir l'image que tu te fais de moi alors. Viens, on bouge.

Ils passèrent devant tous les bars du quartier jusqu'à ce que, gagné ! ils tombent sur l'équipage de la South African Airways. Ils riaient en buvant des cocktails. Il ne manquait que Jade.

— Hé ! Regardez qui est là ! Voulez-vous vous joindre à nous, messieurs ?

Sadri ne se fit pas prier. Il s'installa confortablement entre deux filles. Son sourire béat annula momentanément tout son charme. Shen-Wu le lui signifia en relevant un sourcil. Ce geste produisit un effet immédiat sur son coéquipier, qui retrouva ses esprits. Il se tourna vers Myriam.

— Vous avez visité la ville ?

— Non, pas vraiment, nous sommes passés à l'hôpital pour voir Amanda. Cette histoire est incroyable ! Heureusement, elle va bien. Avec toutes ces émotions, nous avions besoin de nous changer les idées. Alors nous avons suivi le conseil de votre collègue et nous sommes venus directement ici.

Shen-Wu lui adressa un sourire, feignant de participer à la conversation, mais son esprit était ailleurs. Jade n'apparaissait toujours pas. Quelques verres plus tard, tout le monde était bien éméché. Shen-Wu sortit et rappela Jess. Cette fois, il répondit.

— Putain, t'es où ? Ça fait des plombes que j'essaye de te joindre !

— Problèmes de réseau.

— Qu'est-ce qui se passe ?

— À toi de me dire ! J'ai fait comme t'as demandé. La belle blonde est apparue en bas du poste, mais elle était avec tout le groupe.

Du coup, quand ils ont appelé un taxi, j'ai foncé. Seulement voilà, au dernier moment, la blonde a annoncé qu'elle ne venait pas avec eux. Qu'elle les rejoindrait plus tard. Alors j'ai fait un truc que j'avais jamais fait auparavant, mec. Je les ai tous fait descendre de mon taxi en leur gueulant dessus, comme si j'étais énervé et que je ne parlais que mandarin !

— Ha ! ha !... j'aurais bien voulu voir ça !

— C'est ça, marre-toi. J'ai fait mine de partir et j'ai attendu un peu plus loin. Quand un autre taxi les a embarqués, je suis revenu en arrière mais la blonde était partie.

— Merde ! Tu l'as perdue ?

— Oui, mais je l'ai retrouvée quelques rues plus loin. Elle est montée dans un autre taxi. Alors je l'ai suivi. Il l'a déposée à Kowloon City, en bas d'un immeuble. Comme il attendait, je lui ai filé trois cents dollars pour qu'il se barre.

— Quel genre, l'immeuble ?

— Rien de spécial. Des appartements.

— Et maintenant ?

— J'attends toujours. Ça va faire plus de quatre heures qu'elle est entrée.

— T'es con ! Elle s'est barrée par une autre sortie !

— Tu me prends pour qui ? J'ai vérifié, il n'y a pas d'autre sortie. Non, elle est là-dedans. Tu lui veux quoi, à cette blonde ?

— J'savais bien qu'elle était pas nette. Tu peux me dire ce qu'elle fout là, depuis tout ce temps? On a accueilli l'équipage au poste aujourd'hui. C'est moi qui devais l'interroger mais devine quoi, il n'y avait que sa collègue. Et elle, c'est Tsai qui s'en est chargé. Elle sait quelque chose concernant cette Eva. Faut absolument qu'on lui parle avant qu'elle reparte pour Johannesburg.

— D'accord mais je lui dis quoi, moi, quand elle se pointera?

— C'est moi qui vais lui parler. Dès qu'elle monte dans ta caisse, tu m'appelles.

— Sur ton portable?

— Oui, mais tu dis rien. Tu passes me prendre sur les quais. Quoi qu'il arrive, elle doit y passer puisqu'elle va reprendre le ferry pour Hong Kong Island.

Shen-Wu rejoignit les autres. À peine s'était-il installé que son téléphone mobile vibra.

— C'est certainement ma femme, je vais vous laisser, dit-il en se levant.

— Un homme d'honneur, je vous le dis!

Une chance que Sadri se sente comme un poisson dans l'eau! Ça l'empêche d'être trop curieux, pensa Shen-Wu en quittant le bar.

Le taxi de Jess déboula à l'angle de la rue. Il s'arrêta. La jeune femme assise à l'arrière sortait son porte-monnaie pour régler sa course lorsque Shen-Wu ouvrit la portière. Avant qu'elle n'ait le temps de protester, il s'installa à côté d'elle.

— Mais?! Ah, vous êtes le policier de ce matin!

Elle sembla rassurée. *Clic.* Jess verrouilla les portes. Elle se crispa de nouveau.

— Je suis pressée, laissez-moi descendre !

— Du calme. J'ai encore quelques questions à vous poser.

— J'ai tout dit à votre collègue, il n'y a plus rien à ajouter. Laissez-moi sortir ou je hurle.

— Pour alerter qui ? La police ?

— Très drôle.

Jade s'agita. En tentant de contenir ses gestes pour la calmer, Shen-Wu renversa le contenu de son sac à main sur le sol de la voiture. Il s'excusa, l'aida à récupérer ses affaires et demanda à Jess de déverrouiller les portes. Jade se calma.

— Je n'ai rien d'autre à vous dire.

— Que faisiez-vous à Kowloon City ?

— C'est personnel. Et ça n'a absolument aucun rapport avec votre enquête.

— Je n'obtiendrai rien de plus, n'est-ce pas ?

Jade ne prit même pas la peine de répondre. Elle sortit de la voiture, remercia Jess et salua Shen-Wu avant de disparaître par le passage sous voie.

— Et c'est tout ?! s'exclama Jess désarçonné.

L'œil malicieux de Shen-Wu brillait dans le rétroviseur.

— Y a des drôles de trucs qui traînent dans le fond de ta caisse…

Il souleva son pied droit. Une carte de crédit apparut sur le sol. Dans l'agitation, Jade n'avait pas remarqué la manœuvre de Shen-Wu. Ce dernier tendit la carte à Jess.

— Tiens. C'est pas une carte de crédit, c'est son pass d'hôtesse. À toi de jouer, honnête *taxi driver*!

6. Nao

Trois ans plus tôt, mars 2001

Selma attendait devant les portes d'arrivée de l'aéroport de Hong Kong. Elle accueillit à bras ouverts une Maiko si émue qu'elle ne parvint pas à émettre le moindre son.

Lorsque Selma fit démarrer la voiture, elle essaya de rompre le silence, mais elle tombait chaque fois sur le moment où Maiko trouvait enfin ses mots. Après quelques tentatives, aucune n'était parvenue à formuler une phrase complète. Elles éclatèrent de rire. À l'approche du quartier de Jordan, le cœur de Maiko s'emballa.

— Nao sera là ?

— Oui. Détends-toi, ma jolie. Tout va bien se passer. Ils sont si heureux de te revoir enfin.

— J'ai peur, Selma.

— Quand ta mère te verra, elle ne va pas en revenir ! Tu as tellement changé, Maiko. Tu es devenue belle !

— Tu vas rester avec nous ?

— Je pensais vous laisser entre vous mais… tu préfères que je reste ?

— J'en sais rien.

— Dans tous les cas, on se voit demain vers dix heures. Je viendrai te chercher pour t'emmener chez Nao.

— Je peux prendre le bus.

— Non, trop risqué. Si quelqu'un te reconnaissait ! Ne t'inquiète pas, je te déposerai et je reviendrai te chercher pour te ramener chez ta mère.

— En parlant de risques, tu te souviens de Stan ?

Selma retira brusquement son pied de l'accélérateur. Sans quitter la route des yeux, elle répondit :

— Oui bien sûr, c'est un collègue. Pourquoi me demandes-tu ça ?

— C'est possible qu'il soit à Bruxelles ?

— Tu l'as vu ? Il t'a vue ?

— Non, pas directement.

— Je ne comprends pas ta question alors.

— Est-ce que c'est possible, oui ou non ?

— Oui, oui, c'est possible, il voyage parfois pour régler des histoires de protocoles de recherches. Mais tu l'as vu ou pas ?

— Pas moi, quelqu'un pense l'avoir vu.

— Maiko ! Tu as dévoilé ton identité à quelqu'un ?

— Oublie ça. C'était juste une question sans importance.

Selma emprunta la ruelle adjacente à celle où habitait Walaya. Elle ralentit de nouveau. Maiko sentit qu'elle se retenait d'insister.

— Prochaine à gauche et on y est. T'es prête ?

— Oui.

Maiko aperçut sa mère et son frère, debout devant l'entrée de l'immeuble. Son cœur fit des bonds dans sa poitrine. Elle arrivait à peine à respirer. Walaya et Nao la regardaient s'approcher. L'expression sur leur visage était indescriptible. Le sourire de Nao, l'éclat dans leurs yeux. Elle sentit des fourmillements parcourir ses jambes, son dos, ses bras. Sans attendre que Selma arrête totalement la voiture, elle se détacha, ouvrit la portière et courut les rejoindre. Pour la première fois, Maiko vit sa mère pleurer. Elle entoura son frère de ses bras. Il était grand. Elle leva les yeux.

— Nao... mais t'es devenu un géant !

Elle se retourna pour demander à Selma pourquoi elle ne l'avait pas avertie que Nao avait autant grandi, mais elle n'était plus là.

La table de la cuisine était dressée comme pour un jour de fête. Maiko se dit que sa mère avait dû passer deux jours entiers à préparer toutes ces bonnes choses, mais l'appétit lui manquait. Pour l'instant, elle se nourrissait de leur présence. Être auprès d'eux. Cela lui semblait irréel.

Une fois l'exaltation passée, Maiko retrouva la sensation du sol sous ses pieds. Nao, même si son regard n'avait pas changé, était un homme à présent. Il saisit un bloc-notes et se mit à écrire :

Tu es magnifique ! Je

Maiko posa sa main sur celle de son frère. Il la regarda, interloqué. Elle s'adressa à lui en langage des signes :

— Je n'ai pas oublié.

Nao lui adressa un sourire. Il poursuivit en signant :

— Je suis heureux de te retrouver. Dis-moi ce que tu vis, comment tu vas ?

Maiko hésita à révéler sa fausse identité mais décida de ne pas aborder ce sujet devant sa mère. Elle en parlerait à Nao lorsqu'ils seraient en tête à tête. Elle passa également sous silence son réveil à Bruxelles ainsi que les premières semaines à la clinique. Walaya écouta attentivement le récit de sa fille avant de demander :

— Selma m'avait parlé d'un stage. Tu n'as pas poursuivi tes études de biologie ?

— Non. Maman, c'est compliqué.

— Tu étais tellement appliquée ! Ton père et moi étions fiers de toi lorsque tu as intégré la classe avancée. Je pensais que tu suivrais ses traces. Tu étais douée. Ma fille…

Elle s'essuya les yeux et reprit :

— J'ai eu si peur. Je croyais t'avoir perdue, toi aussi.

À son tour, Maiko sentit les larmes monter.

— Maman… Je te demande pardon. Je vais bien maintenant. Ce travail au bar me permet de subvenir à mes besoins. Je reprendrai mes études plus tard.

— Tu sais sûrement ce que tu fais. Je ne comprends pas pourquoi nous devons dissimuler nos retrouvailles. Mais j'ai envie de te faire confiance. Maintenant que je te vois, je crois que je vais y arriver.

— Je l'espère. Comme Selma vous l'a expliqué, c'est important de ne parler à personne de ma présence ici.

— Tu as des ennuis ?

— Je dois rester vigilante. Je vous expliquerai un jour.

Nao s'adressa à sa mère :

— C'est bon Maman, laisse-la tranquille !

Walaya baissa les yeux.

— Maman… Dis-moi, toi, comment tu vas ? Selma m'a dit que tu voyais souvent Mercedes ?

— Oui, je mange chez elle toutes les semaines. Je m'occupe. Maintenant que Nao n'habite plus avec moi, je passe plus de temps à lire. Mais il vient souvent me voir.

— Et toi Nao, je veux visiter ta nouvelle maison !

Nao sourit.

— Maison ? Je me réjouis de te montrer mon atelier, grande sœur. Voici l'adresse…

Elle avait retrouvé son frère. Enfant déjà, Nao comprenait le monde qui l'entourait. Il semblait doté d'un supplément d'humanité. De trois ans le cadet de Maiko, il émanait de sa personne une sorte de sagesse. Souvent, elle l'emmenait avec elle en exploration. Nao adorait ça. Sa grande sœur était son guide, une aventurière. De son côté, Maiko se sentait en sécurité avec lui. Depuis leur enfance, ils veillaient l'un sur l'autre.

Selma déposa Maiko entre deux usines. Impossible d'aller plus loin, des grilles délimitaient les zones de chaque bâtiment.

— Je repasse te prendre ici dans trois heures.

Des effluves de gasoil se mêlaient au bruit assourdissant des machines. Maiko se faufila entre les grilles et longea un bâtiment. Dès qu'elle fut arrivée de l'autre côté, le vacarme s'estompa. Elle traversa une cour intérieure. Il faisait chaud, sombre et moite. Au pied des murs, les angles étaient couverts de mousse. Les rayons du soleil n'atteignaient jamais le sol de cet endroit. Elle vérifia le croquis de Nao et frappa à une porte métallique. Son frère apparut à contre-jour dans un faisceau lumineux qui dessinait un couloir argenté sur l'asphalte humide de la cour. Il sourit. Éblouie, elle entra. En face, de hautes fenêtres constituaient toute une paroi de l'atelier. Des plantes grimpaient le long de ficelles jusqu'à plusieurs mètres de hauteur. Cette jungle habillait la moitié de la baie vitrée, projetant l'ombre de centaines de petites feuilles sur le sol en béton peint. Dans un coin, derrière un paravent, il y avait le lit de Nao, une bibliothèque et une étagère bricolée avec des cageots à légumes en bois. À l'autre bout de la pièce, une vieille gazinière, un ancien établi de couture et quatre chaises servaient de cuisine. Nao mit de l'eau à bouillir pour le café et accompagna sa sœur à l'étage. Là, dans le couloir de cette ancienne usine de textiles, se trouvaient les toilettes et une rangée de douches. En redescendant, ils croisèrent quelques autres occupants de ce lieu désaffecté.

— Tu partages la « salle de bains » avec eux ? demanda Maiko sur un ton taquin.

Nao acquiesça tout en souriant. Le seul point d'eau dont il disposait directement dans son espace était un grand évier en pierre qu'il utilisait pour nettoyer ses pinceaux. Juste à côté, il avait placé une bassine et un portemanteau auquel pendait une serviette de bain. Sur une étagère au-dessus de l'évier, il y avait un rasoir et du savon.

Au centre de la pièce se dressait un chevalet avec une toile. Maiko s'en approcha. Elle fut bouleversée par le tableau, qui la plongea instantanément dans l'ambiance de cet après-midi orageux où Selma leur avait annoncé la disparition de leur père. Pour Nao, c'était comme si un tsunami l'avait englouti. Les mots, pris au piège dans les remous de cette vague gigantesque, ne parvenaient plus à atteindre la surface.

Il s'interposa entre sa sœur et le tableau.

— J'adore, dit Maiko.

Les yeux de Nao s'illuminèrent.

— C'est incroyable. L'orage… c'est comme si tu l'avais absorbé ce jour-là.

Elle vit la tristesse l'envahir.

— Nao, tu ne pourras pas éluder la question éternellement. Tu ne ressens jamais le besoin de parler de tout ça? De crier?

Nao se tourna vers un tas de toiles appuyées contre le mur. Il en sortit une, la posa sur le chevalet et plaça le tout face à la fenêtre. Maiko le regarda faire, immobile pour ne pas court-circuiter l'infime possibilité qu'il décide de parler. Elle scruta sa bouche à l'affût d'un signe précurseur d'une parole. Il prit son souffle. Elle retint le sien… Rien.

Il se dirigea vers la cuisine et versa le café dans les tasses. Appuyée contre la baie vitrée, Maiko admira la toile exposée. La lumière; il y en avait tant dans le tableau de Nao qu'elle eut du mal à définir si c'étaient les rayons du soleil qui l'illuminaient ou l'inverse.

— Subjuguant, Nao! C'est magnifique.

Il posa sur elle un regard qui disait : *raconte-moi.*

— Toi d'abord. Selma m'a dit que tu as fini le lycée et que tu es à l'école d'art.

Il acquiesça.

Elle se blottit tout contre son frère.

— Tu sais peindre l'invisible. Les sensations qui nous transpercent, tu les captures et les restitues dans tes tableaux. Finalement, ton silence n'est pas plus lourd que le mien. Je ne sais pas trop par où commencer.

Elle lui raconta son réveil à la clinique, le faux nom, la perruque, son travail au bar, Gloria… Son récit concrétisait sa longue absence. Un malaise s'empara d'elle. Elle tremblait. Ses mâchoires se serrèrent. Sa bouche s'assécha et elle eut du mal à déglutir. Nao posa une main sur sa joue. Il l'enveloppa de son regard rassurant.

— Je suis fier de toi ! Tu t'en es sortie. Le chemin est encore long mais les réponses viendront. Nous avons besoin l'un de l'autre, grande sœur. Tu repars demain. Combien de temps avant de se revoir ?

— Selma m'a dit qu'elle avait un nouveau projet pour moi. Un projet qui me permettra de venir plus souvent à Hong Kong.

— On se voit chez Maman ce soir ?

— Oui, mon avion décolle à sept heures demain matin.

— Comment tu l'as trouvée, Maman ?

— Ça m'a surpris de la voir pleurer. J'ai cru qu'elle s'était ouverte un peu mais une fois en haut, je me suis sentie comme avant. Tu sais, cette censure tacite. C'est tellement étrange. C'est comme si elle ne voulait pas admettre la réalité.

— Et toi ? Tu l'acceptes ?

— Je n'arrive pas à croire qu'il soit mort. En réalité, j'ai fait comme elle. Inconsciemment, j'ai voulu fuir, m'évader. Mais, la réalité me rattrape. Il est arrivé quelque chose d'incroyable l'autre jour. Tu te souviens de Jack ?

— Oui. Je ne l'ai plus jamais revu.

— Moi si ! Il est à Bruxelles. Nous nous sommes croisés par hasard dans un bar. C'était comme si le destin se manifestait. J'ai mis plus d'une année à me reconstruire une existence loin de mon passé, et au moment où je pensais y être parvenue, il resurgit ! Ça m'a fait tellement de bien de savoir Jack à Bruxelles. Mais lorsqu'il s'est mis à parler de cette période, de la disparition de papa… ça m'a bouleversée.

— Tu m'as manqué, Papa me manque aussi.

— Tant qu'on n'aura pas retrouvé son corps, on doit garder espoir. En même temps, s'il était en vie, il nous aurait fait un signe, non ?

— Il est peut-être séquestré.

— J'y ai aussi pensé. Il devait avoir découvert quelque chose d'important dans ses recherches. Celltrack-Labs et le consulat espagnol ont déployé beaucoup de moyens pour le retrouver. Je ne comprends pas qu'ils n'aient pas la moindre piste.

— Selma a posé beaucoup de questions à Maman, mais tu la connais, elle est restée fermée comme une huître.

Maiko fronça les sourcils. Nao réitéra son geste.

— Désolée, Nao, Je ne comprends pas. Qu'a dit Maman ?

Nao s'empara de son bloc-notes.

Elle est restée fermée comme une huître.

— Ça, c'est l'huître ? dit Maiko en imitant son frère.

Nao acquiesça.

— Tu crois qu'ils continuent à le chercher ? reprit Maiko.

— Je crois qu'ils pensent que Maman sait quelque chose.

— J'en parlerai à Selma tout à l'heure.

— Non !

Maiko fixa son frère d'un air surpris.

— Tu n'as pas confiance en elle ?

— J'ai confiance en toi.

Arrivées chez Walaya, Maiko et Selma s'installèrent au salon en attendant que Walaya les rejoigne avec le thé. Maiko remarqua alors un cadre vide, accroché au mur.

— Maman ? C'est quoi ce cadre ?

Walaya laissa passer quelques secondes puis demanda depuis la cuisine :

— Quel cadre ?

— Sur le mur du salon.

Selma jeta un regard amusé à Maiko et chuchota :

— Ça fait au moins deux ans qu'il est comme ça.

Walaya répondit :

— Ah, c'était une toile de ton frère. Elle plaisait tellement à Mercedes que je la lui ai offerte.

— Sans le cadre ?

— Oui, il n'était pas assorti à son intérieur. Nao va m'en faire une autre.

Sur ces mots, elle débarqua au salon, un plateau chargé de biscuits et des trois tasses de thé dans les mains. Selma leur exposa son plan :

— Brussels Airlines effectue des vols réguliers entre Bruxelles et Hong Kong. Si nous parvenons à t'y faire engager comme hôtesse temporaire, tu pourras venir voir ta mère et Nao plus souvent. Avec toutes les langues que tu parles, ça devrait être possible. Il faut juste que je fasse quelques démarches. Parallèlement, il est temps que tu reprennes tes études en biologie. Même si tu ne t'es jamais présentée aux examens, je pense que tu avais largement le niveau. Je sais qu'il te faudra un peu de temps pour rafraîchir tes connaissances, mais j'ai pris de l'avance. J'ai envoyé ton dossier d'admission à l'université de Bruxelles.

— Mais Selma, ça fait longtemps que j'ai pas mis le nez dans un bouquin de biol ! Et comme tu l'as si bien dit, je n'ai jamais eu mon bac.

— J'en fais mon affaire. Occupe-toi de te remettre à la page, dit Selma en sortant de son sac la bibliographie que l'université lui avait transmise.

— Voici la liste des livres que tu devras connaître avant de pouvoir intégrer une classe. Ou peut-être que tu n'en as pas envie ?

— Bien sûr que j'en ai envie, c'est juste que je ne sais pas si j'en serai capable.

— Alors mets-toi au travail dès ton retour à Bruxelles. Appelle-moi dans deux mois, je te dirai où ça en est. Ils ont un département de biologie moléculaire.

Maiko s'apprêtait à poser des questions sur les recherches de son père quand Nao fit irruption dans la pièce, les bras chargés de paquets. Selma en profita pour s'éclipser.

— Je passe te prendre à 5 h 30 demain matin. Bonne soirée, la famille.

Maiko et Nao rangèrent les provisions pendant que Walaya partait faire une course à la pharmacie. Une fois seuls, Nao demanda :

— Présente-moi Saskia.

Maiko sortit la perruque de son sac et l'ajusta. Nao sourit, le résultat lui plaisait beaucoup.

À table, l'ambiance fut tendue. Walaya tournait en rond, se levait sans cesse pour ajouter des choses sur la table, mais une fois debout, elle ne savait plus ce qu'elle avait voulu prendre. Alors elle s'asseyait de nouveau, jusqu'à ce qu'une autre raison la fasse se relever. Nao lança un regard complice à sa sœur. Elle brisa la glace.

— Hé ! Haut les cœurs ! Je reviendrai bientôt vous voir.

À la fin du repas, Maiko et Nao aidèrent leur mère à ranger la cuisine, puis ce fut l'heure de se quitter. Nao serra longuement sa sœur dans ses bras avant de s'en aller.

Maiko se retrouva face à sa mère, qui la contempla.

— Tu as l'air en forme.

— Oui. Je vais bien maintenant, Maman. Et toi ?

— Tu vois, je m'organise, je vois ton frère et Mercedes, et Selma aussi passe de temps en temps. Je suis tranquille dans ce quartier, le patron du petit magasin en bas connaît mes habitudes. Il est gentil, il me réserve ses plus beaux fruits quand il est livré et il me les prépare.

— Maman, j'aimerais…

Walaya se leva brusquement.

— Bon, je suis fatiguée. Et toi, tu te lèves tôt demain, mieux vaut se coucher. Tu as tout ce qu'il te faut ?

— Oui Maman. Merci.

— Bonne nuit, ma fille. Réveille-moi demain avant de partir, je nous préparerai du thé.

Allongée sur le sofa, Maiko regarda la lune à demi pleine par la fenêtre du salon. Malgré la nuit qui était tombée, elle ressentit un calme profond. Elle pensa à son frère, l'imagina à quelques pas d'elle, dans la rue, marchant les yeux levés. Au-delà de son apparence de demi-disque d'argent, la lune était bel et bien entière.

7. U.T.O.P.I.A.

Bruxelles, avril 2001

Maiko se réveilla en sursaut. Elle mit quelques secondes pour discerner l'heure affichée sur son réveil. Merde, suis en retard !

Elle poussa les livres de biologie qui jonchaient son lit et prit une douche rapide. Elle s'apprêtait à sortir lorsqu'elle s'aperçut qu'elle avait oublié de mettre sa perruque. Vite ! Pas de cheveux qui dépassent. Elle dévala les escaliers, traversa les rues en courant puis entra dans le bar. François lui adressa un regard faussement sévère suivi d'un vrai sourire.

— Désolée, dit Maiko en tentant de reprendre son souffle.

— C'est la première et la dernière fois ! Allez, raconte-moi, c'était bien ? T'as fait la fête ?

— Non, pas cette fois.

François haussa les sourcils.

— Décidément, t'es pas très loquace.

À la fin de son service, comme tous les jeudis, elle retrouva Gloria et Jack pour manger. En rentrant chez elle, Maiko eut la désagréable sensation que quelqu'un la suivait. Ce n'était pas la première fois, mais comme il ne s'était jamais rien passé, elle se dit que son imagination lui jouait des tours. Le samedi suivant, elle se décida tout de même à en parler à Gloria et Jack.

— Tu as peut-être un admirateur secret ! plaisanta Jack.

— Arrête, déconne pas, c'est sérieux. Ça me fiche la trouille.

— Ça te rassurerait qu'on te raccompagne chez toi ? proposa Gloria.

— C'est probablement dans ma tête. Mais je ne dis pas non.

— C'est la nuit, Maiko. Tout prend d'autres proportions pour toi la nuit.

Arrivés à la porte de son immeuble, Gloria commanda un taxi. Jack partit à pied de son côté. Il fit quelques mètres puis revint sur ses pas. Maiko cherchait ses clés.

— Si on ne se connaissait pas depuis si longtemps, j'en serais un, d'admirateur, mais pas secret. Je te dirais ouvertement, bien en face, à quel point tu es…

Maiko le regarda, perplexe.

— Je rêve ou t'es en train de flirter avec moi ?

— Non ! C'est juste que t'es vraiment très belle et que… Pourquoi je ne te vois jamais avec un mec ?

— T'es bourré, Jack. Allez, rentre chez toi, Don Juan !

Juin 2001

Maiko traversa les trois rues qui la séparaient du bar. Sur le chemin, pour la première fois depuis qu'elle était à Bruxelles, elle repensa à Hong Kong avec nostalgie. Peut-être que ses remords s'estompaient et que bientôt il ne resterait que les beaux souvenirs. Si elle voulait se reconstruire, elle devait faire la paix avec son passé, enterrer toutes les questions sans réponses et avancer.

Arrivée au bar, elle poussa la porte énergiquement et tomba nez à nez avec un visage connu. Un revenant. Gunter Van Weick était le meilleur ami de son père lorsqu'ils vivaient à Bruxelles. L'éventualité d'une vie simple, sans intrigues, s'évanouit brutalement. S'il y avait une personne qui connaissait son père et ses dossiers secrets, c'était bien Gunter. Et là, devant elle, c'était lui ! Ses cheveux roux avaient blanchi. Ses joues s'étaient creusées et le grand homme, déjà maigre à l'époque, s'était encore asséché. Son regard gris et froid transperça Maiko. Il ne la reconnut pas tout de suite et essaya de l'éviter, mais elle lui barra le passage. Agacé, Gunter tenta une deuxième fois de l'esquiver. Le cerveau de Maiko turbinait à toute vitesse. Elle ne pouvait pas le laisser partir, ni lui courir après. Alors quoi ? Comment faire ? Il la regarda au fond des yeux. Cette fois il la reconnut, pas de doutes. Avant qu'il ne dise quoi que ce soit, elle improvisa :

— Bonjour Gunter ! Je suis Saskia. Un ami commun nous avait présentés il y a quelque temps, vous vous rappelez ?

Maiko, le sourire crispé, douta de l'efficacité de cette entrée en matière, mais à sa grande surprise, Gunter entra dans son jeu.

— Vous faites erreur, mademoiselle… Saskia ? Je m'appelle Martin Leroy.

— Je peux vous offrir un café, monsieur Leroy ?

— Non merci, je viens d'en prendre un. En plus, je suis pressé.

Gunter sortit du bar sans attendre. Maiko se précipita sur François.

— Je ne peux pas t'expliquer maintenant, c'est très important, il faut que…

— Vas-y. Mais sois de retour pour la sortie des bureaux !

Maiko sauta sur le trottoir. Gunter cherchait nerveusement le trou de la serrure de sa vieille Renault avec la clé. Il ouvrit la portière et avant qu'il n'ait pu refermer de l'intérieur, Maiko prit place sur le siège passager. Il démarra. Maiko prit son souffle pour parler mais il ne lui en laissa pas le temps. Il lui fit les gros yeux et secoua la tête pour dire non. Maiko referma immédiatement la bouche et soutint son regard.

En arrivant chez Gunter et Magda, Maiko crut être parachutée au beau milieu d'un film. Magda se tenait droite dans l'embrasure de la porte. Elle sourit à Maiko mais ne prononça pas un mot avant que Gunter n'ait enclenché la radio à un volume qui dépassait largement celui d'une musique de fond. Il était pratiquement impossible de se comprendre en parlant normalement. Gunter haussa la voix et dit :

— Vous verrez, vous serez bien ici. Je vais vous faire visiter et vous montrer votre chambre. Comme je vous le disais, ma femme Lisa est un peu sourde mais elle adore la musique.

En même temps qu'il déblatérait, Gunter déambulait dans l'appartement, ouvrant et refermant des portes qui donnaient sur une chambre, une salle à manger, un salon ou la salle de bains. Maiko le suivit, écarquillant les yeux devant ces meubles, ces tableaux et ces bibelots qu'elle connaissait par cœur pour les avoir détaillés cent fois lors des longs dimanches passés chez les Van Weick. Pendant que les adultes débattaient du sort de la planète, Nao dessinait et Maiko s'ennuyait. Alors, son cerveau se mettait à lire et décrypter tout ce qui passait par ses rétines. Elle aurait pu dresser un plan de cet appartement les yeux fermés.

Il ouvrit une dernière porte et termina son speech en disant :

— Et voici votre chambre. Vous pourrez disposer de cette pièce les fois où vous resterez ici pour veiller sur Lisa. Je vous laisse vous installer. Nous parlerons de la suite pendant le repas.

Il referma la porte de la chambre avant que Maiko n'y soit entrée et s'approcha d'elle. Il se mit à parler tout bas :

— Mon épouse, c'est Lisa. Elle est malade et tu es ici pour quelques semaines afin de m'épauler un peu. Elle souffre d'une arythmie cardiaque passagère qui la fatigue énormément. Je m'occupe du ménage, mais pour la lessive, le repassage et les courses, j'ai besoin d'aide.

Il interrompit cette messe basse en criant :

— Mademoiselle, le repas sera servi dans un quart d'heure.

Maiko sursauta, le regarda droit dans les yeux et répondit assez fort :

— Très bien, merci ! J'arrive tout de suite.

Puis elle continua tout bas :

— Qu'est ce qui se passe ici, Gunter ? Magda est malade ?

— Tu m'as entendu parler avec un de mes amis de l'état de ma femme alors que je prenais un café dans le bar où tu travailles et tu as proposé ton aide en échange d'un peu d'argent. J'ai accepté. Tu t'appelles Léa.

— Non, Saskia ! C'est déjà assez compliqué comme ça !

— Entendu, va pour Saskia.

Gunter tourna les talons et fit signe à Maiko de le suivre. Elle n'en croyait pas ses oreilles, ni ses yeux. Elle ouvrit la porte de la chambre comme si elle en sortait puis se dirigea vers la cuisine. Martin, autrement dit Gunter, baissa le volume de la musique.

— La chambre vous convient-elle ?

— Oui, c'est parfait. Merci.

— Bonjour. Comment vous appelez-vous déjà ? demanda Magda en souriant.

— Saskia, madame, répondit Maiko avec une politesse surjouée.

Magda sembla heureuse de la revoir. Elle ajouta :

— C'est bien que vous soyez là ! Votre proposition est très généreuse et ce sera un grand soulagement pour Martin d'avoir un peu d'aide.

Maiko répondit par un sourire. Elle plongea au fond des yeux de Magda pour tenter de comprendre ce qui se passait dans sa tête. La femme se laissa faire, plus même, on aurait dit qu'elle essayait de communiquer avec Maiko par télépathie. Magda avait peu changé. Ses formes s'étaient légèrement arrondies. Elle avait coupé ses boucles blondes mais le carré court lui donnait belle allure. Plus les deux femmes se regardaient, plus Maiko ressentait qu'il y avait dans ses yeux une émotion sincère, un mélange de nostalgie, de regrets et d'admiration.

Elle attendit impatiemment la suite des événements, persuadée que Gunter allait éclater de rire et la prendre dans ses bras, ou du moins lui expliquer à quoi rimait cette mise en scène. Ils passèrent à table pour manger et échangèrent quelques banalités aussi insipides que le contenu de leurs assiettes. Le cœur de Maiko battait si fort qu'elle crut que tout le monde l'entendait cogner. Elle regarda Gunter et Magda, émue, surprise et méfiante à la fois. À la fin du repas, elle se mit à gesticuler pour signifier à Gunter qu'elle avait des choses à dire. Il monta aussitôt le volume de la radio.

— Je dois retourner au travail ! chuchota Maiko.

— Demain, j'aurai besoin que vous passiez m'apporter ces médicaments. Vous reviendrez ? dit Gunter en tendant une ordonnance à Maiko.

— Oui, répondit Maiko à haute voix avant d'ajouter en chuchotant : Comme ça, nous aurons plus de temps pour parler.

Maiko sortit de la maison. Elle reconnut à peine les rues de Schaerbeek. Pourtant, lorsqu'elle avait dix ans, elle s'y rendait toutes les semaines pour son cours d'escrime.

Au détour d'une rue, elle ressentit de nouveau cette impression désagréable d'être suivie, observée. Elle accéléra la cadence et grimpa dans le premier tram qui passait.

Le lendemain, dès que François la libéra, elle retourna chez « Martin et Lisa ». C'est Gunter qui lui ouvrit.

— Ah, bonjour Saskia, vous avez apporté les médicaments pour ma femme ?

— Oui. Je peux entrer deux minutes ?

— Je vous en prie.

— Bon alors, ces médicaments ?

Maiko resta perplexe.

— Enfin, mon petit, vous avez oublié de passer à la pharmacie ?

Maiko, bouche ouverte, regarda Gunter sans réagir.

— Ne restez pas comme ça, là, sans rien dire ! Allez ouste, revenez demain et n'oubliez pas, cette fois !

Plusieurs jours s'écoulèrent ainsi et chaque fois que Maiko gravissait l'escalier de la maison, elle espérait tomber sur Gunter et Magda mais elle se retrouvait toujours face à Martin et Lisa. Leur demeure était un théâtre dans lequel on jouait la même pièce, inlassablement.

La nuit venue, dans son lit, Maiko retournait les événements dans tous les sens, les gestes, les mots. Elle cherchait un indice, une sorte de message codé à lire entre les lignes.

Mais rien ne venait. Pourtant elle persévéra. Lors de chaque visite, elle reprenait le rôle qu'elle avait endossé en suivant Gunter dans sa voiture. Elle l'avait accepté sans lire le script et maintenant elle se sentait prise au piège dans ce décor qui sentait le renfermé. Les portes qu'elle essayait d'ouvrir pour enfin se retrouver du côté des coulisses étaient fermées à triple tour.

— J'ai besoin d'une clé, Gunter ! lança-t-elle un soir qu'elle n'en pouvait plus.

Il la foudroya du regard. Magda se leva pour enclencher le poste de radio et monta le volume. Gunter s'approcha de Maiko.

— T'es tombée sur la tête ou quoi ? chuchota-t-il.

— À quoi vous jouez, tous les deux ? rétorqua Maiko les mâchoires serrées.

Gunter haussa le ton.

— Demain je vous accompagnerai au centre commercial. Nous avons besoin d'eau et de jus de fruits. Ce sera trop lourd pour vous seule. Nous irons en voiture.

Maiko lui adressa un regard satisfait avant de quitter la maison.

— Bonjour Saskia, vous avez passé une bonne journée ?

— Bonjour Lisa, Martin n'est pas là ?

— Il est sorti un instant. Il ne va pas tarder. Vous prenez du café, n'est-ce pas ?

— Oui, volontiers. Je vois que vous allez mieux !

— Je me sens moins fatiguée, en effet. J'ai rendez-vous chez mon cardiologue après-demain. J'espère qu'il aura de bonnes nouvelles à m'annoncer.

— Je vous le souhaite de tout cœur. Moi aussi j'attends des réponses. Malheureusement, il semble qu'aucun spécialiste ne soit en mesure de m'expliquer ce qui se passe pour mon père.

— Votre père est malade ? J'en suis désolée.

Maiko laissa tomber ses bras le long de son corps.

Gunter rentra. Il était encore plus nerveux que d'habitude. Il embrassa sa femme puis s'adressa à Maiko :

— Bonjour Saskia, vous êtes prête ?

Le trajet en voiture se déroula comme le précédent. Pas un mot. Arrivés au centre commercial, Gunter se mit à énumérer ce qu'il fallait acheter.

Maiko poussait le chariot rempli de bouteilles lorsqu'au détour d'un rayon, Gunter l'arrêta net. Elle sentit l'adrénaline envahir ses veines. Le véritable Gunter venait de réapparaître. Il lui tendit un porte-monnaie.

— On se retrouve à la voiture. Je vous laisse passer à la caisse pendant que je vais à la pharmacie pour les médicaments de ma femme, dit-il avant de disparaître.

Maiko resta immobile, une main agrippée à son chariot et l'autre suspendue à ce porte-monnaie qui semblait flotter en l'air.

Elle l'ouvrit et le referma tout de suite. Il y avait au moins cinq mille euros à l'intérieur. Elle regarda autour d'elle et le rouvrit. Dans l'autre compartiment, elle trouva un mot :

Voici ton salaire. Je ne peux rien de plus pour toi.
N'essaye plus de me contacter, je t'en prie !
Nos délires utopistes nous perdront tous.

Jusqu'ici, Maiko n'avait rien dit concernant Gunter et Magda, ni à Gloria, ni à Jack. Elle s'apprêtait à composer le numéro de son amie, lorsqu'elle sentit de nouveau ce regard peser sur elle. Elle se retourna brusquement et aperçut une silhouette disparaître furtivement. Prise de panique, elle s'enfuit du supermarché en courant, laissant le chariot plein au milieu du couloir.

La nuit était tombée. Derrière elle, sous les néons du porche, un couple se disputait. À leur gauche, une vieille dame soulevait péniblement deux cabas remplis à ras-bord. Un peu plus loin, une mère tendait des sacs à son fils, une femme et ses deux enfants poussaient trois caddies, un type tenait une petite fille par la main. Aucun d'eux n'avait l'air suspect. Rassurée, Maiko reprit son souffle. L'arrêt du tram n'était qu'à cinq minutes. Elle se remit en route mais à peine eut-elle fait trois pas qu'elle entendit un bruissement dans son dos. Une décharge d'adrénaline la submergea. Elle se mit à marcher, de plus en plus vite, cherchant une issue, des gens vers qui se réfugier. Les lampadaires du parking projetaient des centaines d'ombres allongées. Elle ne savait plus où donner de la tête. Elle scruta toutes ces formes sur le sol, essayant d'identifier leurs sources et ce qu'elles représentaient. Les roues des caddies produisaient un son métallique strident qui l'empêchait de réfléchir. Elle se faufila entre deux voitures et s'accroupit. Elle avait du mal à différencier les bruits externes de ceux de sa respiration et des battements de son cœur dans ses tympans. Une voiture démarra dans un crissement de pneus. D'une main tremblante, elle sortit son téléphone pour appeler Gloria.

— Saskia ! T'as fini de bosser ?

— Gloria…

— Saskia ? Je ne t'entends pas bien !

— Chut… parle doucement. Viens me chercher ! Je suis sur le parking du centre commercial à Schaerbeek. Fais vite !

Un quart d'heure plus tard, Gloria arriva en trombe dans le parking. En voyant la voiture de son amie approcher, Maiko se releva et lui fit des signes. Gloria s'arrêta. Maiko ouvrit la portière arrière et se coucha sur la banquette.

— Démarre !

— Enfin Maiko, qu'est-ce qui se passe ?

— Ne dis rien, je t'en prie, fais comme si j'étais pas là.
— On va où ?
— Chez moi. Appelle Jack, s'il te plaît.

Jack les attendait devant l'immeuble. Une fois la voiture garée, ils grimpèrent jusqu'au cinquième. Jack s'assit dans le canapé, à côté de Maiko, pendant que Gloria préparait du café.

Incapable de garder ce secret plus longtemps, Maiko raconta à ses amis l'histoire absurde qu'elle vivait depuis deux semaines. Ils l'écoutèrent abasourdis, puis, après avoir décrété que Gunter et Magda n'avaient plus toute leur tête, ils décidèrent de passer la nuit chez elle afin qu'elle se sente en sécurité.

Maiko se réveilla avec en tête des bribes de son cauchemar : elle était perdue dans les rues de Bruxelles, cherchant le chemin qui menait à la maison. Finalement, elle se retrouvait sur le pas de la porte mais celle-ci était fermée à clé. Elle entendait ses parents discuter. Elle frappait et appelait mais ils ne réagissaient pas. Puis Gunter était apparu à côté d'elle, sur le perron, brandissant un bout de papier. Dans son rêve, elle reconnut le mot qu'elle avait trouvé dans le porte-monnaie au supermarché.

Elle demeura un moment les yeux clos, la conscience entre deux eaux, se repassant en boucle cette phrase de Gunter : « Nos délires utopistes nous perdront tous. » Elle tentait de tisser un lien entre le goût amer que son cauchemar lui laissait et ses souvenirs d'enfance. Soudain, une dispute qu'elle avait surprise entre sa mère et son père lui revint en mémoire :

— Je ne pourrai pas continuer ici, Walaya. Ce qu'ils me proposent, ce n'est pas un arrangement, c'est du chantage ! Je dois accepter ce poste à Hong Kong. Là-bas je n'aurai pas ces contraintes.

— Je t'en prie, Juan, pour une fois, sois un peu égoïste pour ta famille, pour Maiko et Nao !

— Égoïste ? Mais quel futur entrevois-tu pour eux si je cède ? C'est justement pour leur avenir que je veux poursuivre !

— Ils ont toute leur vie ici, leurs amis, l'école, leurs activités… On a déjà eu cette conversation ! Chaque fois que nous allons chez les Van Weick, il faut que vous vous montiez la tête avec ce projet ! Utopia par ci, Utopia par là. J'en peux plus de votre UTOPIA !

Maiko se redressa dans son lit.

— C'est ça ! s'écria Maiko.

Sortis brusquement de leur sommeil et éblouis par l'éclat du matin, Jack et Gloria tentèrent tant bien que mal d'émerger.

— Ça quoi ? demanda Jack en se frottant les yeux.

— L'indice. Gunter et mon père travaillaient sur un projet. Utopia.

— Utopiaaaaaa, psalmodia Gloria d'une voie fantomatique en levant ses bras comme l'aurait fait un gourou.

— Et il aurait appelé son projet secret « Utopia » ? Ha ! ha ! excuse-moi, mais c'est quoi ce nom bidon ? Ça fait un peu film de science-fiction à deux balles, non ?

— Jack ! le fustigea Gloria.

— Il faut avouer qu'il n'a pas tort, rétorqua Maiko.

Jack fredonna la musique du générique de la série *X-Files*. Ils éclatèrent de rire.

— Non, sans déconner, je suis certaine d'avoir vu ce mot écrit quelque part dans les affaires de mon père ! Un jour, il m'a expliqué que les recherches qu'il faisait pour son labo étaient parfois financées par l'État. Quand il a disparu, des enquêteurs du gouvernement de Hong Kong mais aussi des autorités espagnoles sont venus poser des questions. Gunter semble avoir totalement perdu la boule, mais s'il avait raison d'avoir peur ? S'il était réellement persécuté ? Mon père a tout de même disparu de la circulation. Ils doivent avoir découvert quelque chose. Quelque chose de gênant.

— Ça fait un peu théorie du complot, tu ne trouves pas ? se risqua Gloria.

— T'as raison, accorda Maiko.

Elle leur relata la dispute dont elle avait été témoin enfant.

— Bon, sur quelle paroi veux-tu qu'on note les indices, Sherlock ? demanda Jack en parcourant les murs de la pièce du regard.

À Hong Kong, il était treize heures pile, lundi. Maiko composa le numéro de Selma.

— Maiko ! Tu tombes à pique.

— Selma, il se passe quelque chose, je crois que je ne suis plus en sécurité. Ça fait plusieurs semaines que j'ai l'impression d'être suivie et…

— Attends… attends, as-tu révélé ta vraie identité à quelqu'un ?

— Non.

— Alors il n'y a aucun risque.

— Si tu le dis.

— J'ai une bonne nouvelle, ma jolie, c'est bon pour Brussels Airlines ! Ils attendent ton appel pour fixer un rendez-vous. *A priori*, ce n'est qu'une formalité, ils ont besoin de personnel et ton profil est recherché. Bref, ton dossier les a conquis !

— C'est génial ! Je commence quand ?

— Dès qu'ils t'auront vue. Tu as de quoi noter ? Je te dicte le numéro et le nom de ton futur chef.

François fit la grimace lorsque Maiko lui annonça qu'elle quittait son travail au bar. Pour se faire pardonner, elle lui présenta Gloria, qui était disponible pour des extras, le week-end et les soirées. Comme elle était étudiante, elle avait besoin d'argent.

Une semaine plus tard, Maiko était officiellement engagée auprès de la compagnie aérienne belge. Étant donné qu'elle avait également été reçue à l'université, Selma lui avait obtenu un poste d'hôtesse auxiliaire à temps partiel. Elle devait suivre une formation d'un mois avant de commencer à voler.

À la fin de sa formation auprès de la Brussels Airlines, Maiko se rendit compte que sa vie prenait de l'élan. Une étape inédite s'offrait à elle, mais malgré l'excitation de ces nouvelles perspectives, François restait un repère. Elle se sentit presque coupable de se réjouir ainsi.

Dès qu'elle passa la porte du bar, le regard de François s'illumina. Il lui servit un café. Avant de lui demander le récit de ses aventures, il lui fit un signe discret de la tête, lui désignant une femme qui leur tournait le dos, assise à une table dans un coin. Il chuchota :

— Cette femme est passée plusieurs fois, c'est toi qu'elle vient voir.

— Ah oui ? Et qu'est-ce qu'elle t'a dit ?

— Rien d'autre. Elle semble nerveuse.

— Tu lui as dit que je ne travaillais plus ici ?

— Non, j'ai juste dit que tu n'étais pas là.

À défaut de poser des questions, Maiko sentit qu'il surveillait les expressions qui passaient sur son visage.

— Raconte-moi cette formation d'hôtesse, t'apprends quoi ?

Maiko se figea. C'était Magda.

— Excuse-moi François, je vais m'occuper de sa commande, si tu permets.

Elle saisit un carnet et un stylo derrière le bar et se dirigea vers Magda.

— Qu'est-ce que je vous sers ?

Magda leva la tête et la baissa de nouveau.

— Assieds-toi une minute, je t'en prie. Je suis désolée, je n'ai pas pu venir plus tôt.

— Tu es là.

— Maiko, je suis tellement désolée pour tout ça.

— Saskia ! chuchota Maiko en jetant un regard furtif autour d'elle.

— Pardon, je suis désolée pour tout ça, répéta Magda.

— Tout quoi ?

— Gunter veut nous protéger.

— De quoi ? Qu'est-ce qui se passe ? Vous savez quelque chose sur mon père ?

— Le temps a passé, Saskia. Essaie d'oublier.

— Oublier ? !

— Juan est allé trop loin. Je sais qu'il te manque, mais crois-moi, si tu t'entêtes, tu finiras comme Gunter. Il a disparu, Saskia.

— Comment ça, disparu ?

— Lorsque vous êtes allés ensemble au centre commercial, tu t'en souviens ? Eh bien, c'est la dernière fois que je l'ai vu. Il n'est jamais revenu.

Magda retint un sanglot. Les yeux humides, elle reprit.

— De toute façon, ça faisait déjà des années qu'il n'était plus vraiment là. Tu n'as pas vu qu'il avait perdu la raison ? Il était convaincu que notre maison était truffée de micros, qu'il était suivi où qu'il aille, que notre téléphone était sur écoute. Ça fait si longtemps que nous jouons à Martin et Lisa, Gunter me manque.

— Et toi, tu y crois ? Ça serait quoi ? Un complot ?

— Je ne sais pas, il était terrorisé. Tu veux subir le même sort ?

— Tu n'as vraiment aucune idée d'où il peut être ?

— Aucune. Je ne sais même pas s'il essaie de me protéger en disparaissant sans laisser de trace, s'il a été enlevé, s'il s'est suicidé ou s'il a été tué. Chaque jour, je m'attends à voir débarquer la police chez moi pour m'annoncer que son corps a été retrouvé.

— Je sais parfaitement ce que tu ressens, crois-moi. Magda, si nous réunissons les informations que nous avons chacune, nous aurons peut-être une chance de comprendre.

Magda l'interrompit :

— Assez ! Je n'en peux plus, je veux juste que ça s'arrête et te protéger, te convaincre d'abandonner.

— Et moi, je veux savoir ce qui est arrivé à mon père ! Qu'a-t-il découvert pour qu'on veuille le faire disparaître ? Tu dois être au courant du sujet de leurs recherches. Utopia, ça doit bien te dire quelque chose, non ?

— Ah… je vois que tu as trouvé l'agenda. Détruis-le et reste éloignée de cette histoire, tu ne sais pas à qui tu as affaire.

— Eh bien éclaire-moi !

— Abandonne, Maik… Saskia. C'est pour cela que je suis venue, pour te mettre en garde.

Magda lui serrait le bras, très fort. Alors Maiko siffla entre ses dents :

— Lâche-moi ! Tu me fais mal !

Puis elle se leva et la fusilla du regard.

Le lundi suivant, elle rappela Selma :

— Selma, c'est bon, j'ai mon premier plan de vol. Je serai à Hong Kong jeudi dans un mois. Je n'aurai qu'une nuit sur place. Tu seras d'accord pour venir me chercher à l'aéroport et m'emmener chez ma mère ?

— Bien sûr, ma jolie ! Je te félicite !

— Selma, j'ai une autre requête.

— Oui ?

— Je sais que tu as déjà pris énormément de risques pour moi, mais c'est important. Je crois que j'ai une piste concernant la disparition de mon père.

— …

— Selma ?

— C'est incroyable, Maiko, de quoi s'agit-il ?

— Je préfère ne pas en parler par téléphone, mais tu peux faire une chose pour moi.

— Dis-moi…

— Je voudrais que tu me remettes l'agenda de mon père lorsqu'on se verra.

Il était 6 h 30 lorsque l'avion se posa à Hong Kong. L'excitation de voir sa mère et Nao était trop grande pour que Maiko sente la fatigue. Elle passa le contrôle et retrouva Selma au parking.

— Ouvre la boîte à gants.

À l'intérieur se trouvait l'agenda de Juan. Maiko le prit délicatement.

— Merci Selma !

— Alors, tu m'expliques ?

— Tu y crois toi ? À la mort de mon père ?

— Maiko… je sais que c'est dur, pour moi aussi tu sais. Tant qu'on n'aura pas retrouvé son corps, ce sera difficile d'accepter sa mort.

— J'ai besoin de comprendre. Je sais que tu as aidé les enquêteurs internes de Celltrack-Labs et la police. Il n'y a jamais rien qui t'ait paru étrange, tu n'as jamais entrevu une piste à explorer, des indices ?

— Malheureusement non. Tu sais, ton père était très discret concernant ses recherches.

Moi je m'occupais d'organiser ses voyages et ses rendez-vous, mais pour le reste, il travaillait en solo. Les enquêteurs ont suivi toutes les pistes.

Maiko se souvint de la mise en garde de son frère. Pouvait-elle faire confiance à Selma ? Elle poursuivit :

— Je trouverai peut-être des indices dans cet agenda.

— Tu me diras ?

— Bien sûr !

Selma déposa Maiko chez sa mère. Walaya et Nao l'accueillirent avec presque autant d'émotion que la première fois. Après le repas, elle proposa à Nao de le raccompagner chez lui pour voir ses nouvelles toiles. Malgré les recommandations de Selma, ils prirent les transports publics.

— Six millions et demi d'habitants dans cette ville, faut arrêter de psychoter, on peut tout de même prendre le bus sans se faire repérer. J'ai envie que ce soit comme avant.

Évitant les chevalets, les piles de cadres et les pots de peinture qui jonchaient le sol, Maiko entra la première dans la grande pièce. La lumière orangée de l'après-midi filtrait au travers de la paroi vitrée. Elle fit le tour des toiles en attendant que Nao prépare le café puis sortit de son sac le calepin que Selma lui avait remis. Nao ouvrit deux grands yeux incrédules.

— C'est l'agenda de papa, dit-elle fièrement.

— D'où tu sors ça? signa Nao.

— C'est Selma qui me l'a remis tout à l'heure. Nao, j'ai des tonnes de trucs à te raconter. Il m'est arrivé des choses étranges ces derniers temps.

Le café était prêt. Ils s'installèrent à la table et elle lui rapporta la discussion avec Gloria et Jack. Nao saisit un bloc-notes.

UTOPIA

Ils parcoururent ensemble les pages du calepin sans succès. Soudain, le regard de Nao s'illumina. Il pointa son doigt sur la lettre « U » du répertoire des contacts de Juan. Ils ne trouvèrent à cette page que des noms et des adresses notés par leur père.

— Rien de particulier, soupira Maiko.

Nao posa la pointe de son crayon sur la première lettre du prénom qui apparaissait en haut de la page, puis la seconde et ainsi de suite, jusqu'au vingt et unième caractère. Il s'arrêta et le nota dans son bloc-notes. Ensuite lettre « T », même procédure. Il compta jusqu'à vingt et un, et inscrivit le résultat à côté du précédent. Il répéta l'opération pour chaque lettre du mot « UTOPIA ». Quand il eut terminé, il posa son crayon et leva les yeux vers sa sœur qui fixait le code décrypté d'un air pantois.

E T O X 1 5

— T'as appris ça où ?

— C'était un jeu que papa avait inventé pour m'occuper.

— Pourquoi vingt et un ?

— Parce que solstice et équinoxe.

— J'ai pas compris.

Il écrivit : « Solstice et équinoxe. »

— Nao, je crois que papa nous a délibérément laissé ces indices.

— C'est ce qu'on a envie de croire. Ça nous donne de l'espoir.

— Non, regarde : ce nom, Utopia, c'est totalement enfantin. Il voulait qu'on s'en souvienne. Et pourquoi t'aurait-il montré cette technique de décryptage ?

— Pour qu'on trouve *ETOX 15 ?*

— Oui. Maintenant, reste à savoir ce que ça signifie.

Il faut aller dans un Internet café

— C'est trop risqué.

— Moi. Toi tu restes ici, je fais vite.

En attendant le retour de Nao, elle se replongea dans l'agenda de son père. Elle l'éplucha, l'analysa, le décortiqua jusqu'à ce que tout à coup, elle décèle une anomalie. Dans le répertoire, sous la lettre « A », il y avait un nom qui sonnait faux : « Nicole Adavidson ». Maiko se dit que « Davidson » semblait plus commun. Elle saisit le calepin de son frère et nota : « Nicole Davidson ». Puis elle chercha sous les lettres suivantes. Arrivée à « O », de nouveau, un nom lui sembla inhabituel. Elle le nota en dessous du premier : « Eddy Stern ». Quand Nao rentra, elle en était à la lettre « R » et sa liste comportait trois noms.

— Regarde Nao, il y a quelque chose d'étrange. Sous les lettres « A », « O » et « P », il y a une personne dont le nom sonne bizarre. Si on retire la première lettre, on obtient des noms plus courants.

De son côté, Nao avait imprimé le résultat de ses recherches :

> *ETOX 15, Séminaire Européen sur les Toxines Protéiques Bactériennes, Oslo, Norvège. Conférencier officiel : Peter Solberg, …*

Nao reprit l'agenda de son père. Il parcourut le répertoire et, sous la lettre « I », mis le doigt sur un nom : « Peter Isolberg ».

— C'est ça ! s'exclama Maiko. On a vu juste.

Ils allèrent sous les lettres « T » et « U » et terminèrent de dresser la liste :

Nicole Davidson
Eddy Stern
Walter Levin

— Qui sont ces gens, Nao ?

Il haussa les épaules.

— Des gens avec qui il a travaillé ? Des rivaux ?

Ils s'installèrent sur le rebord de la fenêtre. Maiko lui raconta sa rencontre avec Gunter et les épisodes qui avaient suivi. Elle lui parla de cette impression récurrente d'être observée, de sa crise de panique dans le centre commercial.

— Tu crois que je deviens parano ?

Son frère la regarda, désolé et effrayé à la fois.

— J'ai peur pour toi, ne repars pas, reste ! signa-t-il.

— Je ne peux pas, Nao. Ne t'en fais pas, je suis prudente, et Gloria et Jack sont là-bas, avec moi.

— Tu as parlé de tout ça à Selma ?

— Non, pas encore.

— Ne lui dis rien.

— Pourquoi tu te méfies d'elle comme ça ?

— Elle a travaillé avec papa pendant des années, pourtant, elle n'a jamais de réponses à nous apporter.

Maiko déposa l'agenda entre les mains de Nao comme s'il s'agissait d'une pierre précieuse, puis elle serra son frère dans ses bras.

Sur le vol du retour, le nez collé au hublot, elle observait les gratte-ciels devenir de plus en plus petits. L'océan scintillait. Le paysage défilait lentement sous ses yeux. La cime des arbres se troublait au fur et à mesure que l'avion prenait de l'altitude. Il traversa plusieurs couches de nuages, pour finalement se retrouver au-dessus de cette masse cotonneuse où plus rien ne semblait pouvoir l'atteindre.

8. La mue

3 ans plus tard, aéroport de Hong Kong,
13 octobre 2004

Accoudé au bar en face de l'allée des guichets d'enregistrement de la South African Airways, Jess avalait son troisième café quand enfin, il vit débarquer l'équipage auditionné la veille par ses anciens collègues. Son plan : attendre tranquillement qu'ils soient tous passés, que Jade Pieters constate qu'elle n'a pas son pass d'hôtesse et que le reste de la troupe soit obligé de franchir le contrôle de sécurité sans elle. Ensuite, il ne lui resterait plus qu'à la suivre et l'interpeller. Chantage : pass contre informations.

Seulement voilà, Jade n'était pas là, et le reste de l'équipage traversa effectivement le contrôle sans elle. Jess attendit tout de même jusqu'à ce que leur avion décolle, à l'affût d'une annonce dans les haut-parleurs pour un dernier appel aux passagers manquants. Le nom «Jade Pieters» ne fut pas prononcé. Elle n'était donc pas prévue sur ce vol. «Mais qu'est-ce que je fais là?» marmonna-t-il à mi-voix tout en se dirigeant vers une cabine téléphonique pour appeler Shen-Wu.

— Elle est pas venue.

— Merde...

— Je retourne à Kowloon City, elle est certainement dans un de ces appartements.

— Non, oublie ça, tu vas perdre ton temps. Je ferai des recherches depuis ici. Il y a autre chose, du nouveau. Retrouve-moi sur le banc de l'autre jour.

Il voulut sortir de la cabine téléphonique, mais un molosse à l'air menaçant bloquait la porte. Jess l'interrogea du regard. Le type brandit le ticket de caisse du café. Dans la précipitation, il avait oublié de payer. Jess fouilla dans son portefeuille et en sortit 150 dollars Hong Kong qu'il lui remit en s'excusant.

— Là... voilà, désolé, j'avais pas l'intention de partir sans payer.

— C'est ça, je t'ai à l'œil, ne recommence pas!

Jess passa les portes coulissantes irrité par les manières de ce pitbull. Une fois dehors, il repéra un attroupement de chauffeurs qui semblaient s'exciter. En s'approchant d'eux, il comprit que l'objet de leur mécontentement était en fait son taxi. Il allongea le pas.

— Désolé les gars.

— Putain mec ! Bouge ton tacot, ça fait une heure qu'on s'emmerde à manœuvrer pour éviter ta caisse !

— Ouais, c'est bon ! J'avais une urgence !

— T'avais la chiasse ou quoi ? s'esclaffa l'un d'eux.

Jess fit mine de ne pas entendre et prit place au volant de sa voiture. Il mit le contact et remarqua alors qu'il avait une contravention coincée derrière l'essuie-glace. Il ouvrit la fenêtre.

— Faites chier les mecs ! Vous avez appelé les flics !

— Pas le choix ! T'as même pas ton accréditation pour la zone départs.

Excédé, il sortit, retira le papier de son pare-brise et démarra en trombe.

Sur le chemin vers la station de ferries, son esprit gambergeait. Tellement d'énergie brûlée pour larguer les amarres et quitter ce bourbier. Il y était enfin parvenu et voilà qu'il replongeait, tête la première, dans les eaux troubles de cette affaire. S'il allait à ce rendez-vous avec Shen-Wu, il ne pourrait plus faire marche arrière.

Il gara son taxi et se dirigea vers le banc à palabres. Shen-Wu l'attendait.

— T'en as mis du temps !

— Ouais, journée de merde, rétorqua Jess en lui tendant la contravention de l'aéroport. Tu peux la faire sauter ?

Shen-Wu la lui prit des mains sans répondre et la mit dans la poche de son veston.

— Merci. Alors, c'est quoi la nouveauté ?

— Ils ont retrouvé une autre Miss, même état, même procédé que celle de l'aéroport de Hong Kong, mais à Johannesburg.

— Aussi dans les W.-C. ?

— Oui, situation identique.

Jess demeura pensif.

— Journée de merde, tu disais? C'est vrai que t'as une sale gueule. T'as besoin de vacances. T'as pas l'impression qu'un bon dépaysement te ferait du bien ?

— Tu plaisantes, j'espère ! Tu sais combien coûte un billet Hong Kong-Johannesburg ?

— 8 170 dollars, c'est le moins cher que j'ai trouvé.

— J'y crois pas, t'as fait la réservation aussi ?

— Penses-y ! Si tu te décides, fais-moi signe, mais vite. Le vol décolle vendredi à 22 h. Dimitri Matthys est déjà sur place.

— Matthys d'Interpol ?

— Lui-même. J'crois qu'il a des infos.

Sur ces paroles, Shen-Wu se leva et prit congé.

— Mais qu'est-ce que je fous là? souffla Jess.

Dimitri Matthys accueillit Jess à la sortie de la douane de l'aéroport de Johannesburg. Il brandissait une pancarte avec son nom.

Hormis les pattes d'oie aux coins de ses yeux, l'agent d'Interpol correspondait à l'image que Jess s'était faite de lui en entendant sa voix : un grand gars, solide mais svelte, yeux sombres, regard intelligent, cheveux poivre et sel coupés court.

Jusqu'alors, les deux hommes ne s'étaient jamais vus. Ils s'étaient parlé au téléphone une fois, cinq ans auparavant, juste après la descente dans le squat de Kowloon. Mais quand Matthys avait débarqué au commissariat de Mong Kok pour parler avec Tsai de l'affaire, Jess avait déjà rendu sa plaque.

Ils montèrent dans une berline grise qui les emmena au pied d'un immeuble recouvert de vitres sans tain. Une fois à l'intérieur, ils prirent l'ascenseur. Puis Matthys précéda Jess dans les couloirs épurés du septième étage jusqu'à un bureau dont les murs étaient capitonnés de cuir. Quand Matthys ferma la porte derrière eux, Jess comprit que la pièce était insonorisée.

— Whisky ?

— C'est un test ?

— C'est une blague. Je m'attendais à ce que vous me répondiez : *jamais pendant le service* et là je vous aurais dit : *mais vous n'êtes pas en service !* Alors vous m'auriez dit : *c'est vrai* et j'aurais rétorqué : *ça tombe bien, moi non plus.* Vous me suivez ?

Assis dans un fauteuil style colonial en bois d'ébène et cuir riveté, Jess, désemparé, observait Matthys se servir un whisky tout en déclamant son monologue. Pouvait-il se fier à ce type ?

— Sûr que vous n'en voulez pas? insista Matthys en se retournant vers lui.

— Non merci.

Il posa son verre sur la table basse et prit place vis-à-vis de son interlocuteur. Les avant-bras appuyés sur ses genoux, il regarda Jess droit dans les yeux. On frappa à la porte.

— Nous sommes des amis de longue date et nous nous sommes retrouvés par hasard ce matin à l'aéroport, déclara Matthys avant d'ouvrir la porte. Ah, Rita.

— Bonjour, monsieur Matthys. Voici les rapports que vous m'avez demandés.

Une grande brune en tailleur strict, un peu enrobée, une pile de dossiers entre les bras, se glissa dans la pièce.

— Oh, je n'avais pas vu que vous étiez occupé.

Elle adressa un « bonjour monsieur » à Jess en l'apercevant.

— Rita, je vous présente monsieur Ming, un ami de longue date, dit Matthys en désignant Jess. Et voici Rita, mon assistante.

Jess se leva et esquissa une flexion du buste, évitant ainsi d'avoir à parler. Rita imita son geste et se dirigea vers la sortie.

— Je passerai vous voir tout à l'heure, Rita. En attendant, je ne suis disponible pour personne.

— Entendu, monsieur Matthys.

Il referma la porte, se rassit et saisit son verre. Il fit tourner le liquide en observant sa couleur puis se cala au fond du canapé avant de reprendre la parole.

— Ça fait longtemps que j'attends ce moment. Et je crois que si vous êtes venu jusqu'ici, vous aussi, n'est-ce pas ?

— Je ne suis pas sûr de vous suivre, répondit Jess afin de le faire parler encore un peu. Il avait besoin d'y voir plus clair dans son jeu.

— Bon, ne tournons pas autour du pot. Shen-Wu m'a contacté pour m'informer de votre venue. Je sais que vous ne faites plus partie de la police. Et c'est parfait comme cela. Notre entrevue est tout à fait officieuse. Théoriquement, l'affaire des deux victimes retrouvées dans les toilettes des aéroports de Hong Kong et d'ici sont liées, mais ça ne va pas plus loin. Shen-Wu m'a laissé entendre que vous auriez établi d'autres liens, avec une affaire plus ancienne.

— Effectivement, mais pour l'instant ce ne sont que des suppositions. Je suis venu pour obtenir des informations concernant la jeune femme qui a été agressée dans les toilettes de l'aéroport de Johannesburg.

— Je vous donnerai tous les détails, l'inspecteur en charge de l'affaire m'a remis une copie du dossier. Mais avant ça, j'aimerais que vous m'exposiez votre hypothèse.

— Et moi, j'aimerais comprendre pourquoi vous vous intéressez tellement à ce que je pense, Dimitri ?

— Pourquoi avez-vous rendu votre plaque il y a cinq ans, Jess ?

Jess hésita. Comment savoir de quel côté était Matthys ? Il se risqua :

— La corruption. Ça vous démolit un flic, même le plus intègre.

— Je vois qu'on est sur la même longueur d'ondes ! jubila Matthys, un éclair dans les yeux. J'aimerais que nous reprenions tout depuis le début. Le 14 janvier 2000, lors de votre descente dans le squat de Kowloon, vous avez reconnu la fille de Juan Saez parmi les victimes.

— Exact, répondit Jess.

— Mais comment pouviez-vous en être si sûr ?

— À l'époque, sa mère passait régulièrement au commissariat. Elle apportait des photos de sa fille et nous demandait de la retrouver. Je suis certain que c'était elle. De toute façon, ça n'a plus d'importance. Mon rapport a disparu et son nom ne figure sur aucune liste des femmes retrouvées ce jour-là.

— Je vous l'accorde. Cependant, s'il est vrai que des dossiers peuvent être égarés, détruits ou censurés, nos mémoires restent intactes. Ce fameux 14 janvier, dans la soirée, vous avez appelé nos bureaux. Vous vous en souvenez ?

— Oui. Je me rappelle même que c'est vous qui avez enregistré ma demande. Et alors ?

— Après votre coup de fil, lorsque j'ai vérifié dans notre base de données la liste des victimes du squat de Kowloon, le nom de Maiko Saez y était bel et bien inscrit.

Jess se redressa sur son siège.

— Vous m'aviez dit le contraire ! s'exclama-t-il.

— Attendez, laissez-moi finir. Comme vous affirmiez que la demoiselle s'était volatilisée, et que votre rapport avait disparu, je suis passé voir Rita. À l'époque, elle était chargée de consigner les données entrantes. Je voulais pouvoir vous donner le nom de la personne qui nous avait transmis la liste en question. Mais Rita n'était pas à son poste. J'ai dû attendre le lendemain pour obtenir l'information. Seulement voilà, lorsque nous avons ouvert le document, non seulement la provenance de la liste était classifiée, mais en plus le nom de Maiko Saez n'y figurait plus.

Jess, poings serrés, tenta de garder un ton courtois.

— Je ne comprends pas ; vous me racontez tout ça aujourd'hui alors qu'il y a cinq ans vous vous êtes contenté de me rappeler en me disant qu'il n'y avait aucune Maiko Saez sur vos listes !

— Je ne pouvais pas faire autrement. J'ai vu son nom écrit sur cette liste. Je l'ai vu de mes propres yeux. Et moins de vingt-quatre heures plus tard, il n'y était plus. Vous saisissez ce que cela signifie ?

— Que la gangrène s'étend jusqu'aux plus hautes sphères !

— Et depuis ce jour-là, je cherche, Jess. Je cherche mais je ne trouve rien.

— Vous cherchez quoi ? La pomme pourrie ? Et vous croyez qu'il n'y en a qu'une ? Vous êtes optimiste !

Jess s'appuya contre le dossier de son fauteuil.

— Qu'attendez-vous de moi, Dimitri ?

— Que vous m'aidiez. En tant que civil, vous n'avez plus aucun compte à rendre. Je vous propose une collaboration officieuse. Il faut que nous retrouvions Maiko Saez. D'ailleurs, il y a une chose que vous ne m'avez jamais dit. Quand vous êtes-vous rendu compte de sa disparition ?

— Je voulais appeler sa mère pour lui annoncer que nous avions retrouvé sa fille. Mais avant, il fallait que je vérifie l'état de la gamine. Alors je suis passé à l'hôpital. Les filles que nous avions sorties de ce taudis étaient là. Toutes sauf elle. Je l'ai cherchée dans tous les services, questionné les infirmières, les médecins. Personne ne l'avait vue. Ils semblaient ne pas comprendre de qui je parlais. Sur le moment, j'ai bien cru devenir cinglé. Heureusement, Shen-Wu était là aussi, et comme moi, il l'a vue dans cette cave. Nous y avons trouvé huit jeunes femmes, et à l'hôpital, ils n'en ont enregistré que sept.

— Mais les autres? Vous les avez interrogées?

— Vous n'avez pas idée de l'état de ces filles, Dimitri. Trois d'entre elles ont succombé la nuit même à leurs blessures. Septicémie. Les quatre autres avaient le cerveau totalement grillé. Les jours suivants, Shen-Wu et moi n'avons quasiment pas fermé l'œil. Mais chaque piste débouchait sur une impasse. Dossiers classés top secret, pièces manquantes, erreurs de procédure, et mon rapport qui demeurait introuvable. Après une semaine, notre chef, Tsai Ji Ling, nous a retiré l'enquête et a classé cette affaire avec une facilité déconcertante. Il couvrait quelqu'un. J'en suis convaincu. J'ai rendu ma plaque. Je crois que sinon je serais devenu fou.

— Mon intuition me dit que Maiko Saez détient la clé de cet imbroglio.

— Votre intuition? ironisa Jess. Eh bien la mienne me dit que j'ai eu raison de claquer la porte en 2000! Et que je n'ai pas l'intention de remettre les doigts dans cet engrenage!

— Je comprends votre méfiance. Je la respecte.

Matthys se leva, extirpa un attaché-case d'une armoire encastrée, l'ouvrit et en sortit un petit appareil qu'il posa sur la table. Jess esquissa un sourire.

— Vous avez subtilisé un gadget à l'agent 007 ?

Matthys rit.

— Je veux vous faire entendre quelque chose que j'ai gardé bien au chaud pendant ces cinq dernières années, avec le secret espoir qu'un jour comme aujourd'hui arriverait. Que quelqu'un comme vous pourrait l'entendre.

Il pressa le petit bouton sur le côté de l'enregistreur. Le son était d'une qualité médiocre. Néanmoins, parmi les grésillements, Jess reconnut la voix de Tsai :

— … et elle est où maintenant ? Vous imaginez les conséquences, si elle parle ?

— …

— Ne me menacez pas ! Vous tomberez bien avant moi et vous le savez.

— …

— Sous contrôle, mon cul ! Vous connaissez le QI de cette gosse ? On n'a aucune idée de ce dont elle est capable.

— …

— Vous me foutez dans une belle merde avec votre plan foireux.

— …

— Oui c'est foireux ! Elle en a peut-être rien à foutre de son père. Dans l'état où vous l'avez mise, elle a certainement d'autres préoccupations que de retrouver son paternel.

— …

— C'est toujours la même rengaine avec vous. Je vous rappelle qu'avec le père, vous affirmiez déjà toucher au but avant qu'il ne vous échappe.

— …

— Évidemment que quelqu'un l'a aidé à s'enfuir. Vous l'avez laissé à moitié mort avec vos interrogatoires, il n'a pas pu s'en tirer tout seul.

— …

— J'espère que vous avez raison. Je vous rappelle qu'il y a un gros paquet de fric à la clé. Il faut mettre la main sur les résultats de ces recherches avant les enquêteurs officiels. Alors ne laissez pas cette gamine vous échapper.

— …

— Bien sûr que j'ai ce pouvoir ! J'ai l'ai déjà fait disparaître des listings. Je m'arrange pour garder l'affaire en interne et éviter que les internationaux mettent leur nez là-dedans. Dès qu'elle sortira du coma, je veux un compte rendu précis de ses allées et venues. Je veux savoir où elle dort, où elle sort, avec qui elle couche, quand elle rentre… Je veux même savoir à quelle heure elle se lève pour pisser.

— …

— À ce sujet, vous savez ce qu'il vous reste à faire…

— …

— Démerdez-vous ! Il me faut la tête des responsables… sinon c'est la vôtre que je donnerai !

Dimitri appuya sur « stop » puis, un sourcil relevé, fixa Jess qui avait cessé de respirer.

— Qui est à l'autre bout du fil ? lâcha finalement Jess.

— Aucune idée.

— C'est égal, on le tient !

— On ne tient rien du tout. Cet enregistrement n'a aucune valeur légale. Interpol collabore avec la police, et la police collabore avec Interpol. Je n'ai jamais reçu ni l'ordre, et encore moins l'autorisation de mettre le téléphone de Tsai Ji Ling sur écoute. Cet enregistrement, je l'ai obtenu grâce à un gadget, comme vous dites, que j'ai placé dans ma mallette, elle-même « oubliée » dans son bureau la nuit précédant mon départ de Hong Kong à la suite de ma visite éclair fin janvier 2000.

Devant la mine abattue de Jess, il ajouta :

— Mais vous et moi savons ce que cela signifie !

Jess acquiesça et sa langue se délia :

— Je l'ai revue. Elle est montée dans mon taxi au *Four Seasons* et je l'ai déposée à l'aéroport international de Hong Kong l'après-midi du 5 octobre.

— C'était bien la fille Saez, vous en êtes certain ?

— Oui, aucun doute possible.

Pendant ce temps, à Los Angeles

Dans sa chambre d'hôtel, le bras tendu en direction de la fenêtre, Maiko jouait avec un petit flacon qu'elle tenait entre son pouce et son index. Il ne restait plus grand-chose dans cette fiole. Juste de quoi faire encore deux escales, trois au maximum, et elle n'avait toujours pas de nouveaux indices.

Au *Symposium in Developmental Biology* de São Paulo, Eddy Stern avait refusé de répondre à ses questions, prétextant qu'il était trop pressé. À Mexico, après qu'elle eut enfin obtenu l'autorisation de parler à Claudia De Robertis, cette dernière avait assuré qu'elle ne connaissait personne du nom de Juan Saez. Maiko avait beau sentir qu'elle mentait, elle savait qu'en insistant elle se ferait remarquer et que sa couverture de doctorante en microbiologie ne tiendrait plus la route. Sa visite au *Molecular Diagnostics World Lab* de San Diego n'avait guère été plus fructueuse. Michael Gehring ne s'y trouvait pas et personne n'avait voulu lui dire s'il y travaillait toujours. Il ne restait plus que Walter Levin à New York, et Nicole Davidson qui donnait une conférence au *Symposium on Health-related Water Microbiology* à Tokyo, le 30 octobre.

Dans deux jours elle partirait pour New York, prochaine escale avant le Japon. Dernières chances d'obtenir un indice, un détail qui ferait avancer sa quête. La détermination qui l'habitait au début de cette croisade s'amenuisait au fur et à mesure qu'elle biffait les noms sur sa liste.

Il y avait une autre liste, celle des femmes que la police retrouvait inconscientes dans les toilettes des aéroports. À chaque étape, Maiko ressentait un peu plus l'absurdité de sa situation, la solitude dans laquelle elle s'était enfermée pour protéger ceux qu'elle aimait. À force de se glisser dans la peau d'Eva, Fanny, Liza, Kitty, Angela, la sienne lui était devenue étrangère. Elle étala devant elle ses cartes d'identités et faux passeports. Il n'en restait plus que trois qui n'avaient pas encore été utilisés, Margo Suarez, Juliette Frank et Tham Silang.

Dehors, le ciel orangé annonçait l'approche de la nuit. Maiko quitta sa chambre et descendit dans la rue. Elle s'installa à la première terrasse qu'elle trouva.

— Un mojito s'il vous plaît, demanda-t-elle, mâchoires serrées.

Autour d'elle, des rires, des enfants, de la musique emplissaient les rues d'une atmosphère pétillante. Elle entama son cocktail. Après quelques gorgées, ses épaules se détendirent. Elle était assise depuis une heure lorsque Sam, un ancien collègue de la Brussels Airlines, s'arrêta devant elle.

— Pas possible ! Saskia ! Mais qu'est-ce que tu fais là ?

Éberluée, Maiko cligna des yeux. L'espace d'un dixième de seconde, elle envisagea que, pour pallier sa solitude, son esprit venait de fabriquer cette vision : une présence amie, rassurante, un signe qui disait : « Souffle un peu, respire, vis ! »

— Je peux ?

Il posa la question mais il avait déjà empoigné la chaise et s'apprêtait à prendre place. Maiko le regarda faire. Son cerveau patinait, alors elle se contenta de lui sourire.

— Saskia ?

Comme elle ne dit rien, il se releva et repoussa la chaise.

— Non, reste !

Le visage de Sam s'illumina.

— Ah… un moment j'ai cru que je t'avais dérangée.

— Non, au contraire ! Ça me fait plaisir de te voir.

— C'est surprenant, qu'est-ce que tu fais ici ?

— Des histoires de famille. Je n'ai pas trop envie d'en parler. Et toi ? Où est le reste de l'équipage ?

Sam commanda une caïpirinha pour lui et un autre mojito pour Maiko. Il lui raconta ses dernières péripéties et Maiko rit. Soudain le son d'une fanfare retentit. Puis une autre et bientôt, toute la rue fut plongée dans une cacophonie euphorique. Le garçon de café leur expliqua que c'était la fête du quartier et que cela promettait d'être animé jusqu'à l'aube.

Ils se baladèrent un moment dans les ruelles. Quand la faim se fit sentir, Maiko prit conscience que son dernier vrai repas remontait à loin.

Leur choix se porta sur une *churrasqueria* au coin de la rue. Rien qu'à l'odeur de grillade, elle eut l'eau à la bouche. Sam attrapa Maiko par les épaules et fit mine de lui mordre le cou.

— Miammm, j'ai faim, je mangerais bien une Saskia !

Elle posa sur ses lèvres un regard instinctif. Lorsqu'il riait, elle avait envie de l'embrasser.

Ils s'installèrent à une table et commandèrent un steak saignant avec des frites, et une salade de fruits pour le dessert. Sam régla l'addition, puis ils retournèrent slalomer dans la foule qui tourbillonnait.

— Tous ces gens qui célèbrent la nuit… c'est parfait, non ? dit Maiko.

— Oui. Viens, je t'offre une tequila ! répondit Sam qui manifestement n'avait pas envie de voir arriver la fin de ce moment.

Vers trois heures du matin, il la raccompagna jusqu'à son hôtel. Arrivés devant sa chambre, ils ne parlaient plus, ne riaient plus. Sam prit le visage de Maiko entre ses mains. Il appuya ses lèvres contre sa joue et descendit doucement jusqu'à son cou. Il chuchota :

— J'ai encore un peu faim.

La respiration de Maiko s'accéléra. Les mains de Sam caressèrent ses épaules, descendirent le long de ses bras puis s'immiscèrent sous son t-shirt. Ils entrèrent dans la chambre. Les chants des fêtards et la musique grimpaient comme des lézards le long de la façade. Les rythmes des tambours résonnaient, s'engouffraient par la fenêtre ouverte. Maiko s'abandonna à la fête, à l'ivresse et à la bouche de Sam. Mais au moment où elle sentit son sexe tendu appuyer contre ses cuisses, elle se figea. L'angoisse, restée tapie jusque-là, resurgit du plus profond de son subconscient. Le sang lui monta au cerveau en une demi-seconde. La musique et le son des tambours disparurent, couverts par le bourdonnement dans ses tympans. Elle balbutia :

— Sam… je suis désolée… je…

D'un geste ferme, Sam la plaqua contre lui et la renversa sur le lit. Maintenant ses poignets d'une main il saisit un sein de l'autre tout en couvrant sa poitrine de baisers enflammés.

— Sam, arrête ! cria Maiko en se dégageant de son étreinte.

— Hé, calme-toi ! Mais qu'est-ce que tu veux ?

Se calmer. C'était ce qu'elle désirait le plus au monde. Elle étouffait, n'y voyait plus rien.

Elle aurait voulu qu'ils ne se soient pas croisés. Elle aurait voulu qu'il ne juge pas. Elle voulait qu'il parte. Elle voulait que le jour se lève, enfin.

9. Vers la lumière

Un an et demi plus tôt, février 2003

L'hiver plongeait Bruxelles dans une pénombre omniprésente. Les journées de cours à la faculté rapprochaient Maiko du souvenir de son père. Connaissait-il les professeurs qu'elle côtoyait ? Avait-il passé du temps dans cette université lorsqu'ils habitaient encore Bruxelles ? Elle ne pouvait s'empêcher de l'imaginer traînant ses basques dans ces mêmes laboratoires. Cependant, elle ne parlait à personne de sa quête car, en dépit du comportement irrationnel des Van Weick, qu'elle jugeait psychotiques, Magda avait tout de même réussi à lui faire peur. La sensation d'être épiée et suivie de plus en plus souvent n'arrangeait rien à sa paranoïa.

Assise dans le sofa de son appartement, elle subissait les pensées qui se bousculaient dans sa tête, quand soudain son portable sonna.

— Saskia ! dit une voix affolée à l'autre bout de la ligne.

— Gloria ?

— Saskia, quelle chance, tu es à Bruxelles ! Tu dormais ? Désolée de te réveiller, mais j'ai besoin d'aide. Je n'arrive pas à joindre Jack et…

— Qu'est ce qui se passe ?

— Je suis au bar. C'est François, viens, je t'en prie !

— J'arrive !

Il n'était que minuit mais le quartier était désert. En longeant le trottoir, Maiko aperçut les lueurs oscillantes d'un poste de télévision. Aucun son ne filtrait au travers des fenêtres closes. C'était mort. On n'entendait que le sifflement du vent glacial s'engouffrant dans la rue. Enfin, elle vit Gloria derrière la porte vitrée du bar qui guettait son arrivée. La salle était dans la pénombre. Seul le néon des toilettes éclairait le carrelage derrière le comptoir. François était assis par terre, appuyé contre les fûts de bière. Autour de lui, des bris de verre jonchaient le sol. Avachi, bras ballants, le menton appuyé contre sa poitrine, il pleurait. Gloria essaya de lui parler mais les gémissements qu'il parvint à émettre entre deux sanglots étaient incompréhensibles. Il balbutiait, alignait des mots incohérents. Gloria et Maiko tentèrent de le soulever.

— Il pèse une tonne ! geignit Gloria.

— Oui, c'est un ours !

— Qu'est-ce qui s'est passé ?

— Une femme est venue en début d'après-midi. Ils se sont enfermés dans le bureau un moment. Après quelques minutes, il en est ressorti rouge de colère. Il a claqué la porte et s'est mis à nettoyer les verres.

— Et la femme ?

— Elle a filé du bar tête baissée.

— Et après ?

— Après rien, il n'a plus dit un mot du reste de la journée. À vingt-trois heures, il a viré le dernier client, fermé la porte à clé et éteint la salle. Ensuite, il m'a demandé de passer le balai. J'ai obéi sans poser de questions. Il est impressionnant tout de même, avec son air de grizzly.

— Mais comment a-t-il fini dans cet état ?

— Il était déjà bien éméché en début de soirée et pendant que je passais le balai, il s'est mis à boire du whisky, il a enchaîné verre sur verre. J'étais au local en train de préparer l'eau pour la serpillière quand j'ai entendu un cri. Je suis montée en courant et je l'ai trouvé là, comme ça.

— Viens, il faut l'installer dans le bureau.

— On n'y arrivera jamais !

— Je sais. Essaie de rappeler Jack. Je m'occupe de préparer le canapé.

Enfin Jack se présenta à la porte. À eux trois ils parvinrent à traîner François qui gémissait des « laissez-moi mourir » jusqu'au bureau.

Lorsque tout fut nettoyé, ils vérifièrent son état avant de quitter le bar. Entre-temps, le vent était tombé. Maiko leva les yeux vers les halos qui se dessinaient autour des lampadaires. Elle prit une longue inspiration pour se donner du courage.

— Ça continue, n'est-ce pas ?

— Quoi ?

— T'as toujours cette impression d'être suivie ?

— Ça tourne en rond dans ma tête, je crois que je deviens folle.

Gloria la regarda fixement, sans savoir comment réagir. Jack prit le relais.

— On va tous dormir chez toi, c'est juste à côté et j'avoue que j'ai pas la force de rentrer. Il ne nous reste que quelques heures de sommeil. Venez, on bouge !

Maiko ne parvint pas à s'endormir. À l'aube, elle se leva et laissa un mot sur la table de la cuisine :

Suis au bar

Elle trouva François ronflant sur le sofa du bureau. Quand elle eut fini la mise en place pour les cafés, passé les croissants au four et allumé les machines, il émit un râle.

— Reste tranquille, Gloria va bientôt arriver, on s'occupe de tout.

L'avion toucha la piste d'atterrissage de l'aéroport de Hong Kong à vingt heures. Comme d'habitude, Maiko fit un bref passage aux toilettes pour retirer sa perruque rouge et son uniforme avant de sortir. En ce mois d'avril, le thermomètre battait des records. Le soleil s'était déjà couché mais le bitume et les façades en béton avaient absorbé sa chaleur. L'air était humide. L'atmosphère étouffante de Hong Kong rassurait Maiko.

Lorsqu'elle arriva chez Nao, il était en train de rincer ses pinceaux. Il prit sa sœur dans ses bras puis l'attrapa par les épaules et recula d'un pas tout en la regardant dans les yeux. Maiko comprit immédiatement que quelque chose d'anormal se passait.

— Je te dérange, tu peignais?

Nao secoua la tête et se mit à signer. Maiko le fixa, perplexe. Elle ne comprenait rien à ses gestes saccadés, tremblants. Il fouilla dans le fourbi qui traînait sur la table de la cuisine et mit la main sur son bloc-notes. Il griffonna à toute vitesse:

Danger! Police te cherche.
Sont passés chez Maman.
Poser questions. Maman et moi interrogés au poste.
Sujet: Papa. Vu photo Saskia, toi,
perruque rouge, dossier secret.

— Stop, Nao ! Je ne te suis pas. Doucement, prends ton temps.

Les mâchoires de Nao se contractèrent, ses poings se serrèrent, il frappa sur la table, se leva et fit le tour de l'atelier. Maiko, impuissante, observa son frère en proie à la frustration d'être enfermé dans son silence. La police avait rouvert l'enquête. Ça voulait dire qu'ils tenaient une piste. Ou alors, ils avaient retrouvé le corps de son père. Terrorisée par cette idée, elle fit le vide dans son esprit puis lui demanda de lui décrire les événements dans l'ordre.

Il fit des gestes plus lents.

— Comment es-tu venue ici aujourd'hui ?

— En bus.

— Seule ?

— Oui. Je ne voulais pas déranger Selma. Je ne l'ai pas avertie de ma venue.

— Maman sait que tu es là ?

— Non, je voulais te voir d'abord. Elle va bien ? Nao, dis-moi qu'elle va bien !

— Oui, ne t'en fais pas pour elle, à part qu'ils ont remué toute cette merde, elle va bien.

Nao lui fit un compte rendu précis des événements : deux semaines auparavant, des inspecteurs étaient passés chez Walaya. Nao était avec elle ce jour-là. Les policiers avaient annoncé avoir repris l'enquête sur Juan Saez et avaient des questions à leur poser. Walaya et lui les avaient suivis au poste. Mais une fois sur place, Nao avait compris qu'il s'agissait d'un prétexte, que ce qui les intéressait vraiment, c'était Maiko. Ils avaient surtout cherché à savoir si sa mère et lui avaient eu de ses nouvelles. Walaya avait pris un air triste et avait déclaré qu'elle ne savait pas ce que sa fille était devenue. Qu'elle avait quitté la maison plusieurs années auparavant et qu'elle ne l'avait jamais revue.

— Et toi, t'as dit quoi ?

— Quand ils ont compris que je ne parlais toujours pas, ils m'ont laissé tranquille. Je crois qu'ils confondent mutisme et débilité. Ça m'arrange bien. Mais ce qui m'inquiète, c'est qu'ils ont des photos de toi ! Enfin, de Saskia. On te voit à Bruxelles, avec ta perruque rouge.

— Comment c'est possible ? Ils vous les ont montrées ?

— Non, ils nous ont mis dans un bureau pour l'interrogatoire. Je pense que c'était le bureau du chef. C'est lui qui nous a interrogés. Il a été appelé. Il a quitté son bureau en nous laissant seuls. Il y avait un dossier sur sa table, j'ai soulevé la couverture pour voir si ça concernait papa. Et là, je les ai vues. Il y en avait tout un tas. Maman a refermé le dossier juste avant que le flic revienne. Ils savent que tu es Saskia. Ils ont prétendu que si on retrouvait ta trace, peut-être que ça serait une piste en lien avec la disparition de papa. T'avais raison, quelqu'un t'observe ! Tu dois quitter Bruxelles !

— Qu'est-ce qu'ils veulent de moi, Nao ? Ils ont retrouvé papa ? Ils ont une piste ?

— S'ils ont quelque chose, ils n'ont rien dit. J'ai peur pour toi, Maiko !

— Et Selma ?

— On ne lui a rien dit, je voulais d'abord t'en parler.

— Je pense qu'elle peut m'aider. Je ne sais pas encore comment.

Ce soir-là, en retrouvant sa mère, elle décida d'arrêter de la ménager. Il était temps qu'elle parle. Alors qu'elles terminaient de ranger la vaisselle, Maiko se lança.

— J'ai besoin de comprendre ce qui est arrivé à papa, en quoi consistaient ses recherches.

Walaya se figea.

— Qu'est-ce qui s'est passé, Maman ?

— Je ne sais pas.

— J'aimerais remonter le temps, parler avec lui, mieux le connaître.

Avec douceur, sa mère lui prit le visage entre ses mains.

— Patience, Maiko, la douleur finira par s'estomper.

Sur ces mots, elle détourna le regard et se retira dans sa chambre, laissant Maiko interdite.

À son retour à Bruxelles, elle retrouva la ville comme elle l'avait laissée. Les nuages semblaient s'y être agrippés. En sortant des derniers cours avant la pause de midi, elle voulut s'installer à la cafétéria mais les étudiants, qui habituellement investissaient le magnifique parc devant le bâtiment, occupaient déjà toutes les tables. Elle ne voulait pas se mêler à eux. Trop compliqué de s'inventer un passé, un personnage, et que son histoire tienne la route jour après jour.

Hormis Gloria, Jack et François, toutes les personnes que Maiko croisait avaient droit à un regard suspicieux. D'autant plus maintenant que Nao lui avait fourni la preuve que ses craintes étaient fondées.

Une camarade du cours de biologie cellulaire s'apprêtait à lui faire une place à sa table. Maiko lui sourit, remercia d'un signe de la tête tout en lui signifiant de la main qu'elle reviendrait plus tard. Elle s'éloigna des tables et tomba sur un panneau recouvert d'affichettes, règlement et autres petites annonces.

Prenant un air absorbé pour qu'on la laisse tranquille, elle lisait machinalement. Les mots défilaient sous ses yeux sans retenir son attention. Soudain une annonce se détacha des autres. L'université de Tromsø, en Norvège, cherchait des étudiants prêts à participer à un échange pour l'été. La Norvège… mais bien sûr ! Maiko, songeuse, visualisa le nord du pays sur la mappemonde. La première image qui s'imposa fut celle d'un ciel multicolore illuminé. En été, il fait jour tout le temps là-haut ! À cette pensée, une sensation agréable parcourut son être.

Le soir-même, Jack et Gloria se joignirent à elle pour le repas. Jack était passé chez le Chinois. Affalés dans le salon, ils déballèrent les boîtes de rouleaux de printemps et de nouilles sautées. Maiko n'avala presque rien. Son amie s'inquiéta :

— T'as maigri, toi, non ?

Maiko se leva et se plaça devant le miroir. Gloria avait raison, les quelques kilos qu'elle avait pris depuis son arrivée à Bruxelles avaient fondu. Ses yeux étaient cernés et elle n'avait plus le goût de rire.

— Il faut réagir, Maiko ! dit Gloria en décapsulant une canette de Ginger Ale.

— Je sais. Je vais partir.

— Partir ? Pour ton job ?

— Non, plus longtemps que ça…

— Tu vas aller où ?

— Au soleil.

Maiko se renseigna sur les formalités à remplir pour étudier en Norvège. Elle fut soulagée de constater qu'aucun visa n'était nécessaire. Même Selma ne sera pas au courant. Elle devrait s'enregistrer auprès des autorités locales, munie d'une carte d'identité, d'un contrat d'assurance maladie et d'une preuve de moyens financiers. Un courrier d'acceptation de la part de l'université de Tromsø était également demandé. Comme elle avait trois mois à partir de son arrivée pour présenter ces documents, elle se dit qu'elle trouverait bien un moyen, sur place, de bidouiller une fausse lettre.

Le lundi suivant, à treize heures :

— Comment vas-tu, ma jolie ?

— Je vais bien, merci. Selma, j'ai besoin que tu me rendes un service.

— Je t'écoute.

— Il me faut une nouvelle identité et un contrat d'assurance maladie. Tu peux m'obtenir ça ?

— C'est pas si simple. Si tu m'expliquais…

— Je n'ai pas envie de t'expliquer. Je te demande de me faire confiance. Tu veux bien ?

— Où comptes-tu aller ?

— Peu importe, je ne sais pas encore.

— Je vais voir ce que je peux faire. Rappelle-moi lundi prochain.

— Merci, ton aide m'est précieuse.

— Comme je vous l'ai déjà dit cent fois, à ta mère, Nao et toi, je serai toujours là pour vous. Je ferai mon max, tu l'auras, ta nouvelle identité. Je t'embrasse.

Comme après chaque appel, Maiko éteignit le téléphone, retira la carte SIM et la détruisit.

Elle alluma une cigarette et s'installa sur le rebord de la fenêtre. Voilà, la machine était lancée. Il ne manquait plus que l'argent. Son bas de laine lui permettrait de payer le voyage, le logement et la nourriture pour les premières semaines, mais les frais d'inscription en tant qu'étrangère à l'université de Tromsø étaient conséquents. Si elle payait cash, ils accepteraient probablement de considérer cela comme une garantie de moyens financiers. En passant par la fac de Bruxelles, elle aurait pu s'économiser cette dépense, mais elle ne pouvait pas se permettre de laisser le moindre indice sur sa nouvelle identité, ni sur sa destination. Trouver l'argent.

Elle s'installa au bar. Comme d'habitude, François lui offrit un café.

— Comment vas-tu, nénette ?

— Ça va. Et toi ?

— C'est tranquille aujourd'hui. Gloria vient travailler ce soir.

— Je sais, on a rendez-vous après son service.

— Elle bosse bien, ta copine.

— François, je n'ai jamais osé te demander ce qui s'était passé, tu sais, la fois où…

— Et moi j'ai pas envie d'en parler.

— Excuse-moi, je ne voulais pas être indiscrète.

— C'est rien. Tu as tes secrets, j'ai les miens. Mais, merci pour ce que tu as fait ce jour-là.

— En parlant de secrets, je suis très mal à l'aise de te demander ça, mais tu es la seule personne en qui je…

François posa sur elle un regard paternel. Encouragée, elle lui exposa son projet de partir étudier en Norvège.

— Drôle d'idée. Mais en dehors du fait que, si je comprends bien, je ne verrai plus ta frimousse pendant un sacré bout de temps, et que ça m'attriste, en quoi ça me concerne ?

— Je dois réunir quatre-vingt mille couronnes norvégiennes pour l'inscription. Dix mille euros.

François demeura pensif.

— C'est moi qui paierai les frais d'inscription.

— François, non ! Je ne t'en demande pas autant, j'aurais juste besoin d'une avance, je sais pas, cinq mille, et je te les rembourserai dès que possible et…

— Pas la peine de discuter. Je te dis que c'est moi qui te paie l'inscription, c'est tout.

— Mais François ! Pourquoi tu ferais ça ?

— J'ai mes raisons. Comme je te l'ai dit tout à l'heure, tu as tes secrets, j'ai les miens.

— La Norvège ? C'est le pôle Nord, tu vas te geler les miches ! s'exclama Gloria.

Jack intervint :

— Le pôle Nord, t'exagères Gloria, c'est grand la Norvège, moi j'ai vu des images de plages idylliques là-bas !

— Dis-nous au moins dans quelle ville tu vas !

— Si je vous le dis, je vous mets en danger. Des gens me recherchent. Des flics, la mafia de Hong Kong, je ne sais pas qui ils sont exactement mais je ne suis plus en sécurité à Bruxelles. Si mon plan fonctionne, j'arriverai à les semer et je disparaîtrai de la circulation. Quand ils s'apercevront qu'ils ont perdu ma trace, ils mettront tout en œuvre pour me retrouver. Crois-moi, mieux vaut que vous ne sachiez rien.

— Et Selma ? Elle sait, elle ! Tu n'as pas peur pour elle ?

— Non, Selma ne sait pas non plus. Personne ne saura.

Jack se prit la tête entre les mains et ajouta :

— Y a un truc qui tient pas debout. S'ils sont si dangereux que ça, tes persécuteurs de Hong Kong, et qu'ils te suivent depuis des mois, comment ça se fait qu'ils ne t'aient pas déjà attrapée ? Ou qu'ils ne nous aient pas cuisinés, Gloria ou moi, ou François ? Qu'est-ce qu'ils cherchent ?

— C'est ce que je tente de découvrir. Ils ne vous interrogent pas parce qu'ils savent parfaitement que jamais je ne vous confierais quoi que ce soit qui pourrait vous mettre en danger. Je crois que pour l'instant, ils se contentent de m'observer. Ils doivent penser que je reste à Bruxelles parce que j'ai d'autres connaissances que Gunter et Magda ici, que je finirai bien par les contacter pour obtenir des infos concernant mon père. Le souci, c'est que je n'ai aucune idée de ce que je pourrais découvrir sur lui. Quand Gunter m'a remis le portefeuille dans le centre commercial, quelqu'un nous épiait. Il m'a suivie sur le parking. Cette fois, ce n'était pas le fruit de mon imagination. Celui ou ceux qui en ont après moi ont certainement cru que ce cinglé de Gunter m'avait remis quelque chose d'important. Ensuite le pauvre a disparu et depuis, j'ai l'impression qu'ils me laissent en paix. J'ai alors pensé qu'ils avaient obtenu de lui ce que moi je n'avais pas réussi à lui soutirer. Mais quand je suis retournée à Hong Kong la dernière fois, j'ai découvert que la police me cherche de nouveau. Ils ont interrogé Nao et ma mère. Ils ont des photos de moi, enfin de Saskia.

— Mais pourquoi tu ne vas pas simplement voir la police de Bruxelles au lieu d'aller t'enterrer chez les Vikings ? s'indigna Gloria.

— Et je leur dis quoi ? « Bonjour, je vis ici sous une fausse identité et j'ai travaillé au black deux ans sur trois, mais je viens vous voir parce qu'il y a des policiers et des mafieux hongkongais qui m'embêtent » ?

Jack resta sérieux et rétorqua, très calme :

— Elle n'est pas si débile, ton idée, Gloria. Ils servent aussi à ça, les flics. T'es pas une criminelle, quand même! Si tu leur racontes ton histoire, ils peuvent comprendre, non?

Pas une criminelle... Si seulement elle en avait le cœur net. Elle signifia à ses deux amis qu'elle voulait toute leur attention.

— Je sais que vous souhaitez mon bien, mais ma décision est prise. J'ai besoin de trouver des réponses, de comprendre ce que mon père avait découvert, et pour ça, je dois poursuivre mes recherches en microbiologie. Si vous voulez vraiment m'aider, faites comme on a dit: quand je quitterai l'immeuble par la laverie demain matin, restez dans l'appartement, ne cherchez pas à me voir par la fenêtre. Il faut qu'on ait l'impression que j'y suis toujours. Ensuite, attendez au moins vingt-quatre heures avant de sortir les cartons. D'ici là, j'aurai déjà passé plusieurs frontières.

Elle s'interrompit. Ses yeux piquaient.

— Bon, j'abdique, soupira Gloria, esquissant un sourire pour lui témoigner enfin son soutien.

— L'argument qui te découragera n'existe pas, n'est-ce pas? demanda Jack dont le regard bleu transperça Maiko.

— Comment vais-je faire sans vous là-bas, quand mon cerveau s'emballera?

Le trio s'endormit tard. Gloria s'était installée dans le grand fauteuil entre les cartons. Sur le canapé, Maiko était blottie contre Jack, qui lui offrait un refuge. Il dormait paisiblement. Les battements lents de son cœur entraient en résonance avec les siens, rétablissant un rythme dans le chaos. Elle laissa sa peau absorber la tendresse, abandonnée et immobile, les yeux ouverts pour ne pas en perdre un seul fragment. Au milieu du désordre, il existait une cachette inaccessible que seul Jack pouvait faire apparaître. Un lieu où elle faisait la paix avec elle-même. Jack savait réparer Maiko.

Le lendemain à l'aube, Jack aida Maiko à charger le lourd sac à dos sur ses épaules. Pour plus de discrétion, elle y avait rangé sa perruque rouge au fond et avait tressé ses longs cheveux noirs en une natte sur le côté. Elle ne s'éternisa pas. Les au revoir, ce n'était pas son truc. Les marches en bois grincèrent sous ses pas. Arrivée au sous-sol, elle emprunta la sortie de la laverie pour rejoindre le taxi qu'elle avait commandé en donnant une adresse à l'angle de la rue adjacente. Malgré le poids conséquent de son bagage, elle se déplaçait rapidement. Le taxi l'attendait. L'homme rangea le sac à dos dans le coffre pendant qu'elle surveillait les alentours avant de prendre place à l'arrière du véhicule. La rue était déserte en ce dimanche matin. Des véhicules étaient stationnés sous l'allée de marronniers. Le taxi démarra. Alors qu'elle jetait un dernier coup d'œil par la vitre arrière, elle aperçut les phares d'une Citroën qui venaient de s'allumer.

— Vite, à la gare Centrale je vous prie ! souffla-t-elle au chauffeur. Je suis pressée.

— On fait c'qu'on peut ma p'tite dame, peux pas aller plus vite que la musique moi ! Gare Centrale. Z'êtes chanceuse vous, un dimanche à c't'heure-ci, ça veut pas met 'long, z'inquiétez pas !

Maiko ne l'écoutait pas, les yeux rivés sur la lumière jaune des feux de la Citroën, elle tentait d'échafauder un plan B. Plus qu'un virage à gauche et ils seraient sortis de la zone à 30 km/h. Le taxi s'engagea enfin sur la principale. La Citroën ne les avait pas lâchés. Impossible d'identifier l'homme qui était au volant. Il portait un bonnet, des lunettes noires et une grosse barbe, probablement fausse. Ils arrivèrent à un carrefour dont le feu passait à l'orange. Soudain, elle se retrouva plaquée au siège. Au lieu de ralentir, le chauffeur venait d'appuyer sur l'accélérateur. Il grilla le feu, se fit flasher, donna un grand coup de volant sur la droite pour éviter la fourgonnette qui venait en face et, sans sourciller, prit la première ruelle à gauche, puis à droite, s'enfila dans un tunnel, passa la double ligne blanche pour se retrouver sur le boulevard de Waterloo. Là, le trafic était plus dense. Maiko posa une main sur l'épaule du bonhomme.

— Vous êtes surprenant, vous !

Il n'eut pas le temps de répondre, la Citroën venait de débouler à l'angle de la rue du Trône.

— Merde ! s'écria Maiko.

— J'crois qu'il sait qu'on s'dirige gare Centrale. S'rait p'têtre pas une mauvaise idée d'changer d'cap !

— Vous avez raison ! J'ai une idée, mais j'aurai besoin de votre aide.

— Et qu'est-ce que j'fais là, d'après vous ?

— Je vous paierai, voilà... voilà.

Elle sortit de son portefeuille deux billets de cinquante euros ainsi qu'une clé qu'elle lui remit tout en lui expliquant ce qu'elle attendait de lui :

— Nous allons nous diriger vers Bruxelles Nord. Arrivés à la station de métro Botanique, vous ralentirez juste assez pour que je puisse sortir de la voiture. Ensuite vous retournerez à Bruxelles-Central. La clé, c'est une clé de consigne. Casier n° 478. Vous y déposerez le sac qui se trouve dans votre coffre. Il y a déjà une valise dans le casier. Il faudra tasser un peu. Quand vous serez certain que personne ne vous regarde, vous laisserez la clé sur le haut des casiers.

Elle bénit François d'avoir eu la brillante idée de déposer sa grosse valise la veille à la consigne.

Ils arrivèrent à la hauteur de la station Botanique. Les phares jaunes, tel deux yeux menaçants, brillaient quelques dizaines de mètres derrière eux. Maiko s'arracha du taxi, sauta par-dessus la barrière et s'engouffra dans le tunnel du métro. Elle dévala les escaliers à toute vitesse, manqua une marche, faillit tomber, mais se reprit de justesse en s'agrippant au manteau d'une vieille dame qui l'insulta. Elle passa sous le tourniquet, prit l'escalier roulant et s'immisça *in extremis* dans le wagon qui s'apprêtait à partir.

À bout de souffle, elle s'accrocha d'une main à la barre verticale pour ne pas s'effondrer. La rame se mit en mouvement. Maiko scruta l'escalier jusqu'à ce que le train disparaisse dans le tunnel.

Le trajet jusqu'à la gare Bruxelles-Central ne lui laissa pas assez de temps pour retrouver son calme. Elle était en nage. Jambes chancelantes, elle se dirigea vers les compartiments de la consigne. Ce ne fut que lorsqu'elle se trouva devant le casier n° 478 qu'elle souffla. Un soulagement de courte durée. Elle était trop petite pour atteindre le haut des casiers. Les compartiments du bas encaissèrent ses coups de pieds rageurs.

— Ho là… du calme. J'avais bien vu qu'vous zétiez trop p'tite !

Une voix dans les haut-parleurs annonça le départ du ferry. Maiko suivit le flot humain qui se ruait vers les marches métalliques menant à la cabine du premier étage. Elle traversa le restaurant pris d'assaut par les voyageurs et se dirigea vers un autre escalier. Depuis l'extérieur, elle gravit une dernière série de marches. Elle se trouvait maintenant sur l'un des ponts supérieurs. Le vent faisait voler ses cheveux dans tous les sens, sifflait dans ses oreilles. L'air frais chargé d'embruns témoignait de sa progression vers le nord.

Accoudée à la balustrade, elle regardait le port de Copenhague s'éloigner avec le sentiment d'être enfin hors d'atteinte. Il était 18 h 15. Une profonde inspiration emplit ses poumons d'air pur. Celui qui la traquait n'était pas arrivé à temps. Elle en était convaincue. Elle revit l'homme de la Citroën. Elle l'imagina haletant, sur les quais, regardant le ferry quitter la rive. Cette scène fantasmée matérialisait la trêve dont elle avait besoin. Elle n'en pouvait plus de jouer à cache-cache.

Arrivée à Oslo, elle attrapa de justesse le train pour Fauske. Après dix-sept heures de traversée, son prochain trajet serait tout aussi long. Elle s'installa donc confortablement et se mit à potasser les documents que Selma lui avait envoyés. À partir de maintenant, son nouveau nom était Cristina Lombardo. Elle était Italienne, étudiante en microbiologie.

Chaque fois que Maiko levait le nez de ses papiers, elle était subjuguée par la beauté des paysages. Le train sinuait entre les montagnes et les lacs. Le blanc des sommets enneigés contrastait avec la verdure des prairies et les dégradés bleutés de la mer et des lacs. Bercée par les mouvements du wagon, elle s'assoupit. Quand elle se réveilla, le jour finissait. La mer était bleu sombre et le ciel doré. Lorsque le soleil disparut totalement à l'horizon, les nuages se teintèrent de mille nuances pourpres. Les voyageurs passaient d'un côté à l'autre du train, munis d'appareils photo, capturant ces paysages époustouflants. Ce va-et-vient rassurait Maiko. Si elle parvenait à se rendormir, elle ne verrait pas passer le temps.

Le train arriva en gare de Fauske à cinq heures du matin. Le panneau au-dessus de l'entrée du hall indiquait – 3 °C, mais le vent qui balayait les quais donnait l'impression qu'il faisait – 20 °C. Hormis les quelques voyageurs qui descendirent du train avec Maiko, la gare était déserte. Le bar à café n'ouvrait qu'à huit heures. Elle se blottit dans l'abribus, sortit de sa valise deux gros pulls qu'elle enfila l'un sur l'autre avant de remettre sa veste. Elle passa les trois heures qui lui restaient à attendre le bus pour Tromsø barricadée derrière ses bagages.

10. Invisible

18 octobre 2004

Le vol SAA412 survolait l'océan Indien. Assis au fond, à l'avant-dernière rangée, côté hublot, Jess épluchait le rapport de la police de Johannesburg concernant la jeune femme retrouvée dans les toilettes, ainsi que les infos sur deux nouveaux cas d'agressions similaires à São Paolo et à Mexico. Comme promis, Dimitri Matthys lui avait remis toutes les copies avant de le conduire à l'aéroport en lui disant « à bientôt ». Sur le moment, Jess l'avait salué poliment en gardant pour lui que ce n'était pas demain la veille qu'il se retaperait le voyage. Cependant, plus il avançait dans sa lecture, plus cette intrigue le titillait et il devait admettre qu'en dehors de Shen-Wu, Matthys était le seul homme dans ce nid de vipères qui lui semblait intègre et surtout en position d'avoir des informations de première fraîcheur.

Quand il eut fini de lire les documents, il ferma le dossier et laissa son esprit baguenauder. Il regarda par le hublot. Nuit noire. Il aimait la nuit. Peut-être parce qu'il avait l'habitude de vivre à l'envers. Pour un policier ou un chauffeur de taxi, le romantisme des couchers de soleil de carte postale ressemblait à une imposture mais, en dépit de la violence qui accompagnait parfois l'obscurité, il y avait dans l'émulation nocturne une sorte d'authenticité qui le faisait vibrer. La nuit, il se sentait vivant.

— Alors, ces vacances ?

— Instructives, répondit Jess en sortant une bière du réfrigérateur. T'en veux une ?

Shen-Wu étira un bras vers la canette que Jess lui tendait. Il tordit la languette en aluminium, prit une gorgée et se mit à déambuler dans le studio de son ex-coéquipier.

— Rien n'a changé ici !

— Hmmm, répondit Jess en lui avançant un tabouret. Bon, on parle de ma déco d'intérieur ou tu poses tes fesses et on avance ?

Shen-Wu s'assit. Jess lui rapporta sa conversation avec Dimitri Matthys et lui fit écouter l'enregistrement en épiant sa réaction. Après quelques secondes de silence, comme il restait muet, Jess s'impatienta :

— Putain, Shen-Wu ! Faut qu'on trouve avec qui il parlait ce jour-là !

— Oublie, impossible. Si Matthys n'a pas réussi à trouver, avec les moyens qu'ils ont à Interpol...

Après quelques secondes de réflexion, Jess répondit :

— D'accord, laissons ce problème de côté pour l'instant. Viens, aide-moi à retirer ça.

L'affiche format mondial du film *Ghost in the Shell* qui recouvrait le mur au-dessus du lit fut décrochée. Le canapé-lit fut déplacé à l'autre bout de la pièce, de sorte qu'en y prenant place on avait une image globale des indices qui s'accumulèrent bientôt sur la paroi.

Quand toutes les informations dont ils disposaient furent notées, rangées au bon endroit sur leur tableau d'investigations, ils se laissèrent tomber sur le canapé. Quelques heures passèrent encore durant lesquelles ils émirent toutes sortes d'hypothèses, avant de caler.

— Elle travaille dans une compagnie aérienne ! s'exclama soudain Jess, sortant d'un demi-sommeil.

Shen-Wu, qui avait lui aussi pris ses aises, se redressa.

— Pourquoi tu dis ça ?

— Elle a fait trois fois le même coup sans se faire choper.

— Quatre ! T'as raison, faut qu'on cherche une hôtesse.

— Ou une ancienne hôtesse.

3 jours plus tard à New York

— Mademoiselle Frank… Juliette, c'est ça ?

— Oui, docteur Levin.

— Je ne vois pas en quoi mon éventuelle collaboration avec un certain Dr Saez pourrait nourrir vos recherches.

En prononçant la fin de sa phrase, Walter Levin se leva de son fauteuil et s'approcha de la baie vitrée qui offrait une vue à cent quatre-vingts degrés sur la *skyline* de Manhattan. Comme il lui tournait le dos, elle prit discrètement une grande inspiration qu'elle bloqua afin de ralentir son rythme cardiaque puis, faisant bien attention à rester dans une tessiture grave, elle répondit :

— C'est que mon directeur de thèse m'a si souvent cité les travaux du professeur Saez qu'il est devenu une référence pour moi. À vrai dire, une fois que j'aurai obtenu mon doctorat, mon souhait le plus cher serait de pouvoir poursuivre ses recherches.

— Qui est votre directeur de thèse ? Peut-être que je le connais, dit-il, toujours face à la fenêtre.

— Eddy Stern.

Il se retourna brusquement, se ressaisit puis, prenant un air flegmatique, répéta :

— Stern… hmmm… non, jamais entendu parler.

— Étonnant ! Pourtant vos travaux se rejoignent.

— Oui, enfin, les résultats que vous m'avez présentés tout à l'heure ont effectivement trait au domaine que nous explorons ici mais vous savez, vous pouvez vous adresser à n'importe quel labo, en ce moment, l'eau est l'une des préoccupations majeures des chercheurs de notre planète. Bref, quoi qu'il en soit, je crains de ne pas pouvoir vous aider. Vous voudrez bien m'excuser, mademoiselle, mais j'ai à faire.

Il se rassit et feuilleta le premier dossier qui lui tomba sous la main. Maiko tenta d'imaginer ce qui se passait dans la tête de son interlocuteur. Si Stern l'avait contacté, il n'aurait pas été surpris qu'elle prononce son nom. Elle se risqua un peu plus loin dans la partie :

— Je suis désolée d'avoir abusé de votre temps, docteur. En vous contactant, j'espérais avoir plus de succès qu'auprès de votre consœur, la professeure De Robertis.

Il ne leva pas le nez de son dossier mais elle remarqua un tressaillement sur son visage. Ses mains se crispèrent.

— Qui êtes-vous ? dit-il finalement.

— Qu'est-il arrivé au professeur Saez ? répondit-elle du tac au tac.

— Je ne connais pas de professeur Saez. Je vous l'ai déjà dit.

— Tout comme vous affirmez ne pas connaître Eddy Stern, ni Claudia De Robertis.

Vos recherches portent sur les mêmes micro-organismes et vous essayez de me faire croire que vous n'avez jamais entendu parler d'eux ? Et ETOX 15, ça ne vous dit rien non plus ?

— Écoutez-moi bien, mademoiselle ; je ne sais pas ce que vous cherchez mais je n'ai rien à vous dire. Maintenant, je vous prie de quitter mon bureau.

— Je sais que vous aviez un projet commun. Tout ce que je souhaite, c'est que vous me parliez de Juan Saez.

— Faut-il que je prévienne la sécurité ?

— La sécurité ? Avez-vous peur à ce point, docteur Levin ? Pourtant je vous assure que je suis totalement inoffensive.

Il saisit le combiné et s'apprêta à composer un numéro. Maiko se leva.

— Ce ne sera pas nécessaire. Je m'en vais.

Une fois de plus, elle repartait bredouille. Elle était hors d'elle. Au moins, elle savait maintenant qu'ils ne communiquaient pas entre eux. Elle espérait que cela continuerait et qu'ils ne préviendraient pas Nicole Davidson de sa visite. Il ne restait plus qu'à tirer les leçons des méthodes qui avaient échoué jusqu'ici et élaborer un argumentaire plus convaincant afin de faire parler Davidson ; si elle parvenait à la rencontrer à Tokyo.

Elle sombra dans le flot humain qui ondoyait à travers les couloirs du métro. Dans la rame qui menait à sa station, un type à sa droite la comprima contre une dame obèse toute de rose vêtue dont les aisselles libéraient des effluves acides. Le bonhomme avait posé son pied sur le sien. Elle sentait bien qu'il pesait de tout son poids sur ses orteils mais ne perçut aucune douleur. Depuis l'épisode avec Sam à Los Angeles, c'était comme si son corps n'arrivait plus à ressentir.

De retour dans la petite chambre qu'elle louait pour trois fois rien grâce à une annonce dénichée dans une librairie, elle ferma la porte à double tour et se recroquevilla sur le sofa qui servait de lit. Elle ferma les yeux. Les visages de Levin, Stern et De Robertis lui apparurent. Avec leur air détaché, ils trichaient, elle en était convaincue.

Jess venait de déposer une famille de touristes devant la station de ferries lorsqu'il aperçut Shen-Wu dans la file. De la tête, il lui indiqua de se diriger vers la rue suivante et déboîta pour aller le récupérer. Shen-Wu monta à l'arrière.

— J'étais sûr que tu passerais par là à un moment ou un autre.

— T'as de la chance tout de même, c'est rare que je circule par ici de si bonne heure ! T'attends depuis longtemps ?

— Oui, mais ça valait le coup. Il y a du nouveau. Je ne voulais pas prendre le risque de t'appeler. Roule, on va chez toi.

Arrivés dans leur quartier général de fortune, Jess sortit deux bières qu'il posa sur la table en formica jaune dans le coin de la cuisine.

— Tu m'inquiètes, Jess, le soleil n'est même pas encore complètement levé !

— Pour moi c'est la fin de la journée de boulot.

— Pas pour moi, mon pote. J'ai pas fermé l'œil de la nuit et il faut que je sois au poste à dix heures.

Pendant que Jess remettait une des deux canettes au frigo, Shen-Wu lui parla de son insomnie. Il lui raconta comment, dans la moiteur nocturne des rues de Mong Kok, une idée lui était venue. Celle d'imiter Matthys. Placer un micro dans le bureau de Tsai. Plein d'espoir qu'à cette heure-là il ne rôde plus, ou pas encore, au poste, il avait décidé de se rendre sur place pour étudier la question. Il avait gravi les marches trois par trois tout en se préparant aux questions de Sadri. À sa grande surprise, en ouvrant la porte, il avait trouvé l'étage plongé dans la pénombre. Excepté celle qui filtrait à travers le store du bureau de Tsai, toutes les lumières étaient éteintes.

— Comment c'est possible ? Et en cellule ?

— Personne je te dis, pas un seul collègue, personne en cellule de dégrisement. Alors j'ai refermé discrètement la porte et je me suis approché du bureau de Tsai. Il parlait avec quelqu'un au téléphone. Je me suis accroupi à côté de l'entrée, derrière les casiers. De là j'entendais parfaitement ce qu'il disait, alors j'ai enclenché mon dictaphone.

Shen-Wu posa l'enregistreur sur la table et appuya sur « Play » :

— Vous avez attendu trop longtemps. La situation nous échappe totalement.

— …

— Oui, je ne peux pas nier qu'à l'époque vous aviez vu juste, il semble que le frère et la mère ont réagi comme prévu, ils sont tombés dans le piège.

— …

— Évidemment qu'ils l'ont mise au courant. Sinon comment expliquez-vous son départ soudain de Bruxelles ? Bref, c'était il y a plus d'un an. Il vous a quand même fallu tout ce temps pour la localiser à Tromsø et maintenant vous m'annoncez qu'elle vous a, une fois de plus, semé comme un débutant ?

— …

— Ça, c'est à vous de me le dire. C'est vous qui avez été incapable de dénicher ses autres contacts.

— …

— C'était un revers à prévoir. Ça l'a poussée à bouger mais elle a compris que nous la surveillons de près, elle a redoublé de méfiance.

— …

— Et maintenant elle est devenue incontrôlable. On ne sait même pas où elle est. Si Interpol met la main sur elle avant nous, on est raides !

— …

— Qui a eu ce dossier entre les mains pour la dernière fois ?

— …

— Démerdez-vous, trouvez-moi ce Norvégien, remuez vos archives. Saez doit bien avoir laissé des pistes. C'était un scientifique, pas un agent secret !

— …

— Vous en êtes où avec Gunter Van Weick ? Vous n'en avez toujours rien tiré ?

— …

— Comment vous avez pu le laisser seul ? ! Dans son état, ce type n'avait plus rien à perdre !

— …

— L'agenda ?

— …

— Et vous croyez vraiment qu'il s'y trouve encore ? Depuis 2001 ?

— …

— Alors fouillez chez le frère, sans vous faire remarquer. Cette fois on n'a pas intérêt à ce qu'il l'avertisse ! Et dépêchez-vous de faire disparaître son dossier à la clinique, je ne voudrais pas que ce fouineur de Matthys tombe dessus !

— …

— Elle ne se déplace pas au hasard. Ces villes ont un lien avec votre laboratoire et les recherches de Saez, alors trouvez qui elle a rencontré au Brésil, au Mexique, à Los Angeles et j'en sait foutre rien où encore !

Au fur et à mesure que l'enregistrement défilait, Jess notait les nouveaux indices sur leur tableau. Quand ce fut fini, ils se rassirent sur le canapé.

— Il panique. La gamine doit mettre un sacré merdier dans ses petites affaires pour qu'il baisse ainsi sa garde. Deux fois qu'on chope ses conversations ! marmonna Jess pensif.

— « remuez vos archives… votre laboratoire… », répéta Shen-Wu.

— Il a un contact à l'intérieur ! C'est logique ! Comment on n'y a pas pensé avant. Après la disparition du père, on n'avait pas auditionné ses collègues de Celltrack-Labs ?

— Si.

— Y a pas de temps à perdre, faut ressortir tous ces interrogatoires, on est passés à côté de quelque chose.

— Je les ai.

— Quoi ? Les interrogatoires ?

— Oui, je les ai emportés au cas où on en aurait besoin. Mais d'abord, il faut mettre la main sur le dossier de Saez dans les archives de Celltrack-Labs, et avant eux ! Il parle d'un agenda, peut-être qu'il s'y trouve.

— Mais comment tu vas faire pour entrer là-dedans ?

Un sourire satisfait aux lèvres, Shen-Wu sortit de son sac à dos un porte-documents.

— C'est pas moi qui vais y aller, c'est toi ! Ça, c'est les plans du bâtiment, dit-il en brandissant fièrement une pile de papiers jaunis qu'il déplia sur le sol.

Ils étudièrent les différentes possibilités d'accès et finirent par trouver le moyen de faire entrer Jess dans le local des archives de Celltrack-Labs.

— Comment va-t-on obtenir le formulaire du service d'hygiène ?

Shen-Wu regarda sa montre. 8 h 40.

— Ça ne sert pas à rien, les contacts, mon pote ! Donne-moi une heure. On se retrouve ici. Entre-temps, dégotte-toi un accoutrement crédible, genre combinaison. Évite le blanc.

À dix heures tapantes, Jess, vêtu d'un *overall* bleu nuit avec un insigne du département sanitaire de Hong Kong épinglé sur la poitrine, présenta à la charmante préposée au registre des entrées dans les locaux de Celltrack-Labs le formulaire n° 18-3612 attestant que des parasites avaient été signalés dans les sous-sols du bâtiment. La jeune femme vérifia que le document du *Government Environmental Hygiene*

Department était dûment rempli, signé et estampillé, puis imprima un badge autocollant qu'elle tendit à Jess. Ensuite elle fouilla dans un tiroir et en sortit une clé qu'elle lui remit en lui expliquant comment procéder dans l'ascenseur pour atteindre les caves.

— Quand vous aurez terminé, veuillez repasser vers moi pour me rendre le badge et la clé.

Une grosse mallette dans une main et un masque respiratoire autour du cou, Jess se dirigea vers l'ascenseur. Au quatrième sous-sol, il poussa une première porte. Dans un grésillement, une enfilade de néons glauques s'enclencha automatiquement, illuminant un long couloir au bout duquel il y avait une seconde porte et un autre couloir qui partait sur la gauche. Étonné de ne voir aucune caméra de surveillance, Jess se détendit. Il se remémora les plans. Les archives se trouvaient bien là. Alors qu'il s'apprêtait à sortir de sa valise le matériel servant à forcer le verrou, il entendit l'ascenseur se mettre en mouvement. Rapidement, il rangea ses outils et emprunta le couloir. Cette voie faisait un coude. Le temps que l'ascenseur arrive, les néons s'étaient éteints. Jess, plaqué au mur, assez loin pour ne pas être aperçu depuis les archives, retint son souffle. L'éclairage se remit à briller et il entendit des pas, puis le bruit des touches du digicode et de la porte qui s'ouvrit. Une odeur d'encre et de carton arriva jusqu'à ses narines. Le couloir fut de nouveau plongé dans l'obscurité, l'obligeant à rester totalement immobile. Un grincement aigu lui fit serrer les dents. Il connaissait bien ce bruit, c'était celui des lourdes armoires qui glissent sur les rails rouillés incrustés dans le sol. L'ascenseur se remit à fonctionner. L'arrivée d'une seconde personne provoqua l'allumage des néons. Jess en profita pour se rapprocher. Les deux individus étaient entrés dans la salle des archives. Une voix d'homme retentit :

— Y a rien dans cette boîte.

— Non, je t'ai dit qu'il n'y avait rien qui puisse nous aider ici. répondit une voix de femme.

— T'en as mis du temps à descendre.

Puis le silence. Il ne les entendit plus parler. En tendant l'oreille il comprit ce qu'ils étaient venus faire là.

— Qu'est-ce que t'as ?

— J'y arrive pas. J'arrive pas à penser à autre chose.

— Détends-toi. Elle finira par me contacter.

— Enlève-toi ça de la tête, ma jolie. Elle n'a plus confiance en toi.

— À sa place, je n'aurais pas confiance non plus. Ça fait cinq ans qu'elle s'est réveillée dans cette clinique. Depuis, pas une fois je n'ai répondu à ses questions. Pourquoi tu ne me laisses pas lui parler ?

— Parce que tant qu'elle est sous pression, elle avance. Elle finira par nous mener à son père. On n'aura plus qu'à revendre les informations au plus offrant.

— Tu ne crois pas qu'il est mort, depuis le temps ?

— J'en sais rien, mais c'est en suivant la gamine qu'on a une chance de mettre la main sur ce foutu dossier.

— Si nous réunissions nos efforts, elle augmenterait ses chances de retrouver Juan, et nous, de récupérer les résultats de ses recherches.

Jess n'en revenait pas. Dommage que je ne puisse pas voir leurs visages, pensa-t-il.

— Non ! On s'en tient au plan initial, répondit l'homme.

Il y eut quelques instants de silence. Jess savait maintenant qu'il ne trouverait aucune information concernant Juan Saez dans ces archives. Mais la conversation qu'il venait d'entendre apportait son lot de réponses. Il se prépara à filer en douce, espérant que dans l'action, les deux ne s'apercevraient pas que les néons se rallumaient. Mais l'homme se remit à parler :

— T'en es où pour l'agenda ?

— Rien. J'ai fouillé l'atelier de son frère de fond en comble.

— *Kurva* ! C'est elle qui l'a ! Qu'est-ce qu'elle y a trouvé ? Tant qu'on n'aura pas la réponse à cette question, elle aura toujours un coup d'avance sur nous.

— Elle me recontactera, tu verras.

— Il faut que j'aille à Bruxelles. Je dois passer à la clinique pour effacer les traces de son passage avant que les flics retrouvent sa piste.

C'était donc lui, l'interlocuteur de Tsai ! Jess entendit la porte se refermer. La lumière revint et l'ascenseur s'enclencha. Une première fois… une seconde… puis plus rien. Silence total. Il attendit encore quelques minutes afin de s'assurer que plus personne ne traînait dans ces couloirs austères avant de remonter.

— Alors ? Vous avez trouvé quelque chose ? demanda la secrétaire qui l'avait reçu à son arrivée.

— Non, fausse alerte. Bonne journée, mademoiselle.

11. La fibre du chercheur

Tromsø, Norvège, avril 2004

Elke et Elias étaient déjà au laboratoire lorsque Maiko arriva. Ils préparaient les boîtes de Petri.

— Bonjour Cristina, ça va ? T'es toute pâle.

— Dur réveil, répondit Maiko.

Elle avala d'un trait ce qui restait de son café, posa son tas de paperasse et termina la mise en place avec eux. Puis ce fut le moment tant attendu. Celui de découvrir si la culture de la veille donnait des résultats.

— Bon, vous êtes prêtes ? À trois, dit Elias. Un… deux… trois !

Elke, Elias et Maiko, chacun installé à son poste, collèrent leurs yeux au microscope. Rien. Tout était mort. Ils passèrent à la série suivante, puis à la suivante. Entre-temps, les autres étudiants de l'équipe d'Elke étaient arrivés. Après avoir examiné tous les échantillons, ils durent se rendre à l'évidence ; aucune boîte ne contenait de résultat positif. C'était, une fois de plus, un échec cuisant. Devant la mine déconfite de ses étudiants, Elke soupira :

— Ce n'est pas la fin du monde. C'est ça, la recherche, mes chers. Ça vous arrivera encore des milliers de fois.

— Oui mais là, on n'a plus d'échantillons.

— Pas de panique, Elias, une expédition revient la semaine prochaine du pôle, il y aura de nouveaux spécimens. En attendant, au boulot ! On reprend le protocole et on cherche où ça a foiré. Franziska et Jisk, vérifiez les courbes de température, Cristina et Elias, occupez-vous des nutriments. Nora, Tiersen et Leila, nettoyez-moi toutes ces boîtes.

Après quelques mois d'investissement total, les professeurs de Maiko, satisfaits de la qualité de son travail, lui avaient laissé libre accès au laboratoire. Elle avait intégré l'équipe d'Elke, directrice de recherche qui travaillait sur une série de micro-organismes récemment découvertes dans les glaces du pôle Nord.

Maiko logeait sur le campus universitaire. Le minuscule appartement qu'elle partageait avec Alisha et Ingrid, étudiantes en médecine, ne lui servait qu'à dormir. Elle avait trouvé un poste de veilleuse dans un hôtel, deux à trois nuits par semaine. Son job et le temps passé au laboratoire offraient à Maiko un bon alibi pour ne pas trop côtoyer ses colocataires. Sa nouvelle vie manquait de chaleur humaine, mais la force d'entrer dans un nouveau rôle lui faisait défaut.

Lorsqu'elle était arrivée à Tromsø, une année auparavant, les habitants parlaient de la nuit pour désigner le moment de dormir, ou de sortir. Mais techniquement, le jour ne s'éclipsait que vers onze heures du soir et dès trois heures du matin, l'aube naissait. À l'automne, annonciateur de l'obscurité constante de l'hiver arctique, la fuite avait été une option que Maiko avait sérieusement envisagée. Cependant, les découvertes qu'elle avait faites l'avaient détournée de cette idée. Elle se réfugiait au laboratoire. Bercée par le ronron des machines, elle se laissait absorber par ses recherches. Les nuits de garde à l'hôtel avaient également leurs avantages. Le hall était toujours éclairé et comme son unique mission était d'être présente au cas où un client aurait besoin de quelque chose, ce qui n'arrivait pratiquement jamais, elle avait tout le temps pour réviser ses cours. Le plus déprimant avaient été les trajets de l'hôtel au campus, quand la ville entière semblait figée, sans vie.

La personne qu'elle fréquentait le plus à Tromsø était son camarade de cours et de recherche, Elias. Comme elle, il était passionné par leurs travaux. À force de se retrouver les deux premiers au laboratoire le matin et les derniers à le quitter le soir, ils étaient devenus complices. Cependant, ils n'abordaient jamais d'autres sujets que leurs études. Maiko se sentait sereine en sa compagnie. Si les résultats d'une analyse ne donnaient rien de probant, ils quittaient le labo ensemble. Ils traversaient les couloirs dans un silence de plomb jusqu'à l'entrée principale. Là, ils partaient chacun de leur côté sans un mot ; juste un regard mitigé entre le découragement et une sorte de « merci de partager cette déception ». Quand une nouvelle piste se profilait, ils n'hésitaient pas à passer la nuit entière au laboratoire. Au matin les autres étudiants arrivaient à la cafétéria, le visage encore tout bouffi par le sommeil. Maiko et Elias, les traits tirés, les accueillaient triomphants, avalant leur dixième café.

Avec le mois de mai, le printemps était enfin arrivé. Il était 3 h 30 du matin lorsque Maiko se réveilla. Trop impatiente de découvrir le résultat des cultures de la veille, elle ne parvint pas à se rendormir. Elle s'habilla en vitesse pour se rendre au laboratoire. Elias était déjà sur place. Il l'accueillit d'un sourire victorieux.

— Ça y est ! regarde.

Surexcité, il posa sur la table les boîtes contenant les microbes.

— Résultats ?

Maiko éclata de rire.

— Elias ! C'est génial, tu l'as déjà isolée.

D'un geste révérencieux, il l'invita à prendre place derrière le microscope. Planté à côté d'elle, trépignant d'impatience, il dit :

— Je l'ai baptisée « IGY-01 ».

— Il faut faire un séquençage, va chercher les kits d'extraction d'ADN ! s'exclama Maiko, sans se décoller du binoculaire.

Ils fermaient les derniers tubes lorsque leurs collègues arrivèrent.

— Ah vous deux ! Vous avez l'air survoltés ! Y a du nouveau ? s'exclama Elke.

Elias présenta les résultats au reste de l'équipe. Tous écoutèrent attentivement avant de féliciter le duo de choc. La voix enthousiaste d'Elke mit fin aux festivités.

— Mes chers, c'est super tout ça, mais je crois que certains ont cours dans dix minutes ! Nous reprendrons cet après-midi.

Avant de se rendre à l'auditorium, Maiko fit un détour par le distributeur de boissons. Porte-documents sous le bras, stylo dans une main et café dans l'autre, elle remontait le couloir lorsqu'elle percuta un homme. Le breuvage bouillant se répandit sur ses doigts. Elle lâcha ses documents qui s'éparpillèrent sur le sol et grimaça.

— Oh, je suis désolé, mademoiselle ! Ne bougez pas, je vais vous chercher une serviette et des glaçons.

— Non, ça va, ce n'est rien.

— Laissez-moi au moins vous aider à rassembler vos papiers.

L'homme sortit de sa poche un mouchoir en tissu qu'il lui tendit, l'air confus. Maiko saisit le mouchoir. Pendant quelques secondes, le temps s'arrêta. C'était un mouchoir comme ceux que son père utilisait, blanc immaculé, bien repassé, avec des initiales brodées.

Les voix des étudiants reprirent de l'ampleur. L'homme la considérait d'un regard intrigué. Elle fronça les sourcils. Elle ne l'avait jamais vu auparavant. Elle s'essuya la main et lui rendit le mouchoir. On aurait dit un Viking. Beaucoup de cheveux, gris-blonds, mi-longs, attachés en queue de cheval basse. Deux épais sourcils broussailleux surplombaient son regard bleu acier et une moustache rejoignait sa barbe hirsute.

— Ça va ? Votre main ne vous fait pas trop mal ?

— Non, ça va maintenant. Merci, il faut que je file, je suis en retard.

Le Viking reprit son chemin. Elle le regarda s'éloigner. Avant de bifurquer, il se retourna furtivement mais, apparemment gêné de tomber de nouveau sur son regard, il disparut au détour d'un couloir.

Maiko arriva à l'auditorium. Elias lui fit signe, il lui avait réservé un siège à côté de lui. Soulagée que le professeur Jensen ne soit pas encore là, elle en profita pour mettre en ordre ses documents. La rumeur s'atténua dans la salle. Tuva Jensen venait de prendre place derrière le pupitre. Elle attendit le silence complet avant d'annoncer que le cours serait exceptionnellement donné par le professeur Solberg, de retour après huit mois d'expédition sur les îles du Svalbard.

— Peter Solberg ! bredouilla Maiko, incrédule.

Elle blêmit en reconnaissant l'homme au mouchoir brodé. Le Viking était Peter Solberg. Nao… la liste.

— Tu le connais ? chuchota Elias.

Mais Maiko était trop occupée à se repasser la scène du café pour lui répondre. La connaissait-il ? Elle ne l'avait jamais vu. Était-il au courant de la disparition de Juan ? Était-il impliqué ? Un frisson lui parcourut l'échine puis elle sentit le coup de genou d'Elias.

— Fais au moins semblant d'écouter, ça fait plusieurs fois qu'il regarde dans ta direction !

Ce ne fut que le soir, à l'hôtel, lorsque les derniers clients eurent regagné leurs chambres, qu'elle parvint à dompter la tornade qui embrouillait son esprit. Depuis son arrivée à Tromsø, ses recherches avaient happé toute son attention. Petit à petit, l'absence de ses proches avait été comblée par l'obsession de dénicher LA bactérie qui possédait les propriétés recherchées par Elke. Son existence de rat de laboratoire avait presque réussi à lui faire oublier la disparition de son père. Mais la rencontre avec Peter Solberg avait retenti comme un gong qui la replongeait dans sa quête initiale. Nao, Gloria, Jack… si seulement elle pouvait leur raconter. Comment devait-elle réagir maintenant ? Comment aborder Solberg sans se griller ?

Il était six heures du matin lorsqu'elle quitta la réception de l'hôtel pour rejoindre le campus. Le ciel était bas. Une fine bruine emplissait l'air. Les cris des mouettes ajoutaient une touche sinistre à cette froide matinée. Quand Maiko arriva à l'appartement, Ingrid et Alisha dormaient encore. Elle se glissa dans son lit.

Les yeux grands ouverts, elle survolait des collines et des vallées verdoyantes. Un parfum douceâtre se dégageait de la prairie. Elle plissa les yeux et les fleurs se transformèrent en milliers de confettis multicolores. La cime des arbres défilait sous son corps. Au détour d'une forêt vert sombre, un lac s'étendait à perte de vue. L'air glissait le long de son corps, comme une caresse. Plus loin… qu'est-ce qu'il y a plus loin ? Après le lac ? Cette question lui sembla familière. Puis elle se souvint qu'il fallait s'approcher de l'eau pour accélérer. La surface du lac était maintenant si proche qu'elle aurait pu la toucher en tendant le bras. Sa respiration se faisait difficile à cause de la vitesse. Tandis qu'elle survolait cette masse liquide, son regard cherchait un rivage.

D'un coup, l'étendue d'eau s'arrêta net. Au-delà : le vide. Sombre, glacial. L'effroi l'envahit. Son cœur semblait s'être arrêté. Sa respiration aussi. Son corps se raidit. C'était le néant. Aucun son, plus de lumière.

Le bruit de l'air qui s'engouffrait dans ses poumons rompit le silence. Elle se redressa dans son lit, le souffle court. Ce n'était qu'un mauvais rêve. Elle dut se le répéter plusieurs fois avant de retrouver son calme. Les voix de ses colocataires qui discutaient de leur dernier examen dans la pièce d'à côté l'aidèrent à se reconnecter à la réalité. Lorsqu'elle sortit de sa chambre pour passer à la salle de bains, Ingrid l'interpella :

— Hey, Cristina, tu te joins à nous pour le petit-déjeuner ? Alisha a fait les courses, il y a des *kanelboller* et des gaufres !

Maiko hésita, c'était si rare qu'elles se retrouvent toutes les trois.

— Allez, c'est samedi, tu n'as pas cours, tu as bien le temps de te poser cinq minutes, non ?

L'insistance bienveillante d'Ingrid et le parfum de cannelle eurent raison de sa réticence. Elles dégustèrent les douceurs en échangeant quelques mots. Alisha et Ingrid, désormais habituées à la timidité apparente de leur colocataire, ne lui posaient plus de questions. Elles discutaient librement de leur univers médical sans que cela ne crée le moindre malaise dans leur petite communauté. Maiko s'en accommodait très bien. Une présence humaine, simple, sans attentes, c'était agréable.

La semaine qui suivit, Solberg passa toutes ses journées au laboratoire. Maiko eut ainsi le temps d'évaluer le degré de confiance qu'elle pouvait lui accorder. Le bilan fut positif. Sa manière de parler, sa démarche, son regard, les mouvements de ses mains lorsqu'il donnait des explications : le Viking lui sembla être un homme intègre. Son attention à son égard était tangible, mais assez subtile pour ne pas éveiller la curiosité des autres membres de l'équipe. Il savait qui elle était, elle en était pratiquement certaine. Cela s'entendait au son de sa voix, lorsqu'il s'adressait à elle. Il y avait, dans le « Cristina », une touche d'ironie quasi imperceptible. Mais Maiko la saisissait. Maintenant qu'il avait posé sa première carte, c'était à son tour de jouer. Elle attendait de trouver le bon moment, les bonnes questions.

À l'heure de dormir, les scénarios possibles tournaient dans son esprit. Comment aborder Solberg sans attirer l'attention d'Elke, d'Elias, ou des autres ? Que savait-il de son père ? Des détails de son enfance entrecoupaient ses raisonnements, embrouillaient ses pensées jusqu'à ce que la fatigue l'emporte. Pendant son sommeil, le rêve de la forêt revenait, se faisant chaque fois plus insistant.

Après deux jours d'absence, Solberg réapparut au laboratoire. Il salua nonchalamment d'un bref signe de la tête et se dirigea directement vers Elke. Maiko et Elias, pipettes à la main, poursuivaient leur tâche minutieuse quand Solberg, sans interrompre sa conversation avec Elke, posa un porte-documents juste à côté de Maiko. Comme elle ne réagissait pas, il s'appuya de manière manifeste sur la couverture en carton. Enfin Maiko y prêta attention. Sur le côté, un séparateur dépassait. Elle parcourut les caractères notés au crayon et soudain se figea.

ETOX 15

Solberg saisit le dossier et prit congé. Elke s'adressa aux étudiants présents :

— Mes chers, le professeur Solberg et moi-même tenons à vous féliciter pour votre travail. Nous sommes très contents des résultats obtenus. À partir d'aujourd'hui, vous laissez tomber les recherches sur « IGY-01 ». Vous me rassemblez les cahiers de laboratoire avec les résultats sur cette table et vous me stérilisez tout le matériel contaminé. On ne garde que les échantillons qui sont au congélateur.

— Mais? Les données ne sont pas encore complètes!

— Oui, Elias, c'est vrai. Ce que nous avons sur «IGY» va nous être très utile. Mais le séquençage des spécimens provenant de la dernière expédition est notre nouvelle priorité.

Pour Maiko, les minutes de cette journée se transformèrent en heures. Les pauses cigarettes se multiplièrent. Elle fut soulagée d'être assignée à la désinfection des boîtes de Petri, pipettes, tubes et autres contenants. Tâche rébarbative mais qui ne demandait aucune concentration.

Elle resta au laboratoire jusqu'à ce qu'Elias, écœuré par l'issue abrupte de sa consécration avec «IGY», décide de rentrer chez lui. Maiko s'assurait ainsi qu'il ne traînerait pas dans les parages quand elle reviendrait. Ensuite, elle rentra au campus, avala une soupe en compagnie d'Ingrid, guetta le retour d'Alisha, se mit au lit dès qu'elle arriva et attendit patiemment que ses colocataires soient endormies.

Il était une heure du matin quand, sans un bruit, elle se leva, se rhabilla et fila jusqu'à la faculté des sciences. Elle passa devant le laboratoire où seuls les voyants lumineux des appareils scintillaient. Il n'y avait personne. Plus loin sur sa gauche, le dédale de couloirs qu'elle devait parcourir en quête du bureau du professeur était plongé dans l'obscurité. Ses jambes se mirent à trembler. Elle s'appuya contre le mur juste à côté de l'interrupteur, prit une longue inspiration et se lança.

Enfin elle se trouva devant la plaquette indiquant « P. Solberg ». Pas de filet de lumière sous le pas de la porte. Elle actionna doucement la poignée, espérant que ce ne soit pas verrouillé. Miracle, c'était ouvert. Elle jeta un dernier coup d'œil derrière elle et entra. Elle referma en s'appliquant à ne pas faire de bruit. Un « clic » rompit le silence, précédant l'allumage de la lampe de bureau. Maiko sursauta mais demeura face à la porte.

— Je me demandais quand tu allais te montrer.

Elle se retourna. Le Viking était là, souriant, calme. Il poussa de la main le dossier qu'il avait devant lui.

— Je pense que c'est ça que tu es venue chercher.

Penaude, elle s'avança vers le bureau.

— Maiko… Il serait tellement heureux s'il pouvait te voir. Quand je t'ai croisée l'autre jour, devant le distributeur, je n'ai pas tout de suite fait le lien, je savais que j'avais déjà vu ce regard, mais c'est lorsque Elke m'a présenté les résultats de tes recherches, ta méthodologie, en te voyant travailler, que j'ai eu le déclic. Ce qui m'intrigue, c'est comment tu as atterri ici ? Comment tu as trouvé ETOX 15 ? Tu es brillante. Tu lui ressembles beaucoup.

— Vous l'avez bien connu, alors ?

— Oui, très bien.

— Pourquoi moi je ne vous connais pas? Comment saviez-vous qu'en me mettant ce code ETOX 15 sous le nez, j'allais me pointer ici en douce?

— Ton père et moi nous sommes rencontrés à Madrid, pendant nos études. Puis nous avons participé à plusieurs missions ensemble. Il me parlait beaucoup de toi, et de ton frère aussi. Il avait toujours avec lui des photos de vous. Il me les montrait en me racontant combien il se sentait fier. Il rêvait que tu puisses, un jour, poursuivre ce qu'il avait commencé.

— C'est-à-dire? Qu'est ce qui lui est arrivé?

— Je n'ai pas les réponses, Maiko. Le dossier comporte les grandes lignes de la recherche que nous avions entamée avec Juan. Tes découvertes sur IGY vont nous permettre d'avancer.

— Nous?

— Oui, j'aimerais que tu collabores avec moi. Lis ces documents, tu comprendras mieux pourquoi nous ne savons rien sur sa disparition. Une dernière chose: ne parle à personne de cette conversation, ni du dossier. C'est le seul exemplaire, les informations qu'il contient ne sont conservées nulle part ailleurs, alors je compte sur toi. C'est un gage de la confiance que je te porte. C'est bien compris? Tu as la fibre du chercheur, Maiko. Je prends le risque de te confier ce dossier avec l'espoir que tu accepteras ma proposition.

Maiko s'empara du dossier, le cala sous son pull, contre son ventre, et salua le professeur d'un hochement de tête.

En sortant du bureau, elle aperçut une silhouette au bout du couloir. Elle sursauta.

— Cristina ?

— Elias ! ?

— Tu es restée travailler jusqu'à maintenant ?

— Et toi ?

— Non, moi je viens d'arriver. J'arrivais pas à dormir. J'ai trop besoin de comprendre pourquoi on nous a retiré la recherche sur « IGY ». Je voulais voir si les résultats étaient encore sur la table. Et toi ? Tu fais quoi ?

— Oh, comme toi, mais j'avais besoin de me dégourdir les jambes alors j'ai marché un peu dans les couloirs. Là je suis morte, je crois que je vais rentrer et essayer de dormir.

— Et si nous allions sur les quais ? Le vent est tombé, il fait doux et tout le monde dort, c'est calme. J'ai emprunté la voiture de ma mère. Je t'emmène ?

Qu'est-ce qui lui prend tout à coup ? s'étonna Maiko. L'avait-il suivie ? Savait-il ce qu'elle était venue chercher ? Elle brûlait d'ouvrir le dossier, mais le seul moyen de savoir ce qu'Elias avait vu ou compris était d'accepter sa proposition. Après avoir discrètement déposé le dossier dans son casier sous prétexte d'y prendre un pull, elle le rejoignit sur le parking puis s'installa dans la voiture.

Sur les quais, ils marchèrent un peu, passèrent devant l'hôtel où elle travaillait. Elle lui raconta comment elle avait trouvé ce job et à quel point il ne s'y passait jamais rien. Ensuite ils s'assirent sur un banc. Pour la première fois, Elias lui parla de lui, de ses deux sœurs qui avaient quitté la maison pour vivre à Oslo et de son frère, un peu toxico, un peu alcoolo, qui disparaissait pendant des semaines en les laissant dans l'angoisse terrible de ne jamais le revoir vivant. Sa mère, infirmière, travaillait comme une dingue pour s'en sortir et son père, marin sur les chalutiers, ne passait que six mois par an à la maison. Il lui raconta son rêve de petit garçon : devenir chercheur, sillonner les océans à la découverte de créatures inconnues.

Maiko l'écouta sans rien dire. Elle hésita à le rassurer concernant son frère, repensant à ses propres années en enfer. Même s'il lui manquait une bonne tranche de sa propre histoire, elle s'en était sortie. Pas totalement indemne, mais elle était là, avec l'envie de vivre.

— Tu as froid ?

— Oui, je suis fatiguée et gelée.

— Viens, j'habite juste de l'autre côté du pont, je vais nous faire du café.

Elle le suivit. Arrivés dans l'appartement, il l'invita à s'installer sur le canapé et lui tendit une couverture.

— Il n'y a personne ?

— Non, mon père ne reviendra que dans deux mois, ma mère est partie une semaine à Oslo et mon frère ne s'est pas montré depuis plusieurs jours.

Elle s'endormit avant la fin de la phrase. De nouveau elle fit le rêve. Elle survolait la prairie, puis la forêt. Cette fois, elle se rapprocha du sol avant d'atteindre le lac. Elle cherchait une réponse. Peut-être se trouvait-elle entre les arbres ? Mais au moment où elle tenta d'apercevoir ce qu'il y avait sous les branchages, tout devint lisse.

Elle ouvrit les yeux et ne comprit pas tout de suite où elle se trouvait. Elias était dans la cuisine.

— Café ?

— Oui.

Elle saisit des deux mains la tasse qu'il lui tendait, approcha ses lèvres du bord et ferma les yeux.

— J'adore ça, dit-elle en souriant.

Lorsqu'elle rouvrit les yeux, elle plongea dans le regard d'Elias, espérant qu'il dévoile son jeu.

— Je te ramène au campus ? demanda-t-il.

Pas la bonne approche. Un vrai geek monomaniaque.

Le soir même, derrière le comptoir à la réception de l'hôtel, les mains moites, Maiko ouvrit le dossier. Il contenait les résultats compilés de dizaines d'années de recherches. L'eau. C'était bien ça le sujet principal. Nao et elle avaient vu juste. Chaque découverte était répertoriée chronologiquement. La première datait d'avant sa naissance. Son père fréquentait alors l'université de Madrid. Rapidement elle feuilleta le dossier jusqu'à la période de la disparition. L'absence de Juan Saez n'était même pas signalée. Comme l'avait dit le professeur Solberg, ce dossier contenait uniquement les informations concernant leurs recherches. Rien de personnel. Maiko le referma brutalement et sortit fumer une cigarette. Une fois calmée, elle reprit sa lecture en se concentrant sur la période où ils habitaient à Bruxelles, dans l'espoir de voir apparaître le nom de Gunter Van Weick. Il y était. Des réponses, enfin !

Elle sauta plusieurs pages, cherchant des résultats plus récents. Son père et ses acolytes avaient découvert des « Archæa », micro-organismes unicellulaires, sous les glaces arctiques.

Maiko était en pleine lecture lorsqu'elle entendit le carillon de la porte. Elle rangea les précieux documents dans un tiroir et alla ouvrir. C'était Elias. Il sortait du laboratoire et avait eu envie de passer la voir avant de rentrer chez lui. Et s'il était impliqué dans tout ça? Elle attrapa son sac et le rejoignit dehors en chassant cette pensée. Le temps d'une cigarette, elle lui expliqua que le règlement de l'hôtel lui interdisait de faire entrer quiconque n'était pas client pendant les veilles. Elle lui proposa de le retrouver chez lui quand elle aurait fini son service.

De retour à son poste, elle reprit là où elle en était restée. La nuit toucha à sa fin avant qu'elle n'ait terminé de lire tous les documents. La prochaine veille aurait lieu le surlendemain. Elle décida de ranger le dossier dans une vieille armoire qu'elle avait repérée au fond du local de conciergerie. Les casiers métalliques, probablement récupérés dans les vestiaires de l'ancienne salle de gym, avaient encore les clés sur toutes les portes. C'était la cachette idéale. Elle mit la clé dans son sac et sortit.

Dehors, le ciel était bleu. Les commerces étaient encore fermés mais déjà quelques passants parcouraient les rues. Les mouettes sillonnaient l'air frais du matin. Le cœur de Maiko débordait. Son bonheur était trop intense et trop lourd à la fois. Appeler Selma ! Elle sortit de son sac le téléphone portable encore emballé, inséra la carte SIM qu'elle avait achetée en arrivant à Tromsø et chercha un endroit à l'abri des regards. Elle s'installa sur un banc, devant le musée arctique. Ses doigts composèrent le numéro machinalement.

Une, deux, trois, quatre tonalités... Selma décrocha. Le pouls de Maiko accéléra. Quand elle voulut parler, l'émotion la submergea. Selma n'attendit pas pour la sermonner. « Où es-tu ? ! As-tu une idée du souci que je me suis fait, sans nouvelles pendant plus d'un an ! »

Maiko s'excusa, lui annonça qu'elle était à Tromsø et enchaîna en demandant de ses nouvelles ainsi que de sa mère et de Nao. Ensuite, surexcitée, elle raconta à Selma qu'elle tenait enfin une piste, qu'elle avait rencontré un chercheur, Peter Solberg, qui avait travaillé avec son père. Elle lui dit qu'il lui avait remis un dossier contenant des tas d'informations sur leurs recherches et... Selma l'interrompit. Elle n'était pas seule et ne pouvait pas parler maintenant. Elle lui demanda de rappeler dans deux heures à un autre numéro qu'elle lui dicta.

Maiko raccrocha, éteignit le téléphone et retira la carte SIM. La mer scintillait, éclaboussant mille reflets sur les bâtiments des docks. Éblouie, elle ferma les yeux. Tête appuyée en arrière contre la paroi en bois, elle mesura l'ampleur de sa solitude. Nao lui manquait terriblement. Si seulement elle pouvait lui parler ! Lui dire qu'enfin, elle avait des réponses. Elle se passa les mains sur le visage, reprit ses esprits et traversa le pont pour se rendre chez Elias.

Il apparut à la porte en caleçon, cheveux en bataille. Visiblement, elle l'avait réveillé, mais cela ne semblait pas le déranger. Il prépara du café.

— Comment tu gères tes heures de sommeil après tes veilles ?

— D'habitude j'essaye de dormir un peu avant de vous rejoindre au labo. Sauf quand il y a cours.

— Donc là, il faudrait que tu dormes ?

— Oui, il faudrait.

Il s'approcha d'elle.

— T'as pleuré ?

— Pourquoi tu demandes ça ?

— Je vois que tu as pleuré.

— J'ai pas envie d'en parler.

Mensonge ! L'envie de tout déballer lui crevait le bide. Mais par-dessus tout, elle voulait qu'il lui dise enfin ce qu'il attendait d'elle.

— L'autre soir tu t'es endormie avant de me parler de toi. Je t'ai parlé de moi. À ton tour non ?

— Je suis fatiguée, Elias.

Il ferma les rideaux de la cuisine.

— Ouvre, s'il te plaît.

— Tu n'as pas dit que tu devais dormir ? Tu peux t'installer sur le canapé.

À son réveil, Elias n'était plus là. Il était midi. Elle avait manqué le rendez-vous téléphonique avec Selma. Je la rappellerai lundi, pensa-t-elle. Sur la table de la cuisine, elle trouva une clé posée sur un bout de papier.

Suis au labo, on se retrouve là-bas.
Ferme bien à clé stp

Après être passée chez elle pour se rafraîchir, elle rejoignit le laboratoire. Tout le monde était à son poste, sauf Elke et Elias qui semblaient en grande conversation un peu à l'écart. Maiko se mit au travail. Quand Elias revint prendre place à côté d'elle, il affichait une mine contrariée.

En fin d'après-midi, Solberg vint déposer des documents pour Elke. Au passage il jeta un coup d'œil interrogatif à Maiko qui lui fit comprendre qu'elle n'avait pas terminé. Il repartit tout de suite.

Vers 19 h, Elke quitta à son tour le laboratoire, ce qui délia la langue d'Elias resté muet toute la journée.

— Ma mère revient demain, je suis encore seul ce soir. Tu passes chez moi ?

Elle accepta l'invitation mais le prévint qu'elle ne resterait pas longtemps. Elle devait se reposer car le lendemain ils avaient cours et le soir elle travaillait à l'hôtel.

Il attendit que le moteur de la voiture tourne pour libérer sa colère. Il avait tenté de négocier avec Elke : « Après tout, on est bien assez d'étudiants à travailler sur les nouveaux spécimens, qu'est-ce que ça change, deux de moins ? Pourquoi elle ne nous laisse pas terminer ce qu'on a commencé ? C'est tout de même nous qui avons réussi à isoler et cultiver IGY ! » Mais Elke n'avait rien voulu savoir. « Elle est si bornée ! »

Ils arrivèrent devant l'immeuble. Il fit une trêve, le temps d'entrer dans l'appartement.

— T'as faim ?

— Un peu.

— Assieds-toi.

Il lui avança un tabouret de bar.

— Bière ?

— Volontiers.

Il décapsula deux bouteilles et sortit du congélateur des pizzas surgelées qu'il mit au four. Elle le regarda faire, cherchant comment elle allait esquiver les questions sur IGY qui suivraient probablement. Elle prit une cigarette.

— Tu m'en files une ? demanda Elias en même temps qu'il posait un cendrier sur la table. T'y comprends quelque chose, toi ?

— Non, pas vraiment.

— Et tu trouves pas ça super frustrant ? On a fait du bon boulot, non ? dit-il tout en roulant un joint.

— Bien sûr que c'est frustrant, mais c'est Elke qui commande, on n'a rien à dire.

— Mon œil ! Je suis sûr que la décision ne vient pas d'elle.

Il alluma sa cigarette trafiquée, tira deux bouffées et en proposa à Maiko qui refusa. Il reprit la parole :

— C'est tellement louche, cette histoire. Qu'est-ce qui se passe avec ces microbes ? On a peut-être mis le doigt sur un truc hyper important ! Un truc qu'ils veulent garder pour eux. T'imagines ?

« Ding », les pizzas étaient prêtes.

Maiko faisait plus qu'imaginer. Elle savait. IGY-01 n'était qu'une infime partie de toute une chaîne d'éléments. Infime mais indispensable. Sans le savoir, Elias et elles étaient les premiers à avoir cerné d'assez près les mécanismes physiologiques de ce type de microorganisme pour réussir l'exploit de les faire se multiplier. D'après ce qu'elle avait compris en lisant le rapport de Solberg, IGY-01 constituait l'un des maillons nécessaires au fonctionnement d'une autre sorte d'unicellulaires, les « ZIMA », actrices principales des recherches qui occupaient Solberg et son père depuis leur rencontre à Madrid. S'ils trouvaient le moyen de contrôler la prolifération des ZIMA, il semblait qu'une solution innovante à la purification des eaux irrémédiablement polluées pourrait se profiler. Son père et ses associés tiendraient alors entre leurs mains une technologie ultra convoitée. Pas étonnant que toutes ces recherches s'opèrent en sous-marin. Son père, Solberg, Gunter et d'autres encore, que Maiko ne connaissait pas mais dont les noms apparaissaient dans le dossier, étaient des idéalistes. Ils avaient passé un pacte : les résultats de leurs recherches ne seraient jamais divulgués à qui que ce soit, quoi qu'il en coûte. Pourtant, hormis celui de Solberg, les autres noms de la « liste UTOPIA » qu'elle avait établie avec Nao ne figuraient pas dans le dossier du Viking. Qui étaient-ils ? Au moins elle avait une réponse concernant Elias. Il ne savait rien du dossier.

— Bon, alors ? T'en penses quoi, toi ?

Les pizzas étaient servies et Elias se tenait devant Maiko. Ne sachant pas quoi répondre, elle leva les yeux vers lui.

— T'es où ?

— Ailleurs.

— Cristina… il y a une chose que je voudrais te demander.

— Quoi ?

— C'est un peu délicat.

— Essaye toujours, je suis libre de ne pas répondre.

— L'autre nuit, à la fac, je t'ai vue sortir du bureau de Solberg.

Maiko se cabra.

— Tu m'as suivie ?

— Non ! s'exclama Elias en fronçant les sourcils.

Il s'approcha d'elle.

— Je suis simplement intrigué. Tu prétends ne pas comprendre plus que moi les raisons qui les poussent à nous évincer de la recherche sur IGY, mais…

Elle recula d'un pas.

— Excuse-moi ! Je ne voulais pas être indiscret, mais je n'arrête pas d'y penser.

— Il est tard, Elias, il faut que je rentre.

— Tu ne veux pas manger avant de partir ? Je te ramènerai en voiture, promis.

— Non merci, j'ai besoin de prendre l'air. Je vais marcher. Et pour la pizza, désolée, je n'ai plus faim.

Sur le chemin du retour au campus, en traversant le pont, une vieille impression refit surface. Elle se sentit épiée. À la moitié du kilomètre qui la séparait de l'autre rive, elle pressa le pas, sans se retourner, en se répétant que la remarque d'Elias, tous ces événements, la fatigue, le gris du ciel et les cris des mouettes étaient probablement responsables de sa paranoïa. En arrivant à son appartement, les rayons du soleil percèrent l'épaisse couche de nuages. Elle s'endormit dans la lueur orangée du crépuscule.

Le lendemain soir, elle se rendit à l'hôtel. Elle était impatiente de terminer la lecture des documents. Quand elle arriva à l'arrêt, le bus était déjà presque vide. Les portes se refermèrent derrière elle. La sensation de la veille la ressaisit. Tandis que le véhicule s'éloignait, elle distingua quelques silhouettes à l'arrière. Elle se précipita vers l'hôtel.

Assise dans le fauteuil derrière le comptoir de la réception, elle tripota longuement la clé du casier où elle avait laissé le dossier. Après plusieurs hésitations, elle jugea finalement trop risqué de le sortir de sa cachette. Il resta bien au chaud, au fond du local de conciergerie.

La nuit fut longue, peuplée de souvenirs désagréables que Maiko essaya d'assembler pour y voir plus clair. Son esprit faisait des allers-retours entre l'hypothèse qu'elle était tout simplement névrosée et celle que finalement, après ce qu'elle venait de découvrir sur les travaux de son père, l'idée d'être surveillée prenait tout son sens. Au fil de ses tergiversations, deux questions revenaient sans cesse : comment avaient-ils retrouvé sa trace et depuis quand ? Qui étaient-ils ? Elle décida que Solberg devait rapidement être mis au courant de la situation.

Avant de passer au bureau du professeur, elle fit un crochet par le campus. Alisha et Ingrid l'attendaient. Elles avaient l'air terrorisées. Maiko comprit la raison de leur trouble en découvrant l'état de sa chambre. Ses affaires étaient sens dessus dessous, le matelas retourné, les housses de l'oreiller et de la couette roulées en boule dans un coin. Maiko vérifia dans l'armoire où elle avait rangé le coffret qui contenait ses faux-papiers, sa perruque rouge et tous les éléments qui permettraient de l'identifier. Elle constata avec un soulagement non dissimulé que les intrus n'avaient pas réussi à ouvrir sa boîte à secrets.

— Je l'ai surpris en pleine action ! Dès qu'il m'a vue, il m'a poussée violemment contre le mur et s'est enfui. Je n'ai rien pu faire, hoqueta Alisha totalement sous le choc.

— Il ? questionna Maiko en pensant immédiatement à Elias.

— Oui, c'était un type, mais j'ai pas pu voir son visage, il portait une veste avec une grande capuche.

Maiko frissonna. Elle n'était donc pas folle ! Ingrid prit la parole.

— Tu as des ennuis, Cristina ?

— On dirait bien.

— Il faut appeler la police ! dit Alisha.

— Non ! rétorqua Maiko sur un ton sec.

Elle devait avertir Solberg de toute urgence. Elle inventa une histoire pour rassurer ses colocataires, promit de tout ranger avant la fin de la journée et se précipita à la faculté des sciences, espérant trouver Solberg avant Elias et avant que les autres n'arrivent au labo. Les couloirs étaient déserts. Elle entra dans le bureau sans précautions. La porte n'était pas verrouillée. Elle tomba sur le professeur, pâle comme un linge, figé au milieu de la pièce saccagée.

— Tu te rends compte ! Ils sont assez idiots pour croire que j'aurais laissé le dossier ici ! Mais regarde-moi ce désastre !

— C'est Elias ! dit Maiko encore essoufflée par sa course.

Solberg éclata d'un rire nerveux.

— Elias ? Mais non, ce garçon n'a rien à voir là-dedans.

— Si ! Je vous assure, il m'a vue sortir de votre bureau l'autre nuit. Il m'a posé des questions, il a retourné ma chambre, et hier…

Solberg l'interrompit.

— Ta chambre, tu dis ? Où est le dossier ?

L'effroi déformait les traits de son visage.

— Ne vous en faites pas, il ne l'a pas trouvé, je l'ai caché ailleurs. Mais c'est lui, c'est Elias, j'en suis persuadée.

— Maiko, tu imagines vraiment ce garçon prendre autant de risques ? Juste parce qu'il est frustré de ne pas pouvoir achever sa recherche sur un microbe ?

— C'est tellement important pour lui ! Et comment vous savez ça, d'abord ?

— Elke m'en a parlé. Il est un peu obsédé par son travail mais il n'est pas fou. Non, ceux qui ont fait ça ont des motivations beaucoup moins nobles. Tu as lu le dossier ?

— Oui, pas tout, mais presque.

— Donc tu comprends maintenant ? Les gouvernements impliqués dans la recherche sanitaire, les lobbys pharmaceutiques, industriels, les instituts indépendants… Ils sont tous dans les starting-blocks ! Ils guettent le moindre signe, flairent chaque piste qui pourrait leur permettre de s'emparer de la recette miracle. Pour l'instant, nous ne craignons pas grand-chose, ils ont trop besoin de nous pour poursuivre les recherches. En revanche, s'ils réussissent à mettre la main sur le dossier, je ne peux plus rien garantir.

— Ils ont tout de même fait disparaître mon père !

— C'était une erreur. Ils pensaient que ton père touchait au but. Ce n'est qu'après coup qu'ils ont compris qu'il les avait menés en bateau.

— Pourquoi aurait-il pris ce risque ?

— Il voulait gagner du temps. Nous avions besoin de sommes considérables pour reconduire une mission au pôle Nord et il était trop pressé pour attendre que… Maiko, je ne peux pas tout t'expliquer maintenant. Tu n'es plus en sécurité ici. Tu dois quitter Tromsø au plus vite !

— Mais comment m'ont-ils retrouvée ? À part vous, personne ne sait que je suis ici !

— Personne ? Tu en es sûre ? C'est impossible, il y a bien quelqu'un qui doit être au courant.

Le sang de Maiko se glaça. Son coup de téléphone à Selma lui revint en mémoire.

— Selma.

— Selma Kovacs ? L'ancienne secrétaire de ton père ? Non, elle est totalement inoffensive.

— Je vous assure que Selma est la seule et unique personne qui sait où je me trouve, répéta lentement Maiko.

Le film de sa vie défilait dans sa tête. Il devait y avoir une autre explication. Selma n'aurait pas pu la trahir. Solberg haussa ses sourcils broussailleux d'un air incrédule, mais résigné. Le regard absent, Maiko reprit :

— Je l'ai appelée. Il y a deux jours.

— Ils ont fait vite ! dit Solberg le front plissé.

— J'étais tellement heureuse d'avoir enfin des réponses. Je voulais partager mon bonheur avec elle.

Solberg la prit doucement par les épaules et lui demanda d'une voix aussi calme que possible.

— Tu lui as dit quoi exactement ?

Maiko lui rapporta leur conversation. Il fut soulagé de constater qu'elle n'avait pas eu le temps de lui donner les détails sur l'avancée des recherches. Cependant, lui non plus n'était plus en sécurité à Tromsø. Maiko l'observa se gratter la barbe pendant qu'il réfléchissait.

— Voilà ce qu'on va faire : à 15 h 20, un car part pour Alta depuis Sjögata. Prends-le. Ne laisse aucun indice compromettant derrière toi et débrouille-toi pour ne pas te faire repérer.

— Elke, Elias, les autres vont se demander où je suis passée !

— Je m'occupe de ça, ne t'en fais pas. Maintenant, dis-moi où est le dossier ?

Elle lui décrivit la cachette à l'hôtel. Solberg lui exposa le plan qu'il venait d'échafauder. Une fois que Maiko lui eut indiqué les personnes qu'il devait informer de son départ précipité, il lui remit quelques billets pour compléter la modique somme qu'elle avait pu économiser sur son salaire de veilleuse au black. Puis ils se quittèrent. Il était déjà dix heures du matin. Les couloirs grouillaient d'étudiants. En passant devant le laboratoire, Maiko y aperçut toute l'équipe, y compris Elias. Elle accéléra. Il ne lui restait que peu de temps pour mettre de l'ordre dans ses idées et organiser son départ.

De retour à l'appartement, elle commença par remettre sa chambre en état. Alors qu'elle empaquetait ses affaires, elle tomba sur la panoplie de Saskia. Assise sur le lit, la perruque rouge entre les mains, elle se résigna à laisser cette facette de sa vie derrière elle. Quand tout fut prêt, elle écrivit un mot pour Alisha et Ingrid, expliquant qu'elle avait dû rentrer en Italie en urgence pour des raisons familiales. En déposant le mot sur la table, elle vit qu'elle avait failli oublier sa tasse fétiche. Celle que Gloria lui avait offerte. Elle l'emballa avec soin et la cala dans sa valise. Elle jeta un dernier coup d'œil par la fenêtre. Il s'était mis à pleuvoir. Elle laissa son imperméable gris sur le portemanteau, prit le ciré jaune à grand capuchon d'Ingrid, déposa sa clé sur la petite commode de l'entrée et sortit. Elle descendit jusqu'au sous-sol pour emprunter la porte qui donnait de l'autre côté du bâtiment. Ensuite, elle se joignit au premier groupe d'étudiants qu'elle vit marcher en direction de l'arrêt du bus.

Arrivée au centre, elle courut jusqu'à Sjörgata où le car pour Alta, moteur enclenché, s'apprêtait à fermer ses portes. Elle l'attrapa de justesse et attendit qu'il ait quitté la ville pour retirer sa capuche. En rangeant son ticket dans son sac, elle blêmit.

La clé du casier de l'hôtel y était restée.

12. L'enquête

Bruxelles, 23 octobre 2004

Fatigué d'observer les arrangements floraux de la salle d'attente et de suivre le cortège de silhouettes anonymes à travers le verre sablé qui les séparait des locaux médicaux, Jess se leva nerveusement de sa chaise. Sous le regard amusé de Dimitri Matthys, il se dirigea d'un pas décidé vers la secrétaire pour lui faire remarquer qu'ils attendaient depuis plus d'une heure et qu'il voulait savoir combien de temps cela allait encore durer. Dans un anglais très approximatif, elle lui répondit que le Dr De Smet sortait à l'instant du bloc opératoire et qu'il ne tarderait plus à les recevoir. Un quart d'heure passa jusqu'à ce qu'il apparaisse enfin. Il les pria de le suivre jusqu'à son bureau. Contrairement à celui de sa secrétaire, son anglais était parfait. Ce constat réjouit Jess, soulagé de pouvoir poser ses questions et obtenir des réponses directement sans passer par la traduction de Matthys.

— Interpol ! Rien que ça ! Bien, que puis-je pour vous, messieurs ?

— En janvier 2000, vous avez accueilli une jeune femme dans votre clinique. Asiatique, très mal en point. Vous en souvenez-vous ?

— En 2000… ça remonte à loin ! Laissez-moi réfléchir… non, je ne crois pas. En tout cas, ça ne me dit rien.

— Essayez de vous rappeler, une junkie…

— Non, vraiment, je n'ai pas souvenir d'une jeune femme correspondant à cette description, mais vous savez, on en voit tellement ici. Si je devais me souvenir de chaque toxicomane que nous récupérons, ma tête exploserait.

— Je ne pensais pas qu'une clinique privée avec une renommée telle que la vôtre recueillait couramment des personnes de ce genre.

— Ha ! ha ! parce que vous croyez que la drogue ne touche que les milieux défavorisés ? Alors là, vous êtes bien naïf, inspecteur !

— Verriez-vous un inconvénient à ce que nous vérifiions tout de même dans vos archives si une patiente pourrait correspondre à ce signalement ?

— Ah messieurs, je suis navré, mais c'est impossible. Comme vous vous en doutez certainement, nos archives sont extrêmement confidentielles et bien que je sois impressionné par votre fonction, je ne saurais déroger au secret professionnel.

— Je comprends, soupira Jess en se levant.

Tendant la main au docteur, il ajouta :

— Merci de nous avoir reçus.

Une infirmière passa la tête par l'embrasure de la porte qui donnait sur une pièce contiguë au bureau. Elle s'adressa au docteur :

— Excusez-moi, Docteur, j'ai les résultats de l'analyse sanguine de Mme Dubois. Je les dépose sur votre bureau ?

— Oui, s'il vous plaît, Mathilda, merci.

Les deux policiers prirent congé. Dans l'ascenseur, Matthys explosa :

— Je ne vous suis pas, Jess ! Vous menez toujours vos interrogatoires comme ça ? Vous avez perdu la main, mon vieux !

— Nous arrivons trop tard, c'est tout ! Le sbire de Tsai a été plus rapide que nous. Ils ne nous ont même pas proposé un café. Venez, Dimitri, j'ai faim, trouvons un endroit pour le petit-déjeuner.

À quelques rues de la clinique, ils tombèrent sur un bistro de quartier accueillant, qui proposait une formule à cinq euros. Ils s'installèrent à une table du fond.

— Bon, nous avons encore la piste de son amie d'enfance, marmonna Matthys entre deux croissants.

Jess feuilleta son calepin contenant les informations que Shen-Wu et lui avaient trouvées dans le dossier de la famille Saez.

— Gloria Vidale. Supposons qu'elle ait repris contact avec elle. Elle n'a aucune raison de répondre à nos questions.

— On trouvera le moyen d'aider cette gamine, Dimitri, faites-moi confiance.

Une voix douce les coupa dans leurs réflexions :

— Pardonnez-moi de vous interrompre, je crois que je peux vous éclairer.

Sans se retourner, la femme qui était assise derrière eux feignit de parler au téléphone et se présenta :

— Mathilda Gaumont. J'étais dans la pièce d'à côté pendant votre entretien de tout à l'heure. Surtout, ne vous retournez pas, faites mine de continuer votre conversation.

Jess et Matthys s'exécutèrent. L'infirmière reprit :

— Je sais que ça doit vous paraître étrange comme situation, à moi aussi d'ailleurs. Tout à l'heure, vous parliez avec le docteur, j'ai tout entendu. Quand il vous a dit qu'il n'avait aucun souvenir de la jeune femme que vous décriviez, ça m'a révolté. C'est impossible qu'il ait oublié ! Personnellement, j'en fais encore des cauchemars !

— Vous nous avez suivis ?

— C'était l'heure de ma pause quand vous avez quitté la clinique. Alors oui, je vous ai suivis. J'ai hésité, vous savez, je risque ma place s'il découvre que je vous ai parlé. Mais j'avais besoin de savoir si elle s'en est sortie et ce que vous lui voulez, à cette pauvre fille. Et je crois maintenant que vous souhaitez l'aider. N'est-ce pas ?

— C'est notre intention, oui.

Elle marqua une pause, jeta un œil aux personnes alentours, et continua :

— C'était le 15 janvier 2000. Je m'en souviens parce que c'était le jour où j'ai repris le travail après mon congé maternité. Trois hommes ont débarqué à la clinique avec cette jeune femme qui était dans un état que vous ne pouvez même pas imaginer. L'un d'eux était occidental. Il avait un regard étrange, les yeux vairons. Je crois que c'était lui le chef. Il parlait anglais mais avait un accent singulier. Les deux autres étaient asiatiques. Ils ont prétendu être des infirmiers. Je peux vous assurer qu'il n'en était rien. Le chef a parlé un long moment avec le docteur mais je n'ai pas entendu ce qu'ils se disaient. En revanche je l'ai vu lui remettre une enveloppe. Ensuite ils sont repartis tous les trois, et je ne les ai jamais revus. Jusqu'à hier. Dans la soirée, j'ai aperçu l'homme aux yeux vairons. Il était là, à la clinique. Il s'est entretenu avec le docteur De Smet. Je l'ai tout de suite reconnu.

— Avait-il un accent russe ?

— Maintenant que vous le dites, c'est possible. Il doit venir des pays de l'Est. Quand il a quitté la clinique, j'ai vu De Smet fouiller dans les tiroirs des admissions. Et plus tard, il est descendu aux archives. Ensuite j'ai dû partir récupérer mon fils à l'école.

Matthys s'adressa à Jess :

— Il a certainement détruit les preuves.

L'infirmière poursuivit :

— Je ne me souviens pas de tout, mais j'ai encore en tête une bonne partie de son dossier. Cette jeune femme m'a bouleversée. Saskia, elle s'appelait. Saskia Huang. Nous l'avons maintenue dans un coma artificiel pendant deux mois. Le temps que son organisme soit totalement sevré. Dans son dossier, il y avait une note qui disait qu'avant de la réveiller, nous devions contacter un numéro qui n'était pas d'ici. C'est le docteur qui s'en est occupé. Une très gentille dame, douce, bien mise, est alors venue voir la jeune femme. Elle n'est pas restée longtemps, juste le temps de la rassurer à son réveil.

— Comment était-elle ? Pourriez-vous la décrire ?

— Taille moyenne, jolie, fine, brune je crois... ou auburn.

— Quelle langue parlait-elle ?

— Anglais. Mais la petite parlait parfaitement le français.

— Et vous ne l'avez plus revue après ça ?

— Non, jamais.

— Pourriez-vous être plus précise sur l'état de la fille ?

Elle éloigna le téléphone de son oreille et fit signe au serveur.

— Un autre café, s'il vous plaît.

Puis elle reprit :

— J'en ai encore des frissons… Je vous passe les détails sur les ravages de l'héroïne et des autres substances, mais ce qui m'a le plus choqué, ce sont les sévices que cette jeune femme avait subis : viols, coups et surtout, elle avait été charcutée.

— Comment ça, charcutée ?

— Ils lui ont volé un rein. La cicatrice qu'ils lui ont laissée dans le dos, si on peut appeler ça une cicatrice, était purulente. Je ne sais pas comment elle s'en est sortie. Sincèrement, durant les premiers jours qui ont suivi son arrivée, je ne pensais pas qu'elle survivrait.

— Et à son réveil ? Qu'est-ce qu'elle vous a dit ?

— Rien. Amnésie totale. Je l'ai encouragée à se confier mais elle ne se souvenait de rien. C'était peut-être mieux ainsi.

— Quelqu'un est-il venu la chercher ?

— Personne. Nous l'avons gardée quelques jours en observation puis, comme son état de santé était stable, elle a entamé la rééducation. Ensuite elle est partie. Seule.

Jess commanda un troisième café.

— Voilà, c'est tout ce que je peux vous dire.

Elle fit mine de raccrocher, posa son téléphone cellulaire sur la table et appela le garçon.

— L'addition, je vous prie.

Deux heures plus tard, dans les couloirs de la faculté de psychologie de Bruxelles, Jess et Matthys tiraient les vers du nez à Gloria Vidale. Et ce n'était pas une mince affaire.

— Puisque je vous dis que nous nous sommes perdues de vue quand sa famille est partie habiter à Hong Kong !

D'un geste nerveux, Matthys se passa la main sur le visage. Il tenta un coup de bluff :

— Mademoiselle, nous avons des photos sur lesquelles vous apparaissez en compagnie de Maiko Saez, ici à Bruxelles. Alors cessez immédiatement votre numéro et dites-nous ce que vous savez.

Gloria repensa à ce que lui avait dit Maiko au sujet des policiers et des mafieux hongkongais qui la recherchaient. Mieux valait ne pas les contrarier. Elle décida de ne divulguer que le minimum.

— D'accord, c'est vrai qu'on s'est revues. Mais je vous jure que je ne sais rien de particulier sur elle.

— Comment faisait-elle pour vivre ? Elle devait bien avoir un travail ?

— Elle travaillait comme hôtesse de l'air à temps partiel.

— Quelle compagnie ?

— Brussels Airlines, je crois.

— Pourquoi à temps partiel ?

— Parce que le reste du temps, elle poursuivait ses études de biologie.

— Qui lui a fourni les documents nécessaires pour l'inscription à l'université ?

— Je ne sais pas.

Jess s'impatienta.

— Écoutez-moi bien, mademoiselle Vidale. Au risque de répéter les propos de mon collègue, votre amie est sérieusement en danger. D'autres sont à ses trousses, et je peux vous assurer que leurs intentions sont loin d'être aussi louables que les nôtres. Alors, si vous ne voulez pas avoir sa mort sur la conscience, je vous conseille de parler. Maintenant !

— Selma. C'est Selma qui lui fournissait les papiers dont elle avait besoin.

— Qui est Selma ?

— Je n'en sais rien. Elle ne m'a rien dit de plus. Je vous assure !

— D'accord, vous ne savez rien, je crois qu'on a compris, soupira Matthys exaspéré.

Jess poursuivit :

— Quand est-elle partie ?

— Il y a un an et demi. C'était en mai 2003.

— Et vous n'avez aucune idée d'où elle peut bien être ?

— Quand elle m'a annoncé qu'elle voulait quitter Bruxelles, je lui ai demandé où elle comptait aller. Elle m'a répondu : « Au soleil ».

— « Au soleil » ? C'est tout ?

— Oui, c'est tout.

Comprenant que Gloria ne pousserait pas plus loin les confidences, les deux enquêteurs mirent un terme à l'interrogatoire. Mais à peine eurent-ils traversé le parc que Jess repéra Gloria qui filait d'un pas décidé vers le parking.

— Vite, Dimitri ! À la voiture. Je suis curieux de voir vers qui notre lièvre court si vite.

Discrètement, ils la suivirent jusque dans le quartier d'Ixelles.

— Regardez, dit Matthys, elle parle avec le type au bar. Notez l'adresse, Jess. Nous reviendrons plus tard.

— Pourquoi pas maintenant ?

— De toute façon, s'ils sont de mèche, on n'en apprendra pas plus. Il nous faut trouver un moyen de faire pression sur son interlocuteur.

Ils se rendirent à l'appartement mis à disposition par Interpol, dans le quartier nord. Pendant que Matthys lançait une recherche auprès de la police locale et de son assistante Rita, Jess appela Shen-Wu :

— Alors ? s'enquit celui-ci dès qu'il décrocha.

— Alors ce type est rapide comme l'éclair. Il nous a devancés. Mais c'est bien lui qui avait emmené Maiko Saez à la clinique en janvier 2000. L'infirmière l'a reconnu. Selon elle, il aurait les yeux vairons.

— Et la copine, Gloria Vidale, vous lui avez soutiré des infos ?

— Elle nous a parlé d'une Selma qui fournirait des faux papiers à Maiko Saez. Ça veut dire qu'elle connaissait sa présence à Bruxelles. Contrairement à nous et à Interpol. Elle est forcément de mèche avec ces tordus. Je suis pratiquement certain que cette Selma et la fille des archives de Celltrack-Labs ne font qu'une. Trouve-la et cuisine-la. C'est elle qui nous donnera le nom de ce salopard russe, ou bulgare, ou je ne sais quoi, aux yeux vairons. Ah, essaye aussi de mettre la main sur le dossier du St-James Hospital.

— Trafic d'organes ?

— Je crois qu'on tient de quoi étoffer le palmarès de Tsai.

— Putain, Jess…

— Sinon, Maiko Saez a vécu à Bruxelles sous le nom de Saskia Huang et on a vu juste, elle a bossé pour Brussels Airlines.

Jess et Matthys prirent le temps de compiler les informations.

— Dites-moi, Dimitri, lors de notre rencontre à Johannesburg, vous aviez insisté sur le fait que cette enquête était officieuse. Alors comment se fait-il que nous soyons dans cet appartement de fonction et que vos collègues vous renseignent ?

— Mais Rita n'est pas une collègue. C'est mon assistante. Elle est très discrète.

— Mmmh, c'est votre Miss Moneypenny, le titilla Jess.

Matthys amorça un sourire.

Ils retournèrent au bar d'Ixelles.

Après leur avoir présenté ses papiers d'identité, non sans les gratifier d'un grognement patibulaire, François les fit entrer dans son bureau. Matthys s'éclipsa quelques minutes pour passer un coup de fil avant de les rejoindre. Comme François ne parlait pas un mot d'anglais, Jess l'observa tourner en rond dans son antre. L'ours ne desserra les crocs qu'au retour de Matthys :

— Qu'est-ce que vous me voulez ?

— Que vous nous parliez de Saskia Huang, dit Matthys.

— J'ai rencontré Saskia il y a quelques années. Je ne sais pas vraiment d'où elle sortait. En revanche, depuis qu'elle est apparue dans mon bar, j'ai toujours pu compter sur elle. Je sais que c'est quelqu'un de bien, qui ne juge pas. C'est rare, ça ! Le jour où ce type s'est pointé en me demandant d'engager la gamine, il m'a remis un bon paquet de pognon. Il a dit que ça couvrirait les frais de ses conneries. Eh bien, j'étais loin d'imaginer que j'allais avoir affaire à une nénette comme elle.

— Le type ? Vous avez les idées embrouillées ! C'était une femme, une certaine Selma.

— Selma ? Jamais entendu parler.

— Bon, elle ne vous a peut-être pas donné son vrai prénom, mais vous ne pouvez pas l'avoir confondue avec un homme !

— Je vous dis que c'était un homme ! Je me le rappelle comme si c'était hier.

François se servit un whisky. Jess attendait que son interprète traduise pour prendre des notes, mais Matthys était occupé à tapoter frénétiquement un message sur son portable. Il appuya sur « envoyer » et continua :

— Comment il était, cet homme ?

— Cheveux foncés, assez beau gosse, la trentaine bien entamée. Et il avait les yeux de couleurs différentes.

— Vous lui avez demandé son nom ?

— Il me filait un sacré paquet de fric, je me doutais bien qu'il y avait un truc louche, alors je n'allais pas encore lui demander ses papiers. Et puis j'en avais besoin, de cet argent. Où est Saskia ?

Matthys sortit de sa poche un étui chromé dont il tira une cigarette.

— Je peux ?

— Oui, vous pouvez, répondit François, agacé.

Dimitri désigna son verre du doigt.

— Il est bon ?

L'espace d'une seconde, la mine renfrognée de François s'adoucit.

— C'est un 16 ans d'âge. Écossais.

Il lui présenta la bouteille sous le regard perplexe de Jess.

— Vous permettez ? s'enquit Matthys en tendant la main.

François acquiesça. Après avoir regardé l'étiquette, Matthys pencha la bouteille et observa la couleur du liquide.

— Je le goûterais volontiers !

François s'empressa de lui servir un verre. Puis il se tourna vers Jess en l'interrogeant du regard. Ce dernier profita de l'occasion pour sortir les deux mots de français qu'il connaissait.

— Non merci, répondit-il avant de regarder sa montre.

Matthys prit une gorgée et se laissa couler dans le fauteuil pour mieux déguster les arômes du breuvage ambré. Son téléphone sonna. Il se redressa d'un coup, posa le verre sur la table et se dirigea vers la porte :

— Juste une minute... excusez-moi.

Il sortit quelques instants, pendant lesquels Jess et François se regardèrent en chiens de faïence. Quand il revint, son attitude avait changé.

— Donc, nous en étions restés à « Où est Saskia ? ». Je vous retourne la question.

— Ben j'en sais rien, moi ! répondit François d'un air exaspéré.

Matthys se mit à feuilleter son calepin.

— Voyons... entre mars et septembre 2000, nous avons trois versements comptant conséquents sur votre compte bancaire : cinq mille huit cents, cinq mille deux cents, ...

— Oui, oui ! Au total quinze mille. Je vous ai dit que ce type m'avait filé un paquet de pognon !

— Ce que je ne m'explique pas, c'est le retrait de dix mille euros, le 10 mai 2003.

François prit une longue inspiration et expira :

— D'accord... je lui ai donné du fric avant son départ.

— Pour quoi faire ?

— Pour payer son inscription dans une université.

— Où ?

— Ça, j'en sais rien.

— Dix mille euros, tout de même !

— Et alors ?

— Je me demande ce qui pousse un vieux renard comme vous à donner une somme pareille à une gamine paumée ?

Il détourna le regard. Pendant qu'il se resservait un verre, il répondit :

— Vu que vous semblez être bien informé sur mon compte, vous devriez savoir ça aussi, je me trompe ?

— Je voudrais l'entendre de votre bouche.

— J'ai... enfin, j'avais une fille. Elle n'avait pas la volonté de la petite Saskia et moi, je n'ai pas su être à la hauteur.

— C'est-à-dire ?

— Vous m'emmerdez, messieurs Interpol ! C'est-à-dire que ma fille est morte. Voilà ! Parce que j'ai été un mauvais père ! Ça vous va ?

— Quand est-ce arrivé ?

— Elle est décédée en février 2003, le 16 février. Mais ça faisait déjà quelques années qu'elle ne vivait plus vraiment.

La voix de François se brisa. Il serra les poings et poursuivit.

— C'est sa tutrice qui est venue me l'annoncer, ce matin-là. Je savais que ça allait arriver. Sarah avait déjà fait plusieurs overdoses. Pourtant, lorsque cette bonne femme m'a annoncé son décès, la colère est montée. Je l'ai traitée de menteuse et je l'ai virée du bar. Ensuite j'ai repris le travail, comme si rien ne s'était passé. Je crois que je n'arrivais pas à accepter. Et puis, lorsque le bar s'est vidé, qu'il ne restait plus que ce pauvre Georges ivre mort à sa table habituelle, j'ai senti le sol se dérober sous mes pieds. Deux phrases se sont mises à faire des ricochets dans mon crâne : *Je n'ai pas pu la sauver, je n'ai pas été à la hauteur…* Alors oui, OUI, quand Saskia m'a demandé de l'aide pour payer les frais d'inscription en Norvège, j'ai accepté ! Je sais parfaitement que rien ne pourra jamais ramener ma fille, mais c'était une manière de me rattraper un peu, de me racheter une miette de conscience.

— La Norvège ? Est-ce que c'est vraiment le premier endroit qui vous vient en tête quand vous pensez au soleil, vous ? demanda Matthys interloqué lorsque Jess et lui furent de retour dans la voiture.

Trois jours plus tard, après avoir écumé les facultés des sciences du sud du pays, Jess et Dimitri atterrirent finalement à Tromsø. En arrivant devant le bâtiment en briques rouges qui abritait le bureau d'accueil et d'information de la Arctic University of Norway, ils suivirent leur protocole déjà bien rôdé. Un Japonais peu loquace leur remit un plan sur lequel il marqua d'une croix l'endroit où se trouvait le département de microbiologie.

À leur grande surprise, ils n'eurent pas à attendre longtemps pour qu'un étudiant reconnaisse la jeune femme sur la photo.

— C'est Cristina !

Matthys sortit son bloc-notes et son crayon.

— Quel est votre nom ?

Il nota « Elias Moe ».

— Quand l'avez-vous vue pour la dernière fois ?

— Ça va faire cinq mois bientôt… ou quatre. C'était vers la fin du mois de juin.

— Savez-vous pourquoi elle est partie ?

— Des histoires de famille, elle a dû rentrer précipitamment en Italie.

— Avant son départ, l'avez-vous trouvée étrange, son comportement avait-il changé ?

Jess remarqua que le garçon avait rougi.

— Ben… Cristina a toujours été un peu étrange, vous savez.

— Une étrangeté qui ne te déplaisait pas, je me trompe ? tenta Jess.

— Je n'ai pas couché avec elle, si c'est ce que vous insinuez. Vous lui voulez quoi, au fait ?

— L'aider.

— Je voudrais voir vos badges.

Dimitri sortit sa plaque.

— Ah waou, Interpol !

— Et vous ? demanda-t-il en s'adressant à Jess.

— Moi je suis son garde du corps. Bon, alors, qu'est-ce que tu nous caches ?

— Rien. On était juste camarades.

— Je crois que tu n'as pas bien saisi. Ta copine a vraiment besoin d'aide. Et pour qu'on puisse l'aider, il faut qu'on la retrouve. On a besoin de toutes les infos que tu peux nous donner sur elle. Est-ce que tu me suis jusque-là ?

Les joues d'Elias rougirent de plus belle.

— Oui monsieur.

— Bon. Maintenant, tu dois également comprendre que même si on est des gentils, on a aussi notre caractère. Et comme tu l'as si bien relevé tout à l'heure, mon acolyte travaille pour Interpol. Ça signifie qu'il a le bras long. Je suis sûr que comme tout bon étudiant qui se respecte, t'as bien une ou deux petites activités extra-scolaires pas trop légales dont tu préférerais que la police reste éloignée. N'est-ce pas ?

— Le problème c'est que je ne vois pas ce que je pourrais vous dire de plus.

— En quoi Cristina était-elle étrange ? reprit Matthys.

— Ben, cette fille c'était une geek, comme moi. On passait beaucoup de temps ensemble au labo. Elle est venue chez moi une ou deux fois aussi. Mais elle ne parlait jamais d'elle.

— Rien d'autre ?

— Peu avant son départ, je l'ai vue sortir du bureau du professeur Solberg. En soi ça n'est pas très surprenant, étant donné qu'il supervisait nos recherches ; ce qui était bizarre, c'est que c'était au beau milieu de la nuit. Quand je lui ai demandé ce qu'elle faisait là, elle a inventé une excuse bidon et s'est totalement refermée sur elle-même. Peu après, elle a quitté Tromsø et le professeur ne s'est plus montré.

Les deux enquêteurs demandèrent à parler au professeur Solberg, mais sans succès. On leur expliqua qu'il ne travaillait plus dans cette faculté. Ils parlèrent à Elke, qui ne leur apprit rien de nouveau. Puis ce fut au tour d'Alisha et Ingrid. Elles évoquèrent la timidité de Cristina, son habitude de dormir avec les rideaux ouverts, et surtout l'épisode de l'intrus qui avait retourné sa chambre. Ingrid leur montra la perruque rouge que Cristina avait oubliée en partant rejoindre sa famille en Italie.

De retour à l'hôtel, Jess se retira dans sa chambre pour prendre une douche. Lorsqu'il rejoignit Matthys, ce dernier pianotait sur son clavier d'ordinateur.

— Alors? Vous avez trouvé quelque chose à propos de Peter Solberg?

— Oui, plusieurs articles; regardez, c'est intéressant. J'ai demandé à Rita de faire une recherche. J'attends sa réponse.

Le lendemain, Jess se réveilla brusquement. On tambourinait à sa porte.

— Jess... Jess... réveillez-vous!

Un mal de crâne terrifiant lui compressait les tempes. Il sortit de son lit, trébucha sur son jean, se rattrapa à la commode pour atteindre enfin la porte. Matthys, frais comme une fleur, trépignait d'impatience.

— Dépêchez-vous, on a une piste.

— Quelle heure est-il?

— 9 h 30. On a un peu trop bu hier soir.

— Laissez-moi deux minutes, je vous rejoins dans votre chambre, balbutia Jess, la bouche pâteuse.

Matthys lui fit lire le courriel de Rita. Elle avait rassemblé toutes les informations trouvées sur Peter Solberg et elle les avait comparées avec les données concernant Juan Saez. La conclusion était claire. Les deux chercheurs se connaissaient de longue date et leurs travaux portaient sur le même sujet: l'eau.

— Regardez, là:

Symposium of Water Micro Biology
Johannesburg – South Africa – 6 oct. 04

— Et là:

Symposium in Developmental Biology
São Paolo – Brazil – 9 oct. 04

— Et encore ici:

International Meeting of the L S A Biology
Mexico City – Mexico – 14 oct. 04

— Merde, Dimitri... les dates et les lieux correspondent aux cas d'agressions dans les aéroports. On la tient, notre piste!

— Et ils viennent de m'apprendre que nous avons une nouvelle victime, à New York, dit Matthys en ouvrant son calepin.

Il y rajouta les données récentes.

— Demandez un listing de toutes les sauteries «bio-water-machin» programmées les prochains jours! lança Jess en quittant la chambre de Matthys.

De retour dans ses quartiers, il appela Shen-Wu. Ce dernier ne lui laissa pas le temps d'ouvrir la bouche:

— Chut... ramène tes fesses ici au plus vite. Retrouve-moi à l'endroit habituel. Prends un taxi et ne passe surtout pas par chez toi. Et le plus important: ne divulguez plus rien à

Interpol, à personne tu m'entends. Matthys avait vu juste, y a une taupe chez eux.

Jess raccrocha et s'empressa de rejoindre Matthys.

— Dimitri ! Cessez toute communication avec Interpol. Quelqu'un de chez vous renseigne Tsai.

Matthys, déconcerté, se passa une main dans les cheveux.

— À part Rita, personne n'est au courant de notre enquête officieuse.

Sous le regard compatissant de Jess, il murmura pour lui-même :

— C'est la dernière personne que j'aurais soupçonnée. Moneypenny serait donc une taupe.

13. Alta

Département du Finnmark, Norvège, 29 juin 2004

Calée au fond de son siège, bercée par le ronronnement du moteur, Maiko ferma les yeux. Le chauffeur du car avait sélectionné la chaîne NRK Klassisk, ça changeait de Radio Tromsø. Elle était sur le point de s'endormir lorsque le visage de Selma lui apparut. Maiko se la remémora, blême, détrempée, leur annonçant la disparition de Juan. C'est impossible de faire semblant à ce point ! pensa-t-elle en rouvrant brusquement les paupières. Elle retraça les conversations qu'elles avaient eues depuis. Chaque mot, chaque regard, réaction, attitude de Selma furent passés au crible. Mais quel que soit l'angle sous lequel Maiko abordait les événements, la logique poussait invariablement vers la même conclusion : Selma la manipulait, depuis le début. Son rôle d'amie attentionnée, sa bienveillance, son soutien, n'étaient qu'un leurre.

Le car embarqua bientôt sur le premier ferry. Elle sortit sur le pont pour s'aérer. La mer était calme. La traversée dura une vingtaine de minutes, pendant lesquelles Maiko offrit une trêve à ses pensées.

De retour dans le car, elle remarqua que le monsieur âgé assis devant elle n'était toujours pas remonté. Le ferry accosta et le car se mit à ronronner. Maiko se leva et se dirigea rapidement vers l'avant du véhicule.

— Attendez, intima-t-elle au chauffeur qui lui adressa un regard étonné. Il manque une personne. Le vieux monsieur devant moi est resté à l'extérieur.

Le chauffeur coupa le moteur.

— Le grand-père ! Je l'avais oublié, celui-là. Sa fille me l'a confié à Tromsø en me disant que son petit-fils l'attendrait à Alta. Et comment je fais maintenant ? Je ne peux pas laisser le car avec tous les passagers et partir à sa recherche !

— Je m'en occupe, répondit Maiko.

Le chauffeur émit un petit rire aigu. Maiko le dévisagea. C'était un petit gros, roux, dégarni. Il prit son micro et annonça aux occupants du car qu'ils allaient devoir patienter quelques minutes avant de reprendre la route.

Maiko, qui était remontée sur le ferry, trouva le vieil homme dans le couloir menant au premier pont. Très agité, le grand-père s'énervait contre le machiniste qui tentait de le calmer. Ce dernier accueillit Maiko avec soulagement.

— Vous le connaissez?

— Oui, il est dans le même bus que moi.

— Il dit qu'il doit retourner sur l'autre rive où son petit-fils l'attend. Mais il semble totalement désorienté.

Maiko passa un bras autour des épaules du vieil homme qui s'apaisa. Doucement, elle le raccompagna jusqu'au bus puis l'aida à s'installer à sa place. Le chauffeur adressa à Maiko un sourire empli de gratitude et redémarra. Après quelques kilomètres, le vieil homme s'assoupit.

Plongée dans ses pensées, Maiko, elle, ne dormait pas: que le dossier de Solberg attise les convoitises était évident. Si Selma faisait partie des intéressés, pourquoi tant de mystères? Pourquoi restait-elle évasive quand Maiko la questionnait sur son passé et la disparition de son père? Peut-être savait-elle ce qu'il était advenu de lui. Ou pire, elle était impliquée dans sa disparition.

En tout cas, Selma était capable de tricher, de trahir Juan et sa famille. Vraisemblablement, elle comptait sur Maiko pour retrouver le dossier, alors pourquoi ne pas lui avoir donné plus d'indications dès le départ? Tant qu'à faire, autant y aller franchement et ne pas perdre de temps. Elle avait été la secrétaire particulière de son père, elle avait organisé tous ses voyages, planifié ses conférences, géré son agenda. Elle en savait bien plus que Maiko sur le travail de Juan et sur ses recherches.

Maiko se passa les mains sur le visage.

Au fur et à mesure de leur progression vers le nord, le panorama se dénudait. Les traces de présence humaine diminuaient. Les arbres aussi se faisaient plus rares, cédant la place à de vastes prairies fleuries, sillonnées de petits ruisseaux. C'était mauve, jaune, vert tendre puis bleu profond lorsque, au détour d'une montagne, la route longeait un fjord. Argenté quand les nuages s'entrouvraient. Le soleil étendait alors ses rayons qui effleuraient l'eau de la baie. Gris foncé, dégradé jusqu'au blanc, les montagnes au loin, tachetées de neiges éternelles. Rouge, orange au moment où le car arriva à Alta après sept heures de route. Il était 22 h 30, le soleil entamait sa descente. Il réapparaîtrait vers 1 h 30, ne laissant pas le temps à la nuit d'exister.

Solberg lui avait recommandé d'être discrète. Elle devrait se faire passer pour une étudiante en quête de tranquillité pour achever son mémoire. Le domaine importait peu, pour autant qu'il n'y ait aucun lien avec la biologie. C'est lui qui la contacterait quand il jugerait le moment propice.

Les derniers voyageurs avaient récupéré leurs valises et se dirigeaient vers l'hôtel en face de la station de bus. Maiko évalua la situation : si elle s'offrait une chambre, son budget serait méchamment réduit. Office du tourisme fermé. Évidemment, 23 h ! Dix degrés.

Un peu frais pour passer la nuit dehors. Il fallait qu'elle bouge, elle avait l'air trop perdue.

Le chauffeur du bus l'interpella :

— Vous attendez quelqu'un ?

— Où est l'auberge de jeunesse ? demanda-t-elle.

Le lendemain, après avoir sillonné la ville à la recherche d'une idée, un plan, un job, un moyen de rester là jusqu'à ce que Solberg donne signe de vie, elle se rendit à l'évidence. Survivre dans ce trou n'allait pas être une mince affaire. Le centre d'Alta ressemblait plus à un village fantôme qu'à une ville. Il était traversé par une rue piétonne, assez jolie, mais où régnait un silence presque inquiétant. Elle croisa bien quelques personnes, un cycliste et des couples de touristes qui échangeaient leurs impressions en chuchotant. C'était une ville universitaire, mais visiblement, pendant les vacances, les étudiants la désertaient. Centres commerciaux, restaurants, boutiques, parkings, hôtels occupaient tout le centre. Les logements privés étaient regroupés sur le haut de la colline surplombant le fjord : quelques immeubles, et de petites maisons en bois, peintes de rouge, bordeaux, bleu et jaune, toutes entourées d'un gazon digne d'un terrain de golf. Là aussi, le calme dominait. Lorsqu'elle arriva devant le bâtiment qui abritait à la fois l'office du tourisme, le loueur de voitures et la centrale des bus, un car venait de débarquer une trentaine de voyageurs qui lui semblèrent livrés à eux-mêmes. Maiko se dit que proposer ses services en tant que guide serait peut-être une bonne option. Elle profita des quarante-cinq minutes d'attente dans la file pour préparer son entrée en matière.

Le sourire du type derrière le comptoir s'éclipsa quand Maiko l'arrêta net dans son exposé des offres spéciales « excursions de la semaine ». Elle lui expliqua sa situation d'étudiante étrangère et polyglotte, en quête de travail et d'un logement bon marché.

— Ma collègue est absente pour trois mois, je suis débordé et je n'ai vraiment pas le temps de m'occuper de vous. C'est pas un petit job qu'on peut faire juste comme ça. Il y a beaucoup de choses à savoir. Personne n'est disponible pour vous expliquer le travail. Et nous n'avons aucun logement à vous proposer.

— Justement, si vous êtes débordé, je pourrais peut-être vous décharger ?

Une guide parlant anglais, mandarin, espagnol et français serait certes bienvenue, mais il fallait être incollable sur l'histoire de la région, les légendes, l'économie, les coutumes, la migration des baleines, les techniques d'élevage de saumon, les rennes…

Stoïque, Maiko l'écouta attentivement, déterminée à démontrer qu'elle ne se découragerait pas. Lorsque son débit de parole faiblit, elle demeura silencieuse, histoire de lui laisser le temps de fouiller dans tous les recoins de son esprit en quête d'arguments à ajouter. Voilà, son plaidoyer était terminé. Afin de ne pas le froisser, elle commença par admettre qu'effectivement, elle avait beaucoup de choses à apprendre avant d'être opérationnelle en tant que guide mais que cela lui semblait à sa portée. Elle ajouta qu'elle avait besoin des références des livres pour se documenter. Concernant le logement, elle eut beau insister, rien n'y fit.

Le chauffeur du bus de la veille, qui buvait un café juste à côté, interrompit sa discussion avec ses collègues pour saluer Maiko. Elle répondit par un petit signe de la main. Le réceptionniste de l'office du tourisme se mit à farfouiller dans les armoires et revint les bras chargés de livres et de brochures qu'il déposa en piles sur le comptoir.

— Lorsque vous saurez tout ça, revenez vous présenter ici. On verra ce qu'on peut faire.

Le chauffeur du bus se retourna vers le comptoir. Cette fois, il se dirigea vers elle.

— J'ai entendu que vous cherchiez un logement ? Il y a une cabane de pêcheur, sur la côte, qui est libre. Normalement elle n'est pas à louer. Mais je vous dois un service.

Il partit d'un rire aigu, se racla la gorge puis reprit :

— Elle est inhabitée depuis quelque temps et aurait besoin que quelqu'un l'entretienne.

— Oui, bien sûr ! Je pourrais m'en occuper et en échange vous me laisseriez y habiter ?

— Oh là, pas si vite ! Il faudra tout de même payer les frais de chauffage, l'eau et l'électricité.

— Et ça va coûter combien par mois ?

Il réfléchit quelques secondes.

— Votre loyer serait de cinq cents couronnes par mois. Vous savez conduire ?

Maiko acquiesça. De nouveau, il eut un rire nerveux. Elle le soupçonna de ne pas être tout à fait sain d'esprit.

— Alors, en prime je vous mets à disposition un véhicule. Vous en aurez besoin, aucun bus ne se rend là-bas.

Il enfila une veste beaucoup trop petite pour lui, puis, de ses doigts boudinés, saisit son trousseau de clés. Il en détacha deux qu'il remit à Maiko.

— Bon, vous venez ? Suivez-moi, je vais vous montrer votre nouveau logement.

C'était presque trop facile. Maiko n'était pas rassurée quant à la santé mentale du bonhomme mais si elle voulait un toit, elle n'avait pas d'autre choix que de le suivre. Il s'empara de l'une des piles de brochures sur le comptoir et lui laissa prendre le reste. Sur le parking, il désigna une vieille Saab vert foncé.

Après avoir chargé les livres et les affaires de la jeune femme sur la banquette arrière, il monta dans la Mercedes garée juste à côté.

— Suivez-moi. Ah, j'allais oublier ; attention, la deuxième passe difficilement.

Maiko se plaça au volant, bénissant Gloria de lui avoir appris à conduire, et le chauffeur de bus de ne pas lui avoir demandé son permis. La voiture était déglinguée et sentait le chien mouillé. Elle repéra une couverture miteuse posée sur la banquette arrière. C'était sûrement la source de l'odeur. Elle s'en débarrasserait dès que le bonhomme serait parti.

Elle le suivait depuis près de vingt minutes lorsqu'il bifurqua sur une petite route caillouteuse au bout de laquelle il arrêta sa Mercedes. Maiko se gara à côté. En sortant du véhicule, elle fut frappée par l'éclat de la lumière. En contrebas, quelques maisonnettes en bois coloraient le paysage. Un groupe de trois rouges, un peu plus loin deux bleues, puis quelques mètres à l'écart des autres, une petite, jaune et blanc, un peu décrépite.

— C'est celle-ci, dit le chauffeur en pointant la jaune et blanc.

En haut de l'escalier qui menait à l'entrée, des bûches de bois étaient entreposées sous une bâche.

— Je peux entrer ?

— C'est vous qui avez la clé ! Après vous.

Hormis une odeur de renfermé et les couvertures en laine sur le sofa, qui grattaient rien qu'à les regarder, l'endroit était enchanteur. Il n'y avait qu'une pièce, totalement boisée, avec une grande fenêtre qui donnait sur la baie. Au-dessus du salon, une mezzanine surplombait la kitchenette et dans un coin, une salle de bains. Au centre, un poêle à bois servait de chauffage. C'était parfait.

— Alors ? Ça vous plaît ?

— Oui, beaucoup. En quoi consiste mon travail ?

— Oh… vous savez, ce genre de maisonnette supporte mal d'être inhabitée. Le simple fait de faire fonctionner le poêle, d'utiliser la douche, les W.-C., la cuisinière, permet de l'entretenir.

Maiko remarqua un tremblement dans sa voix. Il se tourna vers la fenêtre, inspira profondément et poursuivit sans se retourner.

— Ça va vous sembler étrange, mais en vous voyant dans l'agence, j'ai tout de suite senti que je pourrais vous confier ma cabane jusqu'à ce que le nouveau propriétaire arrive. Normalement, ça sera dans huit mois.

— Je ne suis pas certaine de pouvoir assumer le loyer jusque-là.

— Maintenant que vous avez vu l'endroit et qu'il semble vous plaire, j'ai une nouvelle proposition à vous faire. Si vous vous sentez capable de refaire la peinture extérieure, je vous laisserai y habiter gratuitement jusqu'en novembre. Il va de soi que je vous fournirai la peinture et le matériel.

Maiko sortit chercher ses affaires.

— Comment vous appelez-vous, au fait ?

— Victoria. Et vous ?

— Edmund, répondit-il.

Finalement, elle abandonna son a priori concernant sa santé mentale. Cet Edmund lui était sympathique. Il semblait sensible, spontané et peu compliqué. Surtout, pas trop regardant en ce qui concernait les garanties et les documents officiels, ce qui arrangeait bien Maiko. Elle était tout de même étonnée qu'il ne lui fasse rien signer.

Il lui tendit la main.

— Marché conclu ?

— Marché conclu ! répondit-elle en serrant ses gros doigts.

— Ah, un dernier détail, Victoria... Tout cela n'est pas très conforme, vous vous en doutez. Si un curieux venait à vous poser des questions, verriez-vous un inconvénient à raconter que vous êtes une petite cousine éloignée en études ici pour quelques mois ?

— Ça me va très bien ! Mais pourquoi pas simplement une étudiante ? On ne peut pas dire qu'il y ait un air de famille entre nous.

— Vous ne connaissez pas les gens d'ici. Ils sont très gentils mais ils aiment leur quiétude. Je ne crois pas qu'ils apprécieraient que je loue ma cabane à des étudiants que je ne connais pas. Vous n'aurez qu'à dire qu'il s'agit d'un lien par alliance.

— Entendu.

— Bon, je vous laisse vous installer. À bientôt, Victoria. Je passerai d'ici une semaine ou deux pour vous apporter la peinture.

Accoudée au rebord de la fenêtre, Maiko alluma une cigarette. Elle admirait l'eau turquoise du fjord tout en jouant machinalement avec la clé du casier qu'elle aurait dû remettre à Solberg avant de partir. La lui envoyer par courrier ? Non, trop dangereux. Il valait mieux éviter toute action susceptible de trahir sa localisation. Le Viking trouverait bien un moyen de récupérer le dossier. Elle se dit qu'elle n'avait jamais été aussi coupée du monde. Cet endroit était parfait, mais elle ne voyait pas comment Solberg pourrait la repérer dans ce coin perdu.

Après avoir déballé ses affaires, fait des courses et s'être installée dans la cabane d'Edmund, Maiko était restée isolée quelques jours, à ressasser les derniers événements et chercher un moyen de contacter Nao. Puis, lassée de se sentir impuissante, elle avait décidé de se dénicher un endroit en ville pour potasser les brochures et les livres que le type de l'office du tourisme lui avait remis. C'était la meilleure stratégie pour que le professeur puisse la retrouver. Lorsqu'il lui avait exposé son plan, elle avait été surprise qu'il ne lui fixe pas un rendez-vous précis. « Je vous rejoindrai, ne vous en faites pas », avait-il assuré. Maintenant qu'elle y était, elle comprenait mieux. Le centre était petit, il lui suffirait de faire la tournée des restaurants pour tomber sur elle.

Ce fut une pizzeria, située juste à côté de l'un des deux hôtels du centre, qu'elle choisit comme repaire. Elle y passa de longues heures à étudier. Un mois avait passé depuis son arrivée, et toujours aucun signe de Solberg. Finalement, au vu de ses connaissances sur la région, Maiko, alias Victoria Jimenez avait été nommée guide officielle. Elle passait ses journées à démarcher les clients des hôtels pour leur proposer la panoplie des tours organisés. L'un des serveurs, Rune, avait compris sa tactique. Alors, du moment qu'elle consommait un café, il la laissait rester là toute la journée, jusqu'au changement de service. Maiko avait estimé qu'il devait avoir dans les vingt-cinq ans. Rune était toujours au bon endroit, au bon moment, et savait observer sans être intrusif. Sa présence était rassurante. Ils connaissaient leurs prénoms respectifs, mais pour le reste, tout passait par des regards complices, moqueurs parfois à l'égard de certains touristes qui semblaient avoir échoué là malgré eux. Puis, au fil des semaines, ils avaient fait plus ample connaissance. Rune s'installait parfois à la table de Maiko pour sa pause repas.

Depuis quelques jours, une pluie incessante s'abattait sur la ville. Maiko, fidèle au poste, sirotait un café à sa table habituelle en espérant que des clients prêts à braver les éléments se présentent. Mais l'humidité, la grisaille et le vent avaient eu raison de la motivation des voyageurs, même des plus téméraires. En fin d'après-midi, elle décida d'aller flâner un peu du côté de l'université. Tromsø lui manquait. Le labo, Elke et Elias aussi.

Elle parcourut l'allée de pavés rouges qui longeait les bâtiments de la faculté de tourisme d'Alta. Tout était fermé. L'ambiance était loin de l'effervescence de l'université à Tromsø. Morose, Maiko poussa sa balade un peu plus loin, en dépit de la pluie dégoulinant sur son ciré jaune, qui avait fini par imbiber son jean. Elle suivit la route qu'empruntaient les cyclistes pour se rendre à Bukta. Alors qu'elle traversait la forêt, un chemin attira son attention. Elle s'y engagea. Après une centaine de mètres, le sentier bordé de fougères et de petites fleurs blanches se rétrécit jusqu'à disparaître complètement, cédant la place à une végétation de plus en plus dense. L'endroit l'intriguait. Elle poursuivit son expédition, se frayant un chemin entre les branches. Elle songeait à faire demi-tour lorsqu'elle déboucha sur un lieu étrange, une clairière dont le sol était recouvert de gravier au travers duquel poussaient quelques touffes d'herbe. Des sortes de tubes, probablement des bouches d'aération, ponctuaient cette étendue dénudée. Il y avait aussi de vieilles antennes rouillées qui se dressaient, semblables à des arbres, et une sorte de parabole à moitié recouverte par une bâche.

Cet endroit paraissait à l'abandon depuis assez longtemps pour que la nature reprenne ses droits. Tout à coup, Maiko se sentit oppressée. Elle leva la tête. Autour de la clairière, de grands arbres étiraient leur cime vers le ciel chargé. La forêt sombre de son rêve. Elle fut prise de vertiges, tenta d'ouvrir plus grand les yeux pour rester alerte et échapper à l'angoisse qui montait, mais comme dans son cauchemar, l'image se brouilla. Alors, en proie à la panique, elle se mit à courir, évitant les branches tant bien que mal, glissant dans la boue.

Arrivée à sa voiture, elle se sentit ridicule d'avoir eu si peur. Il fallait qu'elle divertisse son esprit, qu'il cesse de mouliner. Elle repensa avec nostalgie à Jack et Gloria, à la présence apaisante d'Ingrid et Alisha. Elle se sentait à la maison dans leur micro-appartement du campus. La musique ! Voilà ce qui lui manquait. Elle fila au centre commercial pour acheter un poste de radio, qu'elle brancha sur la fréquence de Radio Tromsø dès qu'elle fut à la cabane. Cette chaîne diffusait principalement de la daube commerciale, mais c'était tout ce dont elle avait besoin. Se souvenir d'Alisha et Ingrid, faire comme si elles allaient arriver d'une minute à l'autre ou plus tard, c'était égal.

Deux semaines passèrent. L'air était doux en cette fin de matinée. Le bulletin météo de la radio annonça un temps sec pour les quatre prochains jours. Des conditions idéales pour entreprendre les travaux de peinture, d'autant plus qu'après l'expédition menée avec un groupe de touristes italiens au cap Nord, Maiko avait droit à trois jours de vacances.

Comme Edmund n'était toujours pas passé lui déposer le matériel, elle se rendit à l'office. Tout était prêt, entreposé dans un réduit. Elle s'efforçait de hisser l'échelle sur le toit de la Saab lorsque Rune l'interpella :

— Besoin d'aide ?

— Oui, je veux bien ! Qu'est-ce qui t'arrive ? T'as l'air tout triste.

— Oui, je me suis fait plaquer il y a deux jours.

— Oh, je suis désolée pour toi, Rune.

— Ça passera. Tant que je bosse, j'y pense pas trop. Mais là, j'ai quelques jours de congé.

Ils chargèrent les derniers pots de peinture dans le coffre. Maiko sentait bien que Rune avait besoin de compagnie. Et son aide tomberait à pic. Elle fit taire la petite voix paranoïaque dans sa tête :

— Ça te dirait de m'aider à retaper une cabane sur la côte ?

Rune prit place sur le siège passager.

Au terme de la journée, toutes les façades de la cabane étaient poncées. Maiko et Rune, couverts de poussière, contemplaient la baie où un bateau de pêche s'apprêtait à s'amarrer. C'était Terje, le mari de Thale, et l'autre voisin, Karsten. Thale leur fit des signes depuis la maison.

— Tu t'es trouvé un joli petit coin de paradis, dit Rune.

— Oui, c'est vrai, j'ai eu de la chance. Et grâce à ton aide, ça va devenir encore plus beau !

— Ça m'arrange bien de m'occuper, ça m'évite de tourner en rond et de broyer du noir.

— T'as faim ?

— Je meurs de faim !

Après avoir refusé trois fois l'invitation de Thale, sa voisine, à partager leur repas, Maiko avait fini par céder, estimant qu'il était impossible que ces gens représentent un quelconque danger. Pour Rune, c'était pareil. Du moment qu'elle restait bien campée dans son personnage, rien de mauvais ne pouvait lui arriver.

Maiko entraîna Rune jusqu'au portique de la maison de Thale. Cette dernière les accueillit avec un grand sourire.

— Victoria ! Vous vous joignez à nous pour le repas ? Terje et Karsten ne vont pas tarder à rapporter le poisson.

— Avec plaisir ! Je te présente Rune, il me donne un coup de main pour la peinture.

— J'ai vu ça. Bienvenue Rune. Mais venez, entrez.

Terje et Karsten débarquèrent peu après, brandissant fièrement leurs prises. Thale aligna les poissons déjà vidés au-dessus des braises. Rune et Maiko aidèrent à dresser la table et en quinze minutes le repas fut prêt. Les pêcheurs accueillirent Rune chaleureusement mais ne manifestèrent aucune curiosité à son égard. Les deux hommes aimaient tellement raconter leurs exploits de pêche que ça ne leur laissait pas le temps de poser des questions. Quand leur stock de vieilles histoires fut épuisé, Thale prit le relais. Cette femme était une terrible pipelette. Tout le voisinage y passait.

Lors du premier repas que Maiko avait partagé avec eux, Thale s'était étonnée qu'elle ait des traits asiatiques, aux antipodes des cheveux roux et de la peau laiteuse d'Edmund. Maiko avait donné une explication de lien par alliance compliquée que Thale, embrouillée, avait fait semblant de comprendre. Thale lui avait raconté qu'avant, Edmund passait tous ses congés dans la maisonnette jaune, avec sa femme et son chien. Mais d'un jour à l'autre, ils ne s'étaient plus montrés. Le bruit courait que sa femme était décédée subitement et que, pour ajouter à son malheur, il avait dû se séparer de Néron, dont il n'avait plus le temps de s'occuper. Elle avait essayé de lui parler, mais il avait été si bouleversé qu'elle n'avait pas osé insister. Du coup, elle avait tenté d'obtenir plus d'informations auprès de Maiko, qui s'était sortie de cette délicate situation en brandissant l'argument du respect de la tristesse de son petit cousin. Thale était maladivement curieuse, mais elle et son mari avaient le cœur sur la main. Dès qu'ils avaient su que Victoria était de la famille d'Edmund, ils l'avaient accueillie sans méfiance. Maiko mangeait régulièrement chez eux.

À la fin du repas, Maiko proposa à Rune de le ramener en ville. Il répondit qu'avec son aide, elle aurait plus vite fini de repeindre la cabane et ajouta que s'il dormait sur place, ils pourraient se mettre au travail dès leur réveil. Maiko se crispa.

— Ne t'inquiète pas, je ne vais pas te sauter dessus. Les filles, c'est pas trop mon truc, la rassura Rune.

Il rougit. Soulagée, Maiko lui proposa de dormir sur le canapé. Elle lui tendit les deux couvertures.

— Elles grattent. Désolée, je n'ai que ça à t'offrir.

— De toute façon, je suis mort de fatigue, je crois que même sur un banc d'église, je dormirais.

Rune sombra tout de suite. Maiko, quant à elle, eut du mal à trouver le sommeil. Elle désespérait d'avoir des nouvelles de Solberg. Les jours commençaient à raccourcir, ses cauchemars avaient repris et bientôt elle devrait quitter le Nord. Elle songea à la réaction de Solberg quand elle lui avait annoncé que

Selma était la seule personne à connaître l'endroit où elle se trouvait. Il avait eu l'air tellement surpris ! Peut-être jouait-il lui aussi un rôle. Son plan aurait pu être un piège pour l'isoler, resserrer un peu plus les mailles du filet. Ou alors, il lui était arrivé quelque chose. Ceux qui la poursuivaient s'en étaient-ils pris à lui ?

Le lendemain, elle fut réveillée par l'odeur de peinture. Rune avait entamé la première couche de jaune. Les deux jours de congé qui leur restaient suffirent tout juste à terminer la réfection de la maisonnette. Maiko, soulagée d'avoir respecté l'accord passé avec Edmund, trouva la cabane splendide.

Ils chargèrent l'échelle et les pots de peinture vides dans la Saab. Les nuages arrivaient depuis le large, voilant le soleil dont seul quelques rayons perçaient encore le ciel gris. Rune lança un regard triste vers la baie. Maiko sentit qu'il n'avait pas envie de quitter cet endroit. À vrai dire, elle non plus ne voulait pas qu'il parte.

— Tu travailles demain ?

— Ce soir déjà.

— Si tu veux, tu peux rester dormir ici quelques jours ; le temps que ton chagrin se dissipe.

Elle fit un détour par son appartement pour qu'il prenne quelques affaires avant de le déposer à la pizzeria. Ensuite elle se gara derrière l'office pour décharger la voiture. Edmund lui donna un coup de main et ils s'installèrent dans la cafétéria de la centrale des bus. Maiko lui raconta à quel point il serait content. Sa maisonnette flamboyait. Ils convenaient du moment où il passerait voir le résultat quand une voix familière parvint aux oreilles de Maiko depuis la boutique de l'office.

— Bonjour, je cherche un plan de la ville.

Son collègue s'apprêtait à répondre, mais Maiko fit irruption dans la pièce. Elle n'avait pas rêvé. Le Viking était accoudé au comptoir.

En l'apercevant, tous les doutes quant à son intégrité s'évaporèrent. C'était comme revoir un parent absent depuis trop longtemps. Elle aurait voulu le serrer dans ses bras. Leur situation ne permettait évidemment pas ce genre d'épanchements affectifs, et ni l'un ni l'autre ne sut comment gérer ces retrouvailles. L'agent de tourisme leur facilita la tâche. Il lui remit un plan de la ville et lui présenta Victoria, une excellente guide.

Ils durent attendre la visite guidée personnalisée du lendemain matin pour enfin pouvoir parler librement.

Installés dans la Jeep de fonction, Maiko et Solberg restèrent silencieux jusqu'à la sortie du centre. Maiko parla la première :

— Vous en avez mis du temps ! J'ai cru que vous ne viendriez jamais.

— Ça n'a pas été simple. Mais me voilà, et je vois que tu t'es bien acclimatée à Alta.

— Disons que j'ai eu pas mal de chance pour une fois. Vous avez pu récupérer le dossier ? Ils ont essayé de vous contacter ?

— Non, mais je crois qu'ils me surveillaient. Et oui, j'ai pu récupérer le dossier. Sans la clé…

Maiko baissa les yeux.

— Ne t'en fais pas, c'est fait.

— Vous êtes arrivé quand ?

— Il y a une semaine. J'ai changé d'hôtel trois fois, et rien de suspect. Je n'ai pas été suivi. Alors je me suis installé au labo.

— Quel labo ?

— Tu verras.

Solberg avait emporté avec lui les derniers spécimens à analyser. Mais d'abord, il fallait s'occuper du séquenceur ADN et vérifier toutes les machines. Ils utiliseraient le temps de l'excursion au cap Nord pour remettre le laboratoire personnel du professeur en état. Puis Maiko pourrait retourner à son activité de guide et se rendre au labo pendant ses jours de congé.

Solberg lui indiqua la route à suivre. Ils contournèrent Alta et prirent la direction de Bukta. Lorsqu'ils arrivèrent devant une route caillouteuse en lisière de forêt, il lui demanda de garer la voiture. Après avoir marché d'un bon pas pendant une dizaine de minutes dans une forêt infestée de moustiques, ils arrivèrent devant une vieille baraque. Le rez-de-chaussée en béton portait un étage en lames de bois brun foncé. Des volets décrépits, dont on pouvait imaginer qu'ils avaient été rouges, masquaient les fenêtres. Solberg s'assura qu'ils étaient seuls avant de défaire la chaîne rouillée, fermée par un cadenas, qui scellait le panneau en bois massif servant de porte. À l'intérieur, une odeur de moisi émanait du sol en terre battue. Ils restèrent immobiles quelques secondes, le temps que leurs pupilles s'adaptent à l'obscurité. Contre la paroi humide, sur la gauche, une lampe torche était suspendue à un crochet. Solberg demanda à Maiko de l'éclairer pendant qu'il cherchait la clé qui ouvrait une seconde porte au fond de la pièce. Celle-ci donnait sur un escalier menant au sous-sol. Ils s'enfoncèrent dans un tunnel sombre où un bourdonnement sourd résonnait. Maiko tentait tant bien que mal de contrôler son désir impérieux de remonter quand enfin le professeur ouvrit une dernière porte et appuya sur l'interrupteur, mettant un terme au calvaire de la jeune femme.

Ils se trouvaient dans une sorte de sas très lumineux et bruyant. Les parois et le sol étaient recouverts de dalles blanches. Au plafond, entre les néons, de gros tuyaux en aluminium servaient de système d'aération. C'était la source du grondement qu'elle avait entendu dans le couloir. Maiko se souvint de sa balade dans la forêt, derrière l'université. La clairière lugubre avec les antennes rouillées n'était probablement pas loin, au-dessus de cette pièce. Solberg fit coulisser un panneau sur l'une des parois, dévoilant une armoire encastrée remplie de caisses en plastique. Il en sortit des chaussons et deux combinaisons blanches, emballés dans des sachets hermétiques, qu'il tendit à Maiko. Quand ils furent prêts, il ouvrit.

Maiko, stupéfaite, contempla l'équipement qu'elle avait sous les yeux. Hormis le nombre restreint de binoculaires et de postes de travail, elle était devant une réplique presque parfaite du laboratoire de Tromsø.

Il lui proposa de prendre ses marques pendant qu'il déposait ses affaires dans la pièce du fond. Maiko s'approcha.

— Et là ? Qu'est-ce que c'est ? demanda-t-elle.

— C'est ici que j'habite quand je dois me faire oublier un peu.

Il s'était aménagé un studio avec une petite salle de bains, un coin cuisine, des lits superposés et, au centre, une table ronde entourée de six chaises. Il l'invita à prendre place près du binoculaire et s'assit à côté d'elle.

— Alors ? Il te plaît, ce labo ? Un peu compliqué d'accès, mais au moins, on ne peut pas tomber dessus par hasard !

— Il a travaillé ici avec vous ?

— Ton père ? Oui, nous avons passé beaucoup d'heures enfermés dans ce labo durant notre jeunesse.

— Quand l'avez-vous vu la dernière fois ?

— Il n'est plus là, Maiko. Et quoi que tu entreprennes pour élucider le mystère de sa disparition te mettra en danger. Tu as bien vu à Tromsø. Ces gens n'ont pas de limites. Alors fais-moi plaisir, concentre-toi sur nos recherches et oublie le reste. C'est le meilleur moyen d'honorer ce qu'il avait entrepris.

— Pourquoi nous sommes-nous retrouvés si seuls après sa disparition ? Ma mère est anéantie, vous savez ça ? Elle vit coincée dans le passé ! Nao n'a plus jamais parlé depuis ce jour. Pas un son. Il peint. C'est le seul moyen qu'il a trouvé pour exorciser sa douleur. Personne n'est foutu de m'expliquer !

— Je comprends ta colère. Je sais tout ça. Crois-moi, si j'avais pu y changer quelque chose, je l'aurais fait. Pour toi, pour ta mère et ton frère et pour lui, qui était mon ami. Mais les choses ne sont pas si simples.

— Vous avez une idée de ce que ça fait de ne pas savoir ? Tant qu'on n'a pas retrouvé le corps, il y a de l'espoir.

— Tu n'arrêteras jamais de chercher, n'est-ce pas ?

Elle se redressa et le fixa droit dans les yeux.

— Si je t'en dis plus, peux-tu me promettre que tu resteras ici avec moi, et que tu ne tenteras pas de poursuivre ta course folle ?

Elle fulmina.

— Ah ! Vous savez bien quelque chose alors ! Dites toujours, on verra après !

Solberg demeura silencieux quelques secondes avant de se lancer.

— Ton père a pris des risques. Nous avions besoin de fonds pour poursuivre nos recherches, alors il a falsifié nos résultats pour créer l'illusion que nous touchions presque au but.

— Gunter était au courant ?

— Oui, et c'est précisément à ce moment-là qu'il nous a lâchés. Il était contre ce plan, qu'il jugeait trop dangereux.

— Il vous a trahis ?

— Non ! Mais il a commencé à souffrir de crises paranoïaques, il s'enfermait chez lui, persuadé que Celltrack-Labs le surveillait. Alors, on s'est rapprochés d'autres scientifiques, des sommités dans le domaine de la recherche sur l'eau, afin de faire alliance, un groupe assez puissant pour forcer les gouvernements à débloquer des fonds.

— De Robertis, Levin, Stern…

— Oui. Au début, ça a marché. Mais l'un d'entre eux a découvert le pot-aux-roses. Ton père a reçu une lettre anonyme, le menaçant de dévoiler la supercherie s'il ne livrait pas les informations et les données que nous avions déjà récoltées. À partir de là, tout s'est enchaîné très vite. Nous ne savions pas lequel d'entre eux avait retourné sa veste. Ne connaissant que trop bien les moyens que Celltrack-Labs et les gouvernements mettraient en œuvre pour s'approprier nos résultats, ton père et moi avons décidé d'imposer à Stern, Levin et consorts une interdiction totale de communiquer sur le sujet. C'était en janvier 1995. Et en avril de la même année, ton père a disparu. Depuis, ils tremblent tous à l'idée d'être le prochain sur la liste.

— Et vous ? Pourquoi vous êtes toujours là, à travailler au grand jour ?

— Avant que tu parles du dossier et de moi à Selma, personne ne savait que j'étais impliqué dans ces recherches. Officiellement, je travaillais avec Elke sur d'autres projets. C'est ton père qui faisait toutes les démarches pour financer nos missions. Je restais dans l'ombre pour pouvoir, dans le cas où quelque chose tournerait mal, continuer nos travaux en sous-marin.

— C'est injuste ! Pourquoi est-ce mon père qui a pris tous les risques ? Il avait une famille !

Solberg baissa les yeux.

— C'est pour ça que je veux te protéger. C'est la seule chose qu'il me reste pour réparer un peu ce gâchis.

— Génial ! Vous avez soulagé votre conscience ?

— Tu ne comprends pas, Maiko ; on ne fait pas le poids face à Celltrack-Labs, aux gouvernements. Si tu t'obstines à mettre ton nez dans leurs affaires, ces gens ne feront qu'une bouchée de toi.

La présence de Rune dans la maison jaune permit à Maiko de prendre un peu de distance. Elle ne pouvait évidemment pas lui parler de Solberg, mais Rune, qui reprenait du poil de la bête, avait retrouvé son sens de l'humour. Maiko et lui avaient inventé un jeu. Il essayait de deviner le pays d'origine et le caractère des touristes qu'il servait au bar et Maiko glanait des informations sur eux pendant les tours organisés. Ensuite, ils comparaient. Rune se trompait rarement. Maiko en déduisit qu'il n'était certainement pas dupe de sa fausse identité et des prétendues raisons de sa présence à Alta. Mais il existait une sorte d'accord tacite entre eux. Il ne cherchait jamais à en savoir plus sur elle.

Le laboratoire de Solberg était fonctionnel depuis trois semaines. Maiko rejoignait le professeur dès qu'elle avait un moment de libre. Les premiers jours, elle avait dû ravaler sa colère et étouffer son obsession d'obtenir plus d'informations concernant son père. Mais, petit à petit, Solberg avait réussi à focaliser son attention sur leurs recherches. Et puis un soir, alors qu'elle relevait les résultats du séquenceur ADN, elle entendit le professeur s'exclamer :

— Enfin !

Elle passa la tête par la porte entrouverte du studio. Il était assis à la grande table, en face de son ordinateur, ses longs bras croisés derrière la tête et, sur son visage, un immense sourire.

— Qu'est-ce qui se passe ? demanda Maiko, étonnée.

— Surprise ! Écoute…

L'imprimante s'enclencha.

— Vas-y, je te laisse l'honneur de découvrir ce qui nous arrive de l'autre bout du globe !

Elle se dirigea vers l'imprimante, qui cracha cinq pages. Elle reconnut immédiatement les images. C'étaient des ZIMA. Il y avait donc des spécimens de ces unicellulaires ailleurs que sous les glaces du pôle Nord. Elle parcourut rapidement les données qui accompagnaient les photos. Ces informations venaient de la base de McMurdo, en Antarctique.

— Vous ne plaisantiez pas quand vous parliez de l'autre bout de la planète ! Vous collaborez avec les chercheurs de McMurdo ?

— Oui, il y a une équipe là-bas qui travaille sur les mêmes bestioles que nous. Je me doutais qu'il devait y avoir des ZIMA chez eux aussi.

— Pas tout à fait les mêmes, si j'en crois ces données, dit Maiko en survolant les documents.

— C'est ça qui est génial ! On va pouvoir recouper les séquençages.

Voyant le professeur si exalté, elle eut une pensée pour Elias.

— Peter ?

— Oui ?

— Vous ne m'avez rien dit concernant Elias.

— Ah, Elias, il a fini par se calmer.

— Vous êtes certain qu'il n'était pas impliqué dans cette affaire ?

— Sûr et certain.

La traversée du tunnel fut moins pénible que d'habitude ce soir-là, mais pour la première fois depuis l'arrivée de Maiko à Alta, l'absence de clarté fut concrète. Le chemin de forêt jusqu'à la Saab lui parut sans fin.

Arrivée à la cabane, la voiture de Rune n'y était pas. Il devait probablement être de service. Chez Thale et Terje, personne. Elle s'empressa de rentrer, plaça une bûche dans le poêle et alluma le poste de radio. La voix du présentateur créait l'illusion d'une présence humaine. Assise dans le canapé, elle attendit Rune, mais le sommeil le devança.

Le lendemain, un bruit d'eau la réveilla. L'écran de la radio affichait 8 h 12. Rune sortit de la douche.

— Bonjour Vicky ! Bien dormi ? Je me suis permis d'utiliser ton lit, je ne voulais pas te réveiller, j'espère que tu ne m'en veux pas.

— Bien sûr que non.

— Tu as parlé pendant ton sommeil, lança-t-il d'un air taquin, tout en enfilant son pantalon.

— Ah, et j'ai dit quoi ? rétorqua Maiko entre deux bâillements.

— Tu as prononcé un prénom, à plusieurs reprises… Tiens, voilà ton café.

Il posa la tasse avec la poupée japonaise sur la table basse, devant elle.

— Quel prénom ?

— Un prénom de mec !

Accroupi, il laçait ses chaussures tout en cherchant quelque chose du regard. Maiko, agacée de le voir s'agiter, demanda :

— Pourquoi t'es speed comme ça ? T'as un rencard ou quoi ?

Rune afficha un sourire gêné.

— P'têtre bien.

— T'es amoureux ?

— T'as pas vu mes clés ?

— Non. Alors ? Qu'est-ce que j'ai dit ? Allez Rune, j'ai pas envie de jouer aux devinettes.

— Les voilà ! Eh bien moi, je me sens joueur aujourd'hui. Je t'ai laissé un indice. Même plus, j'ai écrit le prénom en question quelque part, dans la cabane. À toi de trouver !

— Rune… Je ne suis pas d'humeur !

— Ben justement, ça te fera le plus grand bien de sortir un peu de ton état maussade. Je dois filer. À plus tard, Vicky !

Après avoir ouvert les tiroirs, les étagères de la cuisine, regardé sous la table, le canapé, dans son lit, sans succès, elle saisit son paquet de cigarettes, en alluma une et s'assit sur le rebord de la fenêtre. Elle promena son regard sur la ligne de l'horizon, espérant qu'une réponse allait surgir de ce paysage bouleversant d'austérité. Mais le ciel gris était étanche. Maiko écrasa sa cigarette. Elle accueillait un groupe à 14 h pour la visite du musée d'art rupestre.

Elle quitta son univers intérieur et le rebord de la fenêtre. Une fois sous la douche, elle accueillit l'eau qui ruisselait sur sa peau. Elle se laissa glisser le long de la paroi et offrit son visage à cette pluie chaude et bienfaisante. Quand elle se sentit assez détendue, elle coupa l'eau et d'une main fit coulisser le rideau de douche. Droit devant elle, sur le miroir, la buée révélait le message de Rune :

STAN

Un frisson parcourut son corps. Elle resta plantée là, dégoulinante, le souffle coupé. Des images se mirent à assaillir sa pensée : des ruelles de Hong Kong, des lieux, des visages…

Elle ouvrit brusquement la porte de la salle de bains, cherchant l'oxygène.

Depuis des mois, dans sa quête de réponses, parmi tous les individus qu'elle avait analysés, soupçonnés, innocentés ou condamnés, elle constata effarée que Stan était le seul qui soit passé entre les mailles du filet. Il était absent de tous les scénarios qu'elle avait imaginés. Elle se souvint de la dernière fois qu'elle avait entendu parler de lui, à Bruxelles, le soir de ses retrouvailles avec Jack. « Comment j'ai pu passer à côté de ça ! » s'exclama-t-elle. Sous ses apparences de beau gosse mystérieux, ce type avait quelque chose de visqueux. Chaque fois qu'il était question de lui, elle se sentait mal à l'aise. Elle eut soudain la certitude que Stan était impliqué dans la disparition de son père. D'ailleurs, c'était étrange que son nom n'apparaisse pas dans le dossier du professeur. Il faisait pourtant partie de l'équipe de Juan à l'époque où ils s'étaient installés à Hong Kong. Quelque chose avait dû lui échapper. Il fallait qu'elle reprenne tout depuis le début.

Il était déjà presque midi, il lui restait peu de temps avant le rendez-vous à l'office du tourisme et elle ne voulait pas attendre le soir pour se rendre au laboratoire. Elle sauta dans sa voiture. Arrivée en ville, elle croisa le professeur. Elle lui fit des appels de phares. Il s'arrêta. Elle fit marche arrière jusqu'à sa hauteur et baissa la vitre.

— Tu es déjà là ? s'étonna-t-il.

— J'ai besoin de vérifier quelque chose dans le dossier. Il est au labo ?

— Ça ne peut pas attendre ? Je sortais faire quelques courses. On regardera ça ce soir.

Maiko s'impatienta.

— Il est dans le troisième tiroir du buffet, sous la centrifugeuse. Commence sans moi. Si je ne reviens pas avant une heure et demie on se voit ce soir. Tu m'expliqueras pourquoi tant d'urgence !

Le dossier ne se trouvait pas à l'endroit indiqué par Peter Solberg. Après avoir cherché dans les recoins du laboratoire, elle se rabattit sur son studio. Là, en ouvrant les casiers, elle fit une trouvaille : une toile, enroulée sur elle-même. Elle la saisit, puis, doucement, la déroula. Médusée, elle découvrit qu'il s'agissait d'une toile de son frère.

Le tableau manquant dans le salon de Maman ! Elle fouilla jusqu'à ce qu'elle tombe sur une boîte en fer blanc. À l'intérieur, deux lettres. Maiko reconnut l'écriture de sa mère :

Peter,
Où qu'il soit, remets-lui cette lettre
et la toile, je t'en prie.

D'une main tremblante, Maiko saisit la deuxième. Elle était adressée à Juan et n'avait visiblement jamais été ouverte. Elle la sortit de son enveloppe et lut :

Hong Kong, 12 février 1999

Mon amour,

Bientôt quatre ans, 1408 jours à me taire, à affronter le regard de Maiko et Nao, leur souffrance… J'ai beau me répéter que c'était la seule solution, entendre tes mots qui résonnent dans ma tête « c'est pour eux que je fais ça, tout finira bien, fais-moi confiance ». Aujourd'hui je n'y arrive plus. Maiko s'est perdue. Au début, j'ai pensé que c'était juste une mauvaise passe, mais ça fait des mois qu'elle n'est plus rentrée à la maison. Je l'ai cherchée, dans des lieux dont je n'ose pas te décrire la déchéance. Des jours entiers, en vain. La police ne veut rien entreprendre pour la retrouver.

Depuis ta disparition, Nao n'a plus prononcé un mot. Il peint. Des toiles magnifiques. Je crois que ça l'empêche de sombrer. Maiko n'a pas une telle échappatoire. J'ai peur pour elle, j'ai peur pour moi. Je sais que je t'avais promis d'être forte, mais tu vois bien ! C'est trop dur, j'ai besoin de toi ! Où es-tu, mon amour ? Je sais que je risque de compromettre votre mission en t'écrivant, mais pour une fois, fais-nous passer avant tes recherches. Donne-moi de la force, une raison de continuer, je t'en supplie, fais-moi un signe.

Walaya

Il fallut plusieurs minutes à Maiko pour rassembler les nouvelles pièces du puzzle. Comment ces lettres et le tableau de Nao avaient-ils fini là ? Sa mère et Solberg communiquaient. Voilà pourquoi elle ne réagissait pas. Ils avaient une sorte de plan, une machination secrète. Et si Solberg marchait avec Selma ? Elle repensa à la clairière, à son cauchemar, se demandant si elle n'avait pas au fond d'elle-même toutes les réponses aux mystères qu'elle tentait d'élucider depuis son enfance. Une conversation, un acte dont elle aurait été témoin et que son cerveau de petite fille démunie aurait enfoui dans les profondeurs de son subconscient pour mieux supporter l'absence de son père. Une chose était sûre, elle ne pouvait plus se fier à Solberg. Eddy Stern et les autres n'étaient peut-être pas innocents dans cette affaire, mais ils devenaient sa seule chance de retrouver la trace de son père.

Elle rangea les lettres et la toile exactement où elle les avait trouvées, puis quitta les lieux avant que le professeur ne revienne.

Sur le plancher de la cabane d'Edmund, à côté d'une valise ouverte, des objets insolites jonchaient le sol. Une carte d'accès de personnel aérien, un uniforme d'hôtesse, une liasse d'euros, quelques dollars de Hong Kong, des couronnes norvégiennes, des passeports, un téléphone cellulaire, des cartes SIM... Maiko fourra ses fringues, propres et sales, pêle-mêle dans la valise. Elle mit les passeports à part et cala le reste entre les habits. Il ne restait plus que la tasse de café dont la petite poupée japonaise sembla dire : « Tout ira bien. » Elle l'emballa soigneusement dans un t-shirt et la plaça à côté des autres objets. Elle referma la valise, mit l'un des passeports dans son sac à main et jeta les autres dans le poêle. Après avoir ajouté une bûche, elle versa un fond de bouteille de rhum sur le tout avant d'y mettre le feu.

Ses yeux embués contemplaient les flammes qui s'élevaient dans l'âtre lorsqu'elle se rendit compte que le dossier était toujours au laboratoire. Merde ! Elle en avait oublié de chercher le dossier. Trop risqué, elle ne pouvait pas y retourner.

L'avion qui décolla de l'aéroport d'Alta à 16 h 20 avait à son bord une passagère du nom de Sabine Garnier. C'était la dernière identité fournie par Selma dont Maiko ne s'était pas encore servie. Le temps que Solberg donne l'alerte et que l'info remonte jusqu'à Selma, Maiko serait à Hong Kong, Sabine Garnier évanouie dans la nature, et Fong lui aurait déjà donné le matos.

14. Maiko

Tokyo, un mois plus tard, 30 octobre 2004

Hong Kong, Fong, Amanda, Johannesburg, São Paulo, Jade, Sam, San Diego, Mexico, New York, Levin, De Robertis, Davidson... autant de noms, de visages, de villes, qui martelaient l'esprit de Maiko, resserrant un peu plus l'étau de son impuissance. Nue devant le miroir, elle laissa glisser ses doigts sur son corps. Elle serra, pétrit ses bras, ses cuisses, agrippa sa peau, tira, griffa, jusqu'à ce que, dans un tressaillement, semblable à un grondement de tonnerre qui enfle, la colère se mette à monter depuis son ventre jusqu'à sa gorge, se muant en rage. Un cri, strident et rauque, s'échappa de sa bouche. On aurait dit qu'un organiste avait appuyé simultanément sur toutes les touches de son instrument. Poings serrés, elle frappa le mur de sa chambre en sanglotant. Qu'il se passe quelque chose avec ce corps ! Qu'il vive ! supplia-t-elle avant de se laisser glisser contre la paroi.

Six jours s'étaient écoulés depuis qu'elle avait foulé le sol de la mégapole nippone. Durant les trois premiers, cloîtrée dans sa chambre du Morikawa Guest House, elle avait mis au point le scénario pour approcher Nicole Davidson. Les deux suivants, elle avait traîné sur le campus de Hongō afin de se familiariser avec les bâtiments, l'atmosphère et les alentours de l'université. Puis le 30 octobre était arrivé. Jour du symposium au cours duquel Nicole Davidson prendrait la parole.

Sa crinière noire dissimulée sous une perruque blonde, petite jupe plissée marine et chemisier blanc col Claudine, Maiko s'était mêlée au public qui occupait l'auditorium. Elle avait pris place en bordure d'allée, près d'une porte.

À la fin de la conférence, quand les premiers applaudissements avaient retenti, Maiko s'était éclipsée, avait longé le couloir qui menait à l'autre bout de la salle et avait harponné Nicole Davidson à sa sortie :

— Professeur Davidson, merci pour cette conférence passionnante ! Je prépare actuellement ma thèse et les dernières découvertes faites vont au-delà des caractéristiques que vous venez de détailler. Auriez-vous quelques minutes à m'accorder pour que je puisse vous présenter mes résultats et avoir votre avis sur la question ?

L'entrée en matière de Maiko, alias Margo Suarez, était téméraire. Elle prenait le risque de vexer la professeure. D'un autre côté, elle était certaine que cette dernière voudrait en savoir plus, ne serait-ce que pour rassurer son ego de chercheuse. Et effectivement, elle avait piqué la curiosité du professeur qui lui avait accordé un bref entretien. Sous le regard déçu d'une dizaine d'étudiants venus eux aussi féliciter l'éminente Nicole Davidson, les deux femmes s'étaient retirées dans une salle attenante à l'auditoire. La pièce servait apparemment d'intendance. Des chaises empilées y était entreposées entre des cartons, des pupitres et du matériel pour les conférences. Elles s'étaient installées autour d'une table haute et Maiko avait entrepris ses explications. Doucement mais sûrement, après avoir sinué entre les « ZIMA » et autres références microbiologiques évoquant les découvertes récentes, Maiko en était arrivée à la phase décisive de son plan : lâcher une information officieuse, une donnée, qui en soi n'était pas utilisable mais dont seuls Solberg, elle-même et quelques chercheurs à travers le monde connaissaient l'existence. Si Nicole Davidson en faisait partie, elle réagirait. Manifestement, c'était le cas. Le professeur avait reculé d'un pas et, baissant le ton, avait dit :

— Où avez-vous eu cette information ?

Puis, sans laisser à Margo Suarez le temps de répondre, elle avait ajouté :

— De quelle université m'avez-vous dit que vous veniez déjà ?

Voyant que le cerveau de Davidson chauffait, Maiko avait décidé de ne pas laisser la méfiance prendre l'ascendant sur la curiosité de la chercheuse. Dans un ultime élan d'optimisme, elle avait tenté le tout pour le tout.

— Je poursuis les travaux du professeur Juan Saez.

À l'instar de Levin, De Robertis et des autres, Nicole Davidson avait choisi le silence. Accablée par la déception, Maiko s'était sentie rétrécir, devenir une toute petite fille flottant au centre de son propre corps. La petite Maiko s'agitait dans tous les sens, lançait des appels au secours muets depuis l'intérieur de son enveloppe physique devenue étanche et impassible.

Recroquevillée dans un coin de sa chambre, elle empoigna le haut de sa perruque blonde à pleines mains, tira dessus et la balança sur le lit. « De toute façon, je suis invisible. Plus besoin de tout ça », dit-elle à voix haute.

Puis elle se leva, enfila les premiers vêtements qui lui tombaient sous la main, cacha quelques billets dans son soutien-gorge et quitta le Morikawa Guest House. En face se trouvait la gare de Shinjuku, qu'elle traversa comme si elle était en apesanteur. Sur le dernier quai, un train s'apprêtait à partir. Elle y monta. Quand la plupart des passagers se dirigèrent vers les portes pour descendre, elle suivit le mouvement. Il était 21 h et le thermomètre affichait seize degrés. Sans avoir la moindre idée de l'endroit où elle se trouvait, flottant dans une robe d'été, elle se mit à déambuler dans les rues multicolores.

Au détour d'un édifice aux enseignes clignotantes, la porte d'un club s'entrouvrit, laissant échapper quelques pulsations de basses. Elle s'y engouffra, longea un tunnel éclairé par des bandeaux lumineux rose vif et atterrit dans une salle d'environ cent mètres carrés. Pile en face d'elle, sur un podium, trois DJ se démarquaient de la faune qui s'agitait sur la piste de danse par leur apparence sans artifices. Au-dessus de leurs têtes, des images kaléidoscopiques alternaient avec des photos en noir et blanc insolites. Ces projections se mêlaient au défilé des petits points lumineux reflétés par les boules à facettes. La musique emplissait l'espace du sol au plafond.

Elle se fraya un chemin à travers la masse. Les baffles puissants envoyaient des ondes qui entraient en résonance avec les palpitations cardiaques de chaque individu. Un magma humain avec son propre battement. Maiko entra dans une sorte de transe. Mais tout à coup :

— Bonsoir Maiko.

Son sang se glaça. Stan. Elle sentit son regard glisser sur elle. Instinctivement, elle visa le tunnel qui menait à la sortie.

— Je t'accompagne, tu as raison, on étouffe ici ! dit Stan à son oreille, d'un ton condescendant.

Lorsqu'enfin elle atteignit la porte, avant qu'elle n'ait eu le temps de recouvrer ses esprits, elle fut propulsée vers l'avant. Deux hommes l'attrapèrent, chacun par un bras, et la traînèrent jusqu'à une fourgonnette dans laquelle ils la firent entrer de force. Stan prit place à l'avant, à côté du conducteur. L'autre homme s'installa à l'arrière, lui ligota les poignets et la bâillonna.

Le véhicule démarra. Paniquée, Maiko suivit du regard le cortège d'enseignes lumineuses qu'elle percevait au travers des vitres teintées, mais bientôt ils quittèrent les rues animées. Plus d'enseignes, plus de repères. Après avoir roulé une vingtaine de minutes, ils prirent un virage sur la droite et s'engagèrent dans une ruelle étroite. Le chauffeur se gara sur le bas-côté, arrêta le moteur et sortit du véhicule avec Stan. Elle remarqua qu'il boitait. L'autre resta assis à l'arrière, impassible. Ils n'ont pas pris la peine de me bander les yeux, s'inquiéta-t-elle. Sa tête tournait. Comme elle aurait posé un pied à terre pour arrêter la course folle d'un tourniquet, elle accrocha son regard à l'angle de la rue. Les loggias d'un immeuble décrépit surplombaient le trottoir. Il y avait sur ces balcons tantôt des plantes vertes, tantôt un frigo, des photophores, une antenne parabolique, du linge qui séchait, une table et une chaise, un vase avec des fleurs fanées, un râtelier débordant de chaussures, trois lampions, autant de témoignages de vie. Affolée à l'idée que son existence s'achève bientôt, Maiko se mit à imaginer celle de chacun des habitants de ces appartements.

Les portières avant de la voiture s'ouvrirent. Ils redémarrèrent, parcoururent un dédale de ruelles puis s'immobilisèrent devant un immeuble délabré. Après l'avoir traînée à l'intérieur du bâtiment, les deux hommes relâchèrent un peu la pression. Précédés de Stan, ils la guidèrent à travers un corridor sombre, humide et nauséabond jusqu'à une chambre quasiment vide. Ça sentait le moisi et l'urine. La pièce était éclairée par un néon agonisant qui clignotait. Ils l'assirent sur un tabouret. Le plus grand des deux inconnus, celui qui boitait, lui arracha le ruban adhésif d'un coup sec. Stan prit la parole :

— Tu nous as donné du fil à retordre, ma jolie. Une vraie anguille !

Elle demeura muette, le regard rivé sur un coin de peinture écaillée. Ma jolie ? Les lèvres de Maiko se crispèrent. Elles brûlaient si fort qu'elle se demanda s'il ne lui avait pas arraché la peau.

D'un geste inquiétant de tranquillité, Stan sortit trois photographies d'une enveloppe et les posa au sol, devant elle. À ses pieds, des clichés du pauvre Gunter témoignaient de la détermination de ces monstres. Elle se retint de vomir devant l'image du corps mutilé. Toute sa face était tuméfiée, il avait du sang séché autour de la bouche et du nez, et ses mains… ils ont dû lui briser les doigts un à un, pensa-t-elle. Consciente que chacune de ses réactions pouvait leur permettre de prendre l'avantage, elle garda la peur, le dégoût et la rage bien au fond de ses tripes. Elle se contenta d'analyser les informations qu'elle pouvait tirer de ces images. Gunter ne leur avait pas parlé. Pas plus qu'à elle.

— Vous vous êtes sali les mains pour rien ! Ce pauvre homme était cinglé, articula-t-elle enfin.

— Peut-être ; mais toi, toi ma jolie, tu es loin de l'être. Et moi, me salir les mains, j'aime ça ! Mais tu le sais déjà, n'est-ce pas ?

En prononçant cette dernière phrase, la voix de Stan avait changé. Maiko sentit son corps se raidir. Elle avait déjà entendu ce ton grinçant. Il haussa la voix.

— Qu'est-ce que t'es allée foutre en Norvège ? Qu'est-ce que tu y as trouvé ?

Maiko demeura muette.

— Solberg. Où est-il ?

— Vous ne l'avez pas rattrapé ? répondit-elle, ironique, tout en dissimulant son soulagement.

Stan lui lança un regard corrosif. Elle resta de marbre.

— Assez, *Kurva* ! Arrête de nous prendre pour des cons et passe à table si tu ne veux pas finir comme Gunter et ton père !

— Tu bluffes.

Ces mots sortirent de sa bouche malgré elle. Le cliquetis du néon qui hésitait toujours entre la vie et la mort la narguait. Les deux Hongkongais étaient plantés devant elle, le regard de plus en plus insistant. Elle étouffait. La punition pour son effronterie ne se fit pas attendre longtemps. Un sourire en coin, Stan s'avança et lui envoya un coup de poing dans le ventre qui lui coupa la respiration. Après quelques secondes, elle releva la tête et lui cracha dessus. Les deux autres tentèrent de calmer le jeu, arguant que Tsai leur avait donné l'ordre de la maintenir en bon état tant qu'elle n'aurait pas lâché le morceau. En proie à la colère, Stan les ignora.

— Mauvaise attitude !

Il fonça sur elle et la frappa au flanc à plusieurs reprises, puis il attrapa son visage, serrant sa mâchoire inférieure entre son pouce et les doigts de sa main droite, se colla pratiquement à sa bouche et lui dit :

— Après tout ce que je t'ai fait subir, tu doutes encore de moi ?

Sa voix grinça de nouveau. Son haleine, sa façon de la garder immobile, à sa merci… La boîte de Pandore s'ouvrit. Elle crut sentir l'odeur âcre du matelas pourri dans lequel il avait maintenu sa tête enfoncée. Submergée par un flot de souvenirs ignobles, Maiko perdit connaissance.

Elle flottait dans les airs, à quelques mètres au-dessus de la forêt sombre. Plus loin, elle reconnut le lac qu'elle avait survolé tant de fois dans ses cauchemars ; l'étendue d'eau qui menait au néant, vide et froid. Soudain, l'horizon se troubla et, au-delà du lac, elle vit son corps, posé debout sur l'arête d'une falaise, funambule au bord du précipice. D'un seul coup, tout devint limpide. Elle vit la paroi abrupte se rapprocher à une vitesse vertigineuse. Elle en avait fini avec la fuite, elle devait se réapproprier son corps, maintenant, par effraction s'il le fallait.

Elle ouvrit brusquement les yeux, mais un voile laiteux l'empêcha de faire le point. Elle entendit la voix de son tortionnaire, lointaine :

— Alors, tu te réveilles ? T'en redemandes, on dirait.

L'image redevint nette. Une hargne incontrôlable s'empara d'elle.

— Depuis le début c'était toi ! Tu m'as droguée, tu m'as frappée, violée.

— Oui, oui, oui ! J'ai pris mon pied !

— Sale porc ! T'as besoin de ça pour bander, hein ! siffla-t-elle.

Stan leva le bras pour frapper encore mais le boiteux dégaina un pistolet qu'il posa sur la tempe de Maiko. Une tache de sang grossissait sur la jambe droite de son jean.

— Ça suffit ! dit-il sèchement tout en s'interposant entre Stan et Maiko.

— Où est Peter Solberg ? demanda Stan en détachant chaque syllabe.

— Je vais parler. Mais avant je veux voir le reste des photos.

— C'est pas toi qui décide, pauvre sotte !

— Si vous avez été bien renseignés sur mon compte, vous savez parfaitement que vous pourrez me torturer jusqu'à la mort, vous n'aurez rien de plus ! Alors maintenant, montrez-moi ces photos.

Stan, un rictus malsain aux lèvres, souleva le pan de son paletot et en ressortit l'enveloppe. Lentement, il l'ouvrit. Les pulsations cardiaques de Maiko accélérèrent. Il y avait dans ses yeux une lueur sadique. D'un geste dédaigneux, il laissa tomber les clichés au sol.

Maiko découvrit les images du corps de son père, couvert d'ecchymoses. Foudroyée, elle détourna le regard.

— Depuis quand Selma est-elle de votre côté ? demanda-t-elle en essuyant furtivement ses larmes.

Stan lui lança un regard vicieux.

— Je ne sais pas où est Solberg, abdiqua Maiko.

— Tu mens ! explosa Stan.

Puis il s'adressa au petit :

— On va la faire parler, cette petite pute !

Maiko profita de ce moment d'inattention pour essayer d'attraper l'arme. Cependant, avec les mains liées, elle ne réussit qu'à la faire tomber. Elle se précipita dessus mais ses tortionnaires furent plus rapides. Elle se retrouva plaquée au sol. Stan plaça sa main contre la nuque de Maiko, remonta jusqu'au sommet de son crâne et serra le poing. La tenant ainsi par les cheveux, il la guida, comme il l'aurait fait avec une marionnette, jusqu'à sa chaise. Le boiteux s'empressa de replacer son canon sur sa tempe et siffla entre ses dents :

— Tu tiens pas beaucoup à la vie, toi !

Stan reprit :

— Alors ? Tu ne veux pas parler ? C'est pas grave, tu as d'autres atouts. N'est-ce pas mes amis ? On est un peu déçus mais... les cœurs sont très demandés en ce moment, et en plus, si je ne me trompe pas, il te reste un rein ! D'ailleurs...

Il s'interrompit un instant pour s'approcher d'elle. D'un signe de la tête, il invita le petit à se joindre à lui. Il déchira d'un coup sec le dos de la robe de Maiko, s'accroupit et, lentement, passa son doigt sur la cicatrice. Le petit sortit son téléphone portable pour faire une photo. Le boiteux, son arme toujours pointée sur Maiko, eut un rire nerveux et s'adressa à Stan :

— Faut l'excuser ; il est un peu dérangé. Les cicatrices, les corps mutilés, ça l'excite.

— Je vois qu'on se comprend, répondit Stan. Ils ont vraiment bien rattrapé le coup à la clinique.

Il se redressa.

— Je suppose que Tsai acceptera ce lot de consolation. En tout cas, la dernière fois, il avait apprécié.

Le petit, qui était resté muet jusque-là, ouvrit la bouche. Il lança un regard au boiteux et, tout en brandissant un enregistreur gris, il dit :

— Shen-Wu…

Avant que Maiko ne comprenne ce qui était en train de se passer, Shen-Wu, retira doucement le canon de sa tempe, le pointa sur Stan et entraîna ce dernier dans une autre pièce.

Jess, penché devant Maiko, était occupé à défaire les liens qui enserraient ses poignets lorsqu'elle lui asséna un violent coup de genou dans la face. Il fut projeté en arrière et resta au sol, inconscient.

Lorsqu'il revint à lui, Shen-Wu se tenait au-dessus et le secouait.

— C'est bon ! Arrête !

— Putain, Jess ! Tu l'as laissée s'enfuir ?

— C'était pas vraiment mon intention, répondit Jess en se relevant, le nez en sang.

— Faut la rattraper !

— Laisse tomber. On ne la trouvera jamais. Ces monstres ont fait d'elle un animal traqué. Elle est passée maître dans l'art de disparaître. Occupons-nous plutôt de ce psychopathe de Stanislas ! T'en as fait quoi ?

— Attaché, bâillonné, dans la pièce du fond.

— Qu'est-ce qu'on fait avec les deux autres ?

— J'en sais rien. Je suis dans une sacrée merde !

— Déconne pas, Shen-Wu, c'était de la légitime défense. Comment va ta jambe, au fait ?

— Le garrot à l'air de tenir pour l'instant mais faut qu'on bouge vite, avant que je me vide de mon sang.

Jess ramassa son portefeuille qui gisait sur le sol.

— Elle a pris mon fric ! s'exclama-t-il.

— Ah, peut-être pas si innocente que ça, la gosse.

— Arrête, t'aurais fait la même chose à sa place, dit Jess tout en chargeant son portable avec une carte SIM.

— Combien ?

— Il y avait au moins cinq mille yens !

— Elle va pas aller bien loin avec ça.

— Elle a laissé la monnaie.

— Délicate attention ! railla Shen-Wu.

Jess lança un regard oblique à son compère et composa le numéro de Matthys.

— Dimitri ?

— Jess ! Alors ?

— On a de quoi faire tomber ces pourris, mais il y a eu quelques imprévus.

— Quel genre ?

— Genre deux cadavres.

— C'était pas au programme !

— Shen-Wu a été touché. On n'a pas eu le choix. Une chance que ce porc de Stanislas soit assez désaxé pour avoir mordu à l'hameçon.

— Il n'y a vu que du feu, n'est-ce pas ?

— On n'a même pas eu besoin de trop le baratiner.

— Je vous avais dit que Tsai avait l'habitude de changer de mercenaires à chaque opération.

— Pas étonnant, avec le job dégueulasse qu'il leur demande d'exécuter. Au fait, j'ai du nouveau pour votre cadavre de la décharge de Laeken. Un certain Gunter. J'ai que son prénom.

— Stanislas a avoué ?

— Oui, tout est dans la boîte. Très utile, votre gadget de James Bond ! Et en plus on a les images qui vont avec. Il y a aussi des clichés du père Saez. Je crois que vous pouvez arrêter de le chercher.

— Et la fille ?

— Elle a réussi à nous échapper.

— Comment est-ce possible ?

— Mais vous lui voulez quoi ?

— Elle a tout de même agressé six pauvres femmes !

— Et après? Elle ne leur a pas fait de mal, à ce que je sache. Vous pensez pas qu'elle mérite qu'on lui foute un peu la paix?

— Vous délirez, mon vieux!

— C'est votre avis. Dimitri, il faut qu'on bouge, Shen-Wu est de plus en plus pâle. Je vous transmets les coordonnées des entrepôts. Ne tardez pas trop à envoyer vos nettoyeurs. On se retrouve à Hong Kong. Débrouillez-vous pour tenir Tsai à l'écart, il vaut mieux éviter qu'il ait trop de temps pour s'organiser.

— Ne vous en faites pas, je m'arrange avec la police de Tokyo pour débarrasser tout ça avant que ça se mette à sentir et pour Tsai, soyez tranquille, la surprise sera totale.

Sur le chemin de l'hôpital, Jess vérifiait régulièrement que son coéquipier ne tourne pas de l'œil.

— Shen-Wu… Shen-Wu! Allez, raconte-moi, les gosses, comment ça va à l'école?

Le flic esquissa un sourire.

— Dis-moi plutôt, toi...

— Quoi?

— Cette gosse, son père est mort; qu'est-ce qui lui reste?

— Comment ça, qu'est-ce qui lui reste?

— Oui, elle n'a plus rien à perdre, plus rien à trouver. Elle va faire quoi d'après toi? Elle va aller où?

— Au soleil…

15. À chacun ses démons

Tokyo, 31 octobre 2004

Jean, pull. Aïe, j'ai trop mal ! Perruque, lunettes, foulard. Passeport… lequel ?

Il en restait deux. Deux identités sous lesquelles elle n'avait encore commis aucun délit. Margo Suarez et Tham Silang. Maiko dressa mentalement la liste des personnes qui connaissaient l'identité de Margo Suarez : la professeure Nicole Davidson, Stan, ses faux acolytes, et Fong. Ce dernier n'avait apparemment rien dit jusque-là et pour les autres, ils mettraient probablement un peu de temps avant de contacter leurs complices ripoux. Si elle se dépêchait, elle avait une chance de rejoindre la Chine en tant que Margo Suarez et de garder une dernière porte de sortie pour la suite.

Il lui fallait éviter l'aéroport de Tokyo, c'est là qu'on la chercherait en premier. Elle se décida pour Shanghai par le ferry.

Elle interrompit ses allers-retours frénétiques dans la chambre et se prit la tête entre les mains.

Elle attrapa les billets chiffonnés qu'elle avait volés avant de s'enfuir et les rangea avec les autres. 27 200 en tout. Ça devrait suffire pour l'hôtel et le voyage.

Le train reliant Tokyo à Kobe traversait une forêt. On aurait dit un serpent glissant entre les ondes verdoyantes de la plaine.

Assise dans l'un des wagons, apparemment absorbée par le paysage qui défilait, Maiko scrutait dans le reflet de la vitre les moindres faits et gestes des voyageurs autour d'elle. Potentiellement, ils étaient tous suspects. N'importe lequel pouvait l'avoir suivie. Elle était à la fois tétanisée et prête à bondir, attaquer ou s'enfuir. Son corps qui, quelques heures auparavant, ne ressentait plus, était maintenant transpercé par la douleur. Des sueurs froides imbibaient son t-shirt. Chaque mouvement faisait remonter par le col de son manteau les relents âcres de la peur.

10 h 30. Le train arriva en gare de Kobe. La navette pour le port passa devant des bains publics. Une douche ! pensa Maiko. Le bateau ne partait qu'à 14 h. Cela lui laissait une bonne heure pour se laver et changer d'apparence.

Après un bref passage dans le centre commercial d'Umie, elle se rendit aux bains. Une fois dans la cabine, elle retira son t-shirt trempé. Son flanc droit était couvert d'ecchymoses. À la vision des teintes bleu violacé, la douleur s'intensifia. Elle avala un cachet analgésique et se glissa sous la douche.

Elle ressortit du centre thermal transformée. Hormis la perruque, accessoire indispensable pour ressembler à la photo sur son passeport, tout avait changé. Sa valise remplacée par un sac à dos de randonnée, une casquette à grande visière sur la tête, un leggins noir sous un bermuda gris et un coupe-vent bleu terne lui donnaient l'allure de la parfaite globe-trotteuse. Ainsi, elle se fondrait facilement dans la masse des touristes qu'elle avait repérés sur l'embarcadère.

Quand le ferry prit le large, Maiko se sentit presque légère. Grâce aux cachets, elle n'avait plus mal. Mais les bienfaits de son passage providentiel aux bains ne durèrent pas longtemps. Lorsque le crépuscule céda la place à l'obscurité, elle fut prise de nausées. Elle dut courir aux toilettes, où elle passa la nuit. À chaque contraction de son estomac, elle avait l'impression qu'on lui enfonçait un poignard dans les côtes. Après plusieurs heures de calvaire, elle se demanda quel mal elle exorcisait et quels péchés elle expiait. Entre deux épisodes de vomissements, elle cédait la place à la première de la file d'impatientes qui s'était formée devant les W.-C. Finalement, une vieille dame lui apporta de l'eau et des serviettes puis l'emmena sur le pont pour qu'elle prenne un peu l'air. Épuisée et rassurée par sa présence, Maiko finit par sombrer dans un sommeil proche du coma.

Lorsqu'elle émergea, un tissu recouvrait son corps endolori et son sac avait été placé sous sa nuque. Autour d'elle, appuyés contre le bastingage, des passagers admiraient le jour naissant. Redressant péniblement la tête, elle chercha la vieille dame du regard, mais elle n'était plus là.

Sa bouche était sèche, amère. Elle se leva, chargea son bagage sur son dos courbaturé et se mit en quête d'une bouteille d'eau. Après avoir avalé un cachet, elle s'installa sur un siège du pont inférieur. Les questionnements de la nuit revinrent. Maintenant qu'elle avait les idées plus claires, les réponses lui parurent évidentes. Les maux qu'elle exorcisait étaient nombreux. Trop pour y penser sans replonger en enfer. Son père était mort. Voilà la conclusion de toutes ces années d'attente, de quête et de doutes. Des larmes emplirent ses yeux. Elle but quelques gorgées.

Elle passa en revue les hôtesses abandonnées inertes dans les toilettes des aéroports, pensa à Elias, Rune, François, à tous ceux dont elle avait accepté l'amitié et qu'elle avait dupés. Gloria et Jack doivent être inquiets. Nao et Maman me croient peut-être morte.

L'idée de se livrer à la police dès son arrivée à Shanghai lui traversa l'esprit. Ce serait le moyen d'en finir avec cette fuite insensée. Elle pourrait revoir sa famille, rassurer Gloria et Jack, ne pas les laisser endurer la torture de son silence plus longtemps. Mais ensuite elle devrait leur dire ce qu'elle avait découvert. Elle revit le visage de son frère, le jour où ce cauchemar avait commencé. Ses yeux qui avaient absorbé l'orage. Non ! D'abord, elle devait découvrir pourquoi. Obtenir les réponses que Solberg avait refusé de lui donner. L'Antarctique, McMurdo, c'est là qu'elle les trouverait.

Quelques heures plus tôt, à Tokyo

La porte de la salle des urgences s'ouvrit. Shen-Wu apparut, encombré d'une paire de béquilles et d'un plâtre qui immobilisait sa jambe.

— T'as une sale tête.

— Merci mon pote, la tienne n'est pas mal non plus.

— Ouais, mais moi j'ai du nouveau. Viens, on se tire d'ici. Pourquoi ça pue toujours comme ça dans les hôpitaux ?

Jess ouvrait la marche, tenant les portes pour son ami.

— On va où ? demanda Shen-Wu une fois à l'extérieur.

— Matthys nous attend à Hong Kong. Il nous a réservé des billets. L'avion décolle dans trois heures.

Shen-Wu s'arrêta net de marcher.

— Et Tsai, il nous attend pas, lui ?

Jess lui fit signe de se taire et de continuer à marcher. Arrivé à la voiture, il l'aida à s'installer et démarra.

— Tsai ne se doute de rien pour l'instant. Matthys a rassemblé une équipe fiable. Officiellement, ils sont sur une affaire de démantèlement de trafic de bijoux, avec des soupçons de corruption de l'un des agents de Mong Kok.

— Et officieusement ?

— Ils rassemblent des preuves. Matthys ne veut rien laisser au hasard.

— Donc je garde ma version officielle ? Je retourne au poste en pestant d'avoir dû écourter mes vacances parce que je me suis fracturé le fémur ?

— Exact.

— Et tu crois que Tsai va avaler ça ?

— On se fout de ce que Tsai va croire. De toute façon, le poste est truffé de micros et d'agents externes. Tant que son commissariat sera sous surveillance, il se tiendra à carreau.

— J'espère que vous ne sous-estimez pas son degré de folie.

Arrivés à l'aéroport de Tokyo, Jess rendit la voiture à l'agence de location, passa au guichet pour retirer les billets et appela Matthys :

— Shen-Wu est sorti du bloc. Nous arriverons à Hong Kong comme prévu. Et de votre côté ? Vous avez déniché votre taupe ?

— Ça avance. Mes soupçons concernant Rita se confirment. En mai 2000, elle a acquis un chalet sur la Côte d'Azur. Aucun décès dans sa famille entre 1995 et 2001, et ce n'est certainement pas avec son salaire d'assistante qu'elle a pu s'offrir ce luxe.

— C'est quand même pas elle qui renseigne Tsai ?

— Ce n'est que la pointe de l'iceberg. Pour l'instant je garde profil bas. J'accumule des preuves. Ça aura au moins eu l'avantage de me permettre de sortir de l'ombre. Fini l'enquête officieuse.

Une fois à bord de l'avion, Shen-Wu demanda à Jess :

— Et pour Maiko Saez ?

— Ils ont transmis sa fiche de signalement à tous les aéroports internationaux.

— Laisse-moi rire ! Ils pensent vraiment qu'elle est assez stupide pour se pointer dans un aéroport ? Bon, à part ça, tu m'as dit que t'avais du nouveau ?

— Oui. Grâce à une étrange lettre anonyme, Matthys a identifié un complice de Tsai.

Le boss d'une grosse compagnie d'import-export basée en Afrique du Sud. Il utilisait sa boîte pour faire transiter toutes sortes de saloperies pour le compte de Tsai, entre autres.

— Parfait ! Ils l'ont déjà arrêté ?

— Oui.

— Et il a balancé Tsai ?

— Pas encore, mais attends le meilleur. Le mec s'appelle Joshua Pieters.

— Pieters… Pieters, ça me dit quelque chose.

— Jade Pieters, la blonde canon, l'hôtesse de l'air.

— Merde alors ! C'est sa fille ?

— Sa femme. Et devine quoi, elle s'est évaporée ! Introuvable. Elle et son gosse, envolés dans la nature.

— Il faut qu'on retourne là où tu l'avais suivie, à l'immeuble de Kowloon.

— Y a rien là-bas. J'ai déjà envoyé Matthys. Y a que des appartements et aucune trace de la blonde ni d'un gamin blanc.

— Mais qu'est-ce qu'elle foutait là-bas, alors ? Pourquoi Tsai l'a-t-il interrogée à part ?

— À mon avis, ça ne concernait pas uniquement la fille Saez.

— Tu crois qu'elle marche avec eux ?

Jess haussa les épaules.

— Allez mon pote, faut qu'on dorme un peu. Dans six heures on atterrit.

Shanghai, aéroport international,
3 novembre 2004, 13 h 50

Le cœur battant, Maiko s'approcha du guichet d'enregistrement, et y déposa son billet pour Christchurch et le passeport au nom de Margo Suarez. L'hôtesse derrière le comptoir feuilleta le document, pianota sur son clavier, releva la tête, dévisagea Maiko, regarda de nouveau son écran et s'adressa à elle :

— Vous n'avez pas d'autre bagage, rien en soute ?

— Non, répondit-elle aussi calmement qu'elle le put.

— Et vous n'avez pas de visa non plus ?

— Non.

Maiko crut que ses jambes allaient se dérober sous elle. En jetant un coup d'œil vers les guichets alentours, il lui sembla que les autres files avançaient plus vite. Elle se mit à trembler.

— Quelle est la raison de votre séjour en Nouvelle-Zélande ?

— Tourisme.

— Le personnel de l'avion vous remettra les formulaires d'immigration une fois à bord. Voilà, mademoiselle Suarez, embarquement porte 23.

Une violente montée d'adrénaline lui redonna des couleurs aux joues. Elle saisit les papiers que l'hôtesse lui tendait et se dirigea vers le contrôle de sécurité.

Elle s'apprêtait à passer son sac aux rayons X lorsqu'elle entendit un homme ordonner: « Écartez-vous ! Laissez passer ! »

La peur au ventre, imitant la réaction des autres voyageurs, elle feignit un regard curieux vers la source de l'agitation. Des agents armés jusqu'aux dents écartaient la foule. Maiko était pétrifiée. Elle ferma les yeux.

— C'est votre bagage ?

Tous les muscles de son corps se raidirent.

— Mademoiselle… c'est votre valise ? insista la voix.

Les paupières toujours closes, Maiko sentit qu'on lui tapotait l'épaule. L'agent qui passait les bagages aux rayons réitéra sa question. Elle écarquilla les yeux.

— Elle est à vous ou pas, cette valise ?

— Non, ce n'est pas la mienne.

— Où est votre bagage ?

— C'est le sac à dos, là-bas, répondit-elle en le pointant du doigt.

— Alors passez sous le portique, récupérez votre sac et circulez ! On n'est pas au cinéma, ici !

Un peu sonnée, elle ramassa ses affaires. De l'autre côté du portique, elle vit une mère et sa petite fille courir affolées vers la valise en question : « C'est à moi ! Ne l'emmenez pas ! Ma fille a juste eu un besoin pressant.

— C'est ça, espèce de tarte. Toutes les dix minutes qu'ils l'envoient, l'annonce de pas laisser les bagages sans surveillance ! » marmonna l'agent grognon.

Hong Kong, au même moment

Jess préparait une soupe de nouilles au poulet dans la cuisine pendant que Shen-Wu et Matthys arpentaient son salon en récapitulant les derniers éléments de l'enquête.

« Bling ! »

Matthys reçut un message, qu'il s'empressa de lire.

— On tient notre fugitive ! s'écria-t-il. Stanislas a fini par parler à vos collègues de Tokyo. Il savait que Maiko Saez contacterait la professeure Davidson. Cette dernière lui a confié qu'une certaine Margo Suarez l'aurait abordée à la suite de sa conférence. Il n'a jamais prononcé ce nom pendant que vous étiez avec lui ?

— Non, il l'appelait « ma jolie ». Quel taré, ce mec ! cracha Shen-Wu.

— Mais si Stan et Tsai connaissait son nouveau nom d'emprunt, pourquoi Tsai n'a-t-il pas déjà lancé une recherche dans les aéroports ? ajouta Jess.

— Parce qu'il ignore que Stanislas a échoué et que nous le tenons, rétorqua Matthys. Parce que même si depuis le temps qu'il est sans nouvelles de lui, il doit bien se douter que quelque chose a mal tourné, il est coincé. Son commissariat est envahi par la brigade anti-corruption, tous les téléphones sont sur écoute, y compris son portable et sa ligne privée.

— Et alors, elle est où ? s'enquit Jess.

— À Shanghai. Elle a pris un billet pour Christchurch il y a deux heures. Elle vient d'enregistrer au check-in. Qu'est-ce qu'elle va chercher là-bas ? s'interrogea Matthys.

— L'avion a déjà décollé ? demanda Shen-Wu.

— Non, l'embarquement vient de commencer. Nous avons envoyé des hommes sur place pour l'intercepter avant le décollage.

Shanghai, 15 h 10

Maiko estima la distance. Trois mètres. Deux. Plus que cinq passagers avant elle et elle serait à bord du Jumbo 747 à destination de la Nouvelle-Zélande. Les talkies-walkies des agents de sécurité postés à l'entrée de l'appareil se mirent à cracher un message incompréhensible. D'un geste net, les deux hommes bloquèrent l'accès. L'un d'eux entra dans l'avion et demanda à parler au capitaine. Les passagers agglutinés dans la passerelle d'embarquement commencèrent à s'agiter. Les questions fusaient, provoquant un grondement sourd qui empêcha Maiko d'entendre ce qui se disait à bord. Après quelques minutes, l'homme ressortit et les voyageurs purent reprendre leur procession.

Quand ce fut son tour, consciente qu'elle s'engouffrait dans une voie sans issue, Maiko entra d'un pas chancelant. Tête baissée, elle tendit sa carte d'embarquement à l'hôtesse. Comme cette dernière ne la lui rendait pas, Maiko leva les yeux. Face à elle, une femme, à la peau claire, cheveux noirs, yeux noirs, scrutait son visage d'un air surpris. Avant qu'elle n'ait eu le temps d'élucider pourquoi ce regard lui semblait familier, la femme la saisit fermement par le bras et dit :

— Oh, vous êtes malade, suivez-moi !

Elle demanda à sa collègue de prendre le relais pour accueillir les passagers, l'entraîna vers les W.-C. de l'avion et la poussa dans la cabine avant d'ajouter :

— Reste ici, Eva. Je viendrai te chercher avant le décollage. Inutile de fermer à clé, je ferai en sorte que personne n'entre.

Elle repartit, laissant Maiko stupéfaite. C'était Jade ! Et d'après la conversation qui parvenait à ses oreilles à travers la porte, elle était en train de lui sauver la mise :

— Oui, il y a bien eu une Margo Suarez qui a embarqué, mais elle est ressortie.

— Comment ça ? Ils viennent de nous affirmer au gate qu'elle avait embarqué ! s'agaça l'homme avec qui Jade parlait.

— Vous avez dû la croiser dans la passerelle. Elle a oublié son portefeuille au Duty free.

Nous l'avons autorisée à retourner dans le terminal pour le récupérer.

— C'est pas vrai ! Mais vous êtes débile ?

— Je vous demande pardon, messieurs, mais quand nous avons reçu l'alerte, elle était déjà repartie. Je ne pouvais pas savoir.

— Remontez la passerelle ! Vérifiez l'identité de tout le monde ! Bloquez les issues du terminal ! vociféra l'homme.

Puis plus rien. Maiko retint son souffle. Une autre voix masculine retentit :

— Vous avez perdu la raison, Alicia? Qu'est-ce qui vous a pris de laisser ressortir un passager ? Heureusement qu'elle n'avait pas de bagage en soute en plus !

— Je suis désolée, commandant.

— Nous avons des protocoles, Alicia ! C'est pas pour rien ! Enfin, espérons qu'ils nous laissent décoller. Nous avons un créneau. Si nous le ratons, on ne partira plus aujourd'hui. Vous en porterez l'entière responsabilité ! conclut-il sur un ton sec.

Une porte claqua. Maiko ne comprenait rien. Pourquoi Jade prenait-elle tous ces risques ?

Le chef de cabine annonça dans les haut-parleurs :

« Boarding complet, fermez les portes
et cross check. »

Tapie au fond du minuscule W.-C., elle étouffait. Soudain la porte s'entrouvrit.

— Vite ! Mêle-toi aux passagers et prends place au 75F. Je m'occuperai de ton bagage.

Maiko se faufila entre les passagers qui tentaient de caser leurs effets dans les compartiments et se cala au fond de son siège.

« Chers passagers, bienvenue à bord
de notre Jumbo 747. Le décollage
est prévu d'ici une vingtaine de minutes.
Notre personnel de bord
va maintenant vous… »

Soulagées, Maiko et Jade échangèrent un regard. Bientôt, tout le monde fut installé. L'avion se mit en route vers la piste de décollage. Les hôtesses passèrent entre les rangs afin de vérifier que les ceintures étaient bien attachées, et chaque passager reçut une petite trousse contenant une brosse à dents et un masque de sommeil. En ouvrant la sienne, Maiko découvrit quelques articles supplémentaires : un somnifère et un bout de papier sur lequel figurait une adresse : « The Celt, Irish pub, Christchurch ».

Hong Kong, appartement de Jess, 16 h 20

— Comment ont-ils fait pour la rater ?

— …

— Et vous avez bloqué les issues ?

— …

— Continuez à chercher et tenez-moi au courant.

Matthys raccrocha en soupirant :

— Des bras cassés !

— Elle leur a échappé, n'est-ce pas ? demanda Jess.

— Je rêve ou tu viens d'esquisser un sourire ? s'indigna Shen-Wu.

Pour détourner la conversation, Jess sortit trois bières du frigo. Shen-Wu sirota quelques gorgées et reprit la parole :

— Vous êtes certain qu'elle se trouve dans l'aéroport ?

— Elle était enregistrée sur le vol Shanghai-Christchurch de 16 h. Il faut dépêcher une équipe sur place ! dit Matthys.

— Non, l'interrompit Jess. Elle brouille les pistes. À sa place, j'aurais pris un autre vol.

— Pour aller où ?

— Peu importe. Où on ne la cherchera pas ! Vous perdez votre temps à traquer cette gamine. Elle n'est pas dangereuse. On ferait mieux de rester concentrés sur Tsai et les ordures avec qui il trafique.

Le portable de Matthys sonna. Ce dernier s'éclipsa pour répondre. Shen-Wu en profita pour s'approcher de Jess et lui chuchoter à l'oreille :

— Je sais ce que tu essaies de faire.

Jess ne broncha pas.

— Tu la protèges.

Nouvelle-Zélande, Christchurch, le lendemain, 18 h 15

— Supplément de frites ?

— Non merci, ça ira, répondit Maiko en avalant la dernière bouchée de son hamburger.

Après avoir passé avec succès le contrôle d'immigration sous le nom Tham Silang et changé ses derniers euros en dollars néo-zélandais, elle s'était rendue directement à l'adresse indiquée par Jade.

Depuis leur rencontre improbable dans l'avion, des questions tournaient en boucle. Pourquoi l'avait-elle aidée ? Qui était-elle ?

Un peu inquiète qu'il s'agisse d'un piège, elle avait tout de même décidé d'aller au rendez-vous. C'était le seul moyen de comprendre. Elle l'attendait depuis plus d'une heure, lorsqu'enfin la mystérieuse Jade franchit la porte du pub. Maiko détacha son regard de l'écran de télévision qui diffusait un match de football. Jade se dirigea d'abord vers le bar pour commander un irish coffee et demanda à Maiko ce qu'elle voulait.

« Rien, merci, je viens de manger. » Jade prit place. Maiko la dévisagea.

— T'es jolie en brune !

— Merci, toi aussi. Je te préfère comme ça, naturelle.

— Qui es-tu, Jade, Alicia ou quel que soit ton vrai nom ?

— Ton amie.

Maiko ne put s'empêcher de penser à Selma.

— Pour l'instant je suis Alicia, poursuivit Jade. Et toi ?

— Tham, dit Maiko.

— Je suis contente que tu sois venue. J'avais peur que tu repartes. J'ai mis du temps, tu sais ce que c'est…

Maiko resta de marbre.

— Et tu repars quand ? finit-elle par dire.

— Demain après-midi.

Un groupe d'hommes en combinaisons bleues entrèrent et s'installèrent à la grande table ronde juste derrière elles. Ils commandèrent une tournée de Guinness. D'un coup, l'atmosphère feutrée du pub s'anima.

— Je comprends ta méfiance, Tham. Mais je crois que nous avons en commun plus de choses que tu ne le penses. Le lendemain de notre rencontre, à Johannesburg, c'est toi qui as renversé le chariot, n'est-ce pas ?

— Qui était l'enfant ? demanda Maiko.

— Mon fils. J'ai besoin d'aide, Tham. Et je pense que tu peux faire quelque chose pour moi.

— On y vient. Avec qui tu marches ? Les flics ou les autres ?

— C'est donc la police qui te recherche. Qu'est-ce que tu fuis comme ça ?

— Qui te dis que je fuis ? Peut-être que je suis juste un escroc ! Et peut-être que toi aussi ! Qui est Alicia ?

— Alicia est celle qui tient les démons de Jade à distance.

Le cœur de Maiko se serra. Elle se trouva soudain injuste. Cette femme avait agi comme une amie dès leur première rencontre.

— Je vais te raconter mon histoire, proposa Jade. À la fin, je te laisserai juge de ma situation. Si tu estimes que je ne mérite pas ton aide, on en reste là. Je ne te demanderai rien d'autre.

Elle marqua une pause. Autour d'elles, le ton montait. Les supporters des *All Whites* s'étaient agglutinés devant l'écran, scandant le nom des joueurs et insultant l'arbitre. À la table ronde, les pintes de Guinness s'accumulaient. Le plus fluet de l'équipe se faisait charrier par ses collègues. On entendait : « Vas-y gamin ! T'es pas une fillette ! » et les rires gras qui s'ensuivaient. Le jeune homme termina son verre cul sec, sous les encouragements de ses aînés.

Jade avança sa chaise pour s'approcher de Maiko avant d'entamer son récit :

— Je me suis mariée avec le directeur d'une entreprise d'import-export. Un soir, il y a environ deux ans de cela, j'ai surpris une conversation où il était question d'acheminer clandestinement des caissons réfrigérés depuis la Chine vers la Belgique. J'ai trouvé ça étrange et surtout, depuis la naissance de notre fils Kaï, mon mari était de plus en plus distant. Pour comprendre, j'ai engagé un privé.

— Des organes, c'est ça qu'ils transportaient dans leurs caissons, n'est-ce pas ?

— Oui. J'étais totalement paniquée. J'ai pensé que l'entreprise de mon mari ne tournait peut-être pas si bien, qu'il avait des soucis d'argent. J'ai décidé de lui en parler. Je me suis dit qu'ensemble nous trouverions une solution. Mais quand j'ai trouvé le courage d'aborder le sujet, sa réaction m'a glacé le sang.

— Parfois, les gens ne sont pas ceux que l'on croit, lâcha Maiko.

— Il m'a dit que finalement c'était bien que je sois au courant. Que nous allions faire équipe et que grâce à mon job, je pourrais même leur être utile pour les cas isolés. Deux jours plus tard, j'ai appris la mort du type que j'avais engagé. Le détective était mort dans un accident de voiture. J'ai épousé un monstre, Tham !

— Tu t'es enfuie avec ton fils ?

— D'abord je lui ai dit que je marchais avec eux. J'étais terrorisée, les idées se bousculaient dans ma tête, je n'arrivais pas à réfléchir. L'une des principales filières était à Hong Kong. Il fallait réagir, avertir la police. Mais des flics haut placés étaient impliqués dans leur trafic. Je ne savais pas vers qui me tourner. Le plus urgent était de mettre Kaï à l'abri. Pour cela je devais changer d'identité, trouver un endroit où vivre incognito. J'ai obtenu les faux papiers, deux passeports britanniques, et j'ai loué un appartement à Kowloon. Ensuite, j'ai emmené mon fils chez une amie à Londres. Il vit là-bas, en attendant que ma situation se stabilise.

— C'est chez elle que tu allais quand je t'ai croisée ce matin-là ?

— Oui. J'ai eu tellement peur que tu sois des leurs.

Maiko lui lança un regard entendu. Cette crainte était réciproque.

— Ce n'est que plus tard que j'ai compris que, tout comme moi, tu essayais juste de sauver ta peau.

— Pourquoi ? Que s'est-il passé ?

— Quand je suis arrivée à Londres, j'ai reçu une convocation. Tout l'équipage de la veille devait retourner à Hong Kong. La police nous y attendait pour nous interroger sur la disparition d'une collègue. Je n'avais plus le temps de rentrer à Johannesburg pour prendre le vol avec mes collègues. En arrivant, j'ai été prise en charge par un certain Tsai Ji Ling. Son nom ne me disait rien. En revanche, en le voyant, je l'ai immédiatement reconnu. Il figurait sur les photos que le détective m'avait remises. J'ai pensé que Joshua avait découvert mon plan, alerté ses complices et que j'étais prise au piège. Dès que nous nous sommes retrouvés seuls dans son bureau, le chef Tsai Ji Ling m'a fait comprendre à demi-mot que mon nom ne lui était pas étranger. J'étais tétanisée. Mais finalement, il n'a fait que poser des questions sur toi. J'ai alors compris que tu n'étais pas de leur côté.

— Et que lui as-tu dit sur moi ?

— J'ai brodé, lui assurant que tu étais plutôt timide, introvertie et inoffensive. J'ai hésité à lui parler de notre rencontre surprise du lendemain, mais je n'ai rien dit.

— Et ensuite ?

— Je me suis dit qu'il était plus prudent de changer de nouveau d'identité et d'apparence, surtout. Alors j'ai donné rendez-vous à mon contact dans mon appartement de Kowloon et quatre heures plus tard j'étais devenue Alicia Temper. Puis Jade Pieters a effectué un dernier vol : Hong Kong-New York, d'où elle a envoyé sa démission à la South African Airways. Après ça, j'ai expédié les documents que m'avait remis le privé à Interpol, avec une lettre anonyme.

— T'es aussi cinglée que moi, ma parole ! s'exclama Maiko.

— Je ne suis pas cinglée. Je veux sauver ma peau, et celle de mon fils !

— Où est-il maintenant ?

— Toujours à Londres. Mais tout est prêt. J'irai le chercher et nous pourrons commencer notre nouvelle vie. Il ne manque plus qu'un détail : des nouveaux passeports. Mais mon contact s'est fait pincer. En te voyant ce matin, j'ai agi sans réfléchir. Je ne sais pas vraiment qui tu es, quel est ton véritable nom ni ce que tu as fait. Crois-tu au destin, Tham ?

— J'en sais rien.

— Moi oui. Et j'ai besoin que tu y croies aussi, juste assez pour accepter de m'aider.

— Qu'attends-tu de moi ?

— Que tu me donnes ton contact. Il me faut ces passeports au plus vite.

Maiko tourna la tête vers la fenêtre. La nuit était tombée. Deux fossettes se creusèrent sur ses joues.

— Tu as peur de l'obscurité, n'est-ce pas ?

— Ils m'ont pris un rein, répondit Maiko, le regard évasif. Je t'offre une bière ?

L'expression de Jade passa de la stupeur à la tristesse.

— Volontiers, finit-elle par murmurer.

Maiko revint du bar les mains chargées de deux Guinness et d'un stylo. Elle dut faire un pas de côté pour esquiver le petit jeune de la table ronde qui titubait en direction des toilettes. La télévision était éteinte et des musiciens jouaient sur une scène. Absorbée par le récit de Jade, elle ne s'était même pas aperçue que le pub était maintenant bondé. Elle déposa le plateau sur la table et reprit place.

— Pas étonnant que des colis se perdent quand on voit dans quel état ils sont ! dit Jade en désignant les types de la table ronde.

Maiko fronça les sourcils.

— Ils bossent dans une entreprise de transport de fret, précisa Jade. Quand je pense qu'ils ont peut-être entassé des caisses réfrigérées contenant des organes volés !

Sans le savoir, elle venait de donner la solution à Maiko. Une employée de compagnie de transport de marchandises ! Voilà comment elle allait entrer dans la base du U.S. Antarctic Program de Christchurch. Elle déchira un coin de son set de table et y griffonna l'adresse de Fong, qu'elle tendit à Jade.

— Voilà. Je ne te garantis pas qu'il soit encore là. Mais si c'est le cas, dis-lui que c'est Stan qui t'envoie.

— Stan ?

— Oui. Il comprendra et t'emmènera dans l'arrière-boutique de son magasin de disques. J'espère vraiment qu'un jour tu me présenteras Kaï et qu'à mon tour j'aurai l'occasion de te raconter mon histoire. Pour l'instant, j'ai une dernière faveur à te demander.

Elle fut interrompue par l'un des hommes à la table ronde :

— Bon les gars, faut qu'on aille se coucher, demain on doit terminer le chargement du LC130 pour McMurdo. Que du matos cette fois, pas de passagers. Alors y a encore du job !

Le destin ! pensa Maiko. Elle déchira un autre bout de papier et y dessina un plan audessous duquel elle inscrivit deux adresses.

— Là, c'est chez mon frère Nao, il est muet mais il entend parfaitement. Et ça, c'est l'adresse de Gloria, une amie. Va les voir. Dis-leur que je vais bien, que je prendrai contact avec eux dès que possible. Ne leur dis juste pas où je suis.

En se levant, l'un des types fit basculer sa chaise en arrière. Cette dernière s'écrasa sur le sol dans un grand fracas qui fit éclater de rire toute la tablée. L'un d'eux s'esclaffa :

— T'as raison Georges, si on veut que ce pauvre Jamie ait le temps de cuver sa cuite avant de reprendre le job, va falloir le ramener chez lui. Qui s'y colle ?

— Moi, je le ramène. Il loue une chambre chez Maddie. À demain, les gars. Cinq heures tapantes au hangar.

Maiko ne pouvait pas se permettre de perdre la trace du dénommé Jamie. Elle prit les mains de Jade dans les siennes.

— Merci Jade. Merci pour tout ce que tu as fait pour moi. Tu iras leur dire que je vais bien ?

— Je vais essayer.

— Ah, j'allais oublier. Mon vrai nom est Maiko. Bonne chance, Jade.

— Bonne chance, Maiko.

Elle abandonna Jade et disparut dans la nuit. Il était minuit passé. La rue était encore bien animée. Jamie vomissait ses bières dans un carré de gazon à côté du gros Georges qui montait la garde, un peu mal à l'aise. Ils se remirent en route. Maiko les suivit à distance. Après un petit quart d'heure de marche, ils s'arrêtèrent devant une pension. Georges aida le gringalet à gravir les marches du perron.

— Où sont tes clés, Jamie ?

Le jeune homme tapota sa poche. Maiko, accroupie à côté de l'escalier, scruta les fenêtres au-dessus. Celle à l'angle du premier ne tarda pas à s'illuminer pour s'éteindre quelques minutes plus tard. Quand Georges passa le perron, elle se précipita sur la porte pour la retenir avant qu'elle ne se referme.

Elle monta au premier et, arrivée au bout du couloir, colla son oreille contre la porte. Jamie ronflait. Doucement elle tourna la poignée. Il gisait tout habillé sur son lit. Son collègue lui avait juste retiré ses chaussures. Elle s'approcha à pas de loup et du bout des doigts le poussa un peu. Comme il ne réagit pas, elle poussa plus fort. Toujours rien. Juste le tic-tac de son réveil qui rythmait ses ronflements. Il était réglé pour sonner à 4 h 30. Elle le débrancha, il fallait qu'il dorme jusqu'à huit heures au moins.

Elle ressortit de la pension, ses cheveux coincés sous une casquette, et le badge d'accès dans la poche de la combinaison bleue de ce pauvre Jamie qu'elle avait laissé en slip sur son lit. Elle l'imagina, à son réveil : en dépit d'un mal de tête atroce, il découvrirait avec ravissement les marques de rouge à lèvres sur son torse imberbe et trouverait sur sa table de nuit le petit mot qu'elle lui avait laissé :

Wow quelle nuit !
J'ai embarqué ton uniforme en souvenir...
See you darling
XXX Gina

— C'est toi, Jamie ?

Il était 4 h 30. La silhouette qui s'avançait dans la pénombre du hangar 141 de l'aéroport de Christchurch leva une main en signe de bonjour.

— T'es tombé de ton lit, ma parole ! Qu'est-ce que tu bricoles avec ce gros sac à dos ?

Le gardien braqua le faisceau de sa lampe torche en direction de Maiko, mais elle se faufila rapidement dans les vestiaires. À cinq heures, les autres employés de la compagnie de transport arrivèrent. Depuis le W.-C. où elle s'était enfermée, Maiko les entendait parler. Elle reconnut la voix du gros :

— Et Jamie, il est pas là ?

— Si, le gardien l'a vu entrer tout à l'heure.

— Ben il est où alors ?

Maiko se pencha au-dessus de la cuvette et enfonça ses doigts dans sa gorge.

— Bah, dégueulasse ! s'exclama l'un des gars.

— On commence sans toi, gamin. Rejoins-nous quand tu te sentiras mieux ! dit Georges en tapant un coup sur la porte.

Vers 5 h 15, la quarantaine d'hommes commença sa chorégraphie: un cortège de transpalettes et autres engins dont les gyrophares et les alarmes de recul emplirent le hangar de lumières multicolores et de bruits tantôt sourds, tantôt stridents.

À 7 h 15, les containers, les caisses et les cartons étaient chargés. Après un dernier contrôle technique des réacteurs et du train d'atterrissage, le pilote reçut l'ordre de fermer la rampe de chargement. Le ventre du LC130, qui cette fois ne devait transporter que du matériel, fut plongé dans l'obscurité la plus totale.

L'avion décolla à 7 h 45 pour un vol de huit heures et des poussières vers les plaines glacées de l'Antarctique.

16. Le bout du monde

Station de McMurdo, Antarctique,
5 novembre 2004

L'avion se posa sur la piste de glace et, dans un bruit assourdissant, les réacteurs freinèrent l'appareil. Quand ce dernier fut totalement immobilisé, les moteurs cessèrent de tourner, cédant la place au silence. Maiko retint son souffle. À l'ouverture de la rampe de chargement, une vague de froid lui gifla le visage. Cachée entre deux containers, elle cherchait comment justifier sa présence lorsqu'une voix de femme avec un fort accent espagnol rompit le silence.

— *Bueno chicos,* qu'est-ce que vous attendez pour monter ?

— Ben, c'est que je comprends pas trop ce qu'on fait là ? se plaignit un homme. Ils sont où, les gars de la logistique ?

— Je leur ai dit de prendre leur pause. La dernière fois, ils se sont mélangé les pinceaux avec les caisses, il a fallu trois jours pour que je récupère mon matériel. J'attends des échantillons importants.

— On va quand même pas décharger tout ça !

— *Jolines,* Jeff. Quel feignant tu fais ! Tiens, voilà le manifeste de chargement, les caisses qui m'intéressent sont celles-ci.

La femme entoura au crayon les numéros des colis en question sur la liste.

— Allez, il me faut juste des gros bras pour poser ces cinq box sur le transpalette. *Vale*? Leif, Jeff, Allan et Frank, vous avez l'habitude de porter, montez avec moi.

Ils commencèrent à décharger. La lumière pénétra dans l'habitacle, et la caisse derrière laquelle Maiko s'était réfugiée fut retirée.

— *Y esto que es ?!*

Maiko était pétrifiée. La femme s'approcha doucement d'elle.

— Qui es-tu ? Tu parles anglais ?

— Oui…

Elle se retourna pour appeler les autres avant de s'adresser de nouveau à Maiko :

— Tu n'as pas le droit d'être ici, tu le sais ?

« Ça alors ! C'est du jamais vu ! Y a un passager clandestin ! » s'exclama l'un des types. Un autre s'approcha, détailla rapidement Maiko puis dit :

— Sais-tu où tu te trouves ?

— McMurdo ? répondit Maiko qui soudain eut un doute.

— Donc tu n'es pas là par hasard, rétorqua l'homme tout en échangeant un regard avec sa collègue.

Maiko, paralysée, se rendit compte de l'absurdité de la situation. Aveuglée par sa fuite en avant, elle s'était embarquée pour une destination dont elle ignorait tout. Elle avait sauté sans filet.

— *Y ahora qué?* Qu'est-ce qu'on va faire d'elle ici? On peut pas débarquer comme ça sans prévenir! Tu imagines la tête de Kirsten quand il va savoir qu'il y a une clandestine sur la base?

— Clara… sois cool, regarde-la. Tu vois bien qu'elle est tétanisée.

— Nous aussi on va être tétanisés si on ne signale pas sa présence! C'est illégal! Mais d'abord, comment tu as fait pour entrer dans cet avion?

Maiko resta muette. La femme croisa les bras sur sa poitrine et fixa Maiko.

— Et qu'est-ce que tu viens chercher? Il n'y a rien ici! Rien d'autre que de la glace, de la neige, et encore de la glace!

Elle l'agrippa par le bras et l'emmena sur le quai de chargement.

— Regarde; est-ce que tu vois un hôtel? *No!* On est sur une base de recherche scientifique.

Maiko tremblante la supplia du regard. L'homme reprit la parole:

— Je peux l'accueillir pour cette nuit. J'ai un canapé. Demain, on pourra en rediscuter. Qu'en dis-tu, Clara ?

La femme soupira, hésita encore quelques secondes puis lâcha enfin :

— *Vale.* Si tu veux partager ton studio avec elle et surtout si elle est d'accord.

Elle se tourna vers Maiko en quête d'un signe approbateur et ajouta :

— Mais demain il faudra qu'on parle. D'ici là, je compte sur vous, *chicos*, pas un mot !

L'homme tendit la main à Maiko pour l'aider à porter son sac. Debout sur la passerelle de chargement, dans la lumière froide, elle vit leurs ombres allongées, immenses. Le vent glacial lui transperçait la peau jusqu'aux os. Elle fit trois tours d'écharpe autour de sa tête, ne laissant qu'une fine ouverture pour voir où elle posait les pieds, et descendit les marches de l'escalier.

À l'intérieur de la base, le corps cristallisé par le froid polaire et la fatigue, elle attendit que son bienfaiteur lui indique la suite des événements. Simultanément, elle s'efforçait de comprendre la raison qui avait bien pu le pousser à l'aider. Finalement, elle se retrouva assise sur un tabouret dans la cuisine. Il avait enclenché la bouilloire et tentait de rétablir un semblant d'ordre dans la pièce. Il remplit des bols dans lesquels il vida le contenu lyophilisé de deux sachets. Ensuite il enleva les miettes sur la petite table escamotable d'un coup de torchon et y déposa les bols de soupe. Pendant tout ce temps, il ne prononça pas un mot. Il prit place, regarda son invitée droit dans les yeux et lui adressa un sourire.

— Merci, dit Maiko.

— Tu vas rester longtemps ici ?

— Chez toi ?

— À McMurdo je veux dire, répondit-il en riant.

Maiko rougit.

— Je voulais rester jusqu'à la fin de l'été mais ça me semble compromis. Je crains qu'on ne me renvoie d'où je suis venue dès demain. Cette femme avait l'air vraiment en colère.

— Clara ? Elle est un peu caractérielle, mais elle a un grand cœur. À mon avis, tu l'as bluffée. Moi aussi d'ailleurs, je suis épaté. Entrer dans le hangar 141 et t'embarquer dans l'avion sans te faire attraper, chapeau !

— Tu penses vraiment qu'il y a une chance que je reste ?

Il haussa les épaules avant de répondre.

— McMurdo, c'est particulier. Soit tu es un scientifique et la seule chose qui t'intéresse, ce sont tes recherches, soit tu es venue pour fuir ou trouver quelque chose. Ici, personne ne pose de questions. Nous sommes là, un point c'est tout. Comme une sorte de loi tacite que nous respectons tous. Parfois nous voyons des journalistes, des cinéastes, quelques touristes avides d'extrême. Mais c'est vrai qu'aucun d'entre eux ne débarque clandestinement !

Maiko baissa les yeux. Elle n'était pas particulièrement fière de ses exploits. Tout ce qu'elle voulait, c'était trouver le contact de Solberg et comprendre, enfin.

Il ajouta :

— Laisse-lui la nuit pour réfléchir. Tu verras, demain Clara se sera calmée. Je la connais, si elle avait voulu te renvoyer, tu serais repartie directement par le même avion.

— Toi tu es là depuis longtemps ?

— Ça va faire deux ans que je vis ici. Je m'appelle Leif.

— Enchantée, Leif.

— Tu sais, quand quelqu'un te dit son prénom, en général, ensuite c'est à ton tour, plaisanta Leif.

Maiko hésita quelques secondes.

— Je m'appelle Tham.

— Eh bien, Tham, voici ton lit, laisse-moi juste le temps de me préparer un endroit pour dormir.

— Non, je peux dormir sur le sofa ! Je ne voudrais pas t'encombrer. C'est vraiment très gentil de ta part, tu ne me connais même pas.

— Ne t'excuse pas, c'est moi qui ai choisi de t'aider ! Pour cette nuit, tu dormiras dans le lit, je pense que tu as besoin de repos. Demain on verra.

Elle lui adressa un sourire reconnaissant et, à peine couchée, sombra dans un profond sommeil.

Maiko ouvrit les yeux, les referma puis les ouvrit de nouveau. Plusieurs secondes passèrent avant qu'elle ne comprenne où elle se trouvait. Lorsqu'enfin son esprit s'éclaircit, elle se redressa et regarda par la fenêtre. À l'extérieur, la lumière rasante semblait identique à celle de la veille. Impossible de deviner l'heure qu'il était. Leif n'était plus là. Elle se leva, s'approcha de la porte d'entrée et y colla son oreille. Rien, pas un bruit. Elle sortit. Un couloir menait à d'autres studios et au fond, à une cage d'escalier. L'endroit était totalement silencieux. Un peu inquiète, elle s'apprêtait à regagner la chambre lorsqu'un claquement de porte la fit sursauter. Immobile, elle écouta les bruits de pas dans l'escalier.

— Leif?

— Ah ! Vous êtes réveillée ! Bonjour Tham.

C'était Clara, avec son accent espagnol à couper au couteau. C'était une petite dame, un peu ronde, avec une immense chapka sur la tête, des Moon Boots, une doudoune rose pétant bien ajustée et une paire de moufles, qu'elle retira tandis qu'elle s'avançait d'un pas énergique vers Maiko en souriant. On aurait dit qu'elle débarquait d'une navette spatiale intergalactique, venue tout droit de la planète « Vitalix ».

— Bonjour…, balbutia Maiko.

— Tu as bien dormi ? Leif va arriver d'une minute à l'autre avec les croissants.

Même si elle appréhendait de l'entendre prononcer sa sentence, l'accent de Clara et son allure provoquèrent un rire intérieur dans la tête de Maiko. Cette femme était rassurante, Leif avait raison.

— Oui, merci ! Je me sens reposée.

— Leif est venu me voir tout à l'heure, on va parler un peu tous les trois.

Ils prirent le petit-déjeuner ensemble. Tout en trempant son croissant sec comme un bout de carton dans son café, Clara exposa la situation à Maiko, effarée par son débit de parole.

— Leif est d'accord pour partager sa chambre avec toi. Heureusement, car sinon tu n'aurais pas pu rester sur McMurdo. Avoir pris tous ces risques pour arriver jusque-là clandestinement et devoir repartir aussi sec, ça serait tout de même trop dommage, même si en fait je n'ai aucune idée de la véritable raison de ta présence ici. Sauf pour te cacher, mais il y a quand même des endroits plus accueillants et plus simples d'accès pour ça !

Elle s'arrêta net :

— T'as tué quelqu'un ?

Maiko écarquilla les yeux. Leif lança un regard noir à Clara. Mais avant que l'un d'eux ne réagisse, Clara se ravisa :

— Je veux pas le savoir. De toute façon, *eres buena persona,* je le sens. Si jamais t'as descendu quelqu'un, t'avais sûrement une raison valable. *Bueno,* maintenant il reste deux choses à éclaircir.

Clara s'assura que Maiko était bien d'accord de partager la chambre de Leif pendant tout son séjour. Elle ne put s'empêcher d'ajouter que vu sa gueule d'ange, il y avait pire comme conditions de vie. Ce qui mit Leif assez mal à l'aise et laissa Maiko perplexe.

— Parfait, parfait ! Il ne reste plus qu'à t'équiper. Leif, prête-lui des affaires, je vais l'emmener au dépôt pour lui trouver quelque chose à sa taille.

Il sortit son équipement de rechange qu'il tendit à Maiko. Pendant qu'elle achevait de s'emmitoufler, Clara arpentait le couloir devant la porte en parlant dans son talkie-walkie.

— …oui, deux cafés… *Vale,* on arrive.

Maiko était prête. Le temps qu'elle mette dans sa poche la clé que Leif lui tendait, elle dut courir pour rejoindre Clara qui était déjà quelques mètres plus loin. Pendant que Maiko faisait un pas, Clara en faisait trois et prononçait dix mots.

— Là, on est au troisième étage, autrement dit, tout en haut, et pas d'ascenseur, mais c'est mieux pour la ligne ! C'est la seule cage d'escalier. Tu vois, à chaque étage il y a une niche dans le mur, c'est un peu haut pour moi mais j'y arrive tout juste. Dans ces niches, il y a des lampes. C'est pour quand la génératrice tombe en panne. Normalement, il y a une lampe par personne ; si Jeff n'a pas oublié de ranger toutes celles qu'il a empruntées. Tu as déjà vu Jeff ?

— Heu... non.

— Il est super sympathique, mais un peu tête-en-l'air. Lors de la dernière panne d'électricité, il manquait trois lampes : elles étaient toutes chez lui ! C'est la porte à côté de celle de Leif. De toute façon, en été on n'en a presque pas besoin. Et là, c'est bientôt l'été. T'as vu ? La nuit n'arrive déjà plus vraiment jusqu'à nous. Mais attention, hein, on est loin des températures d'une station balnéaire !

Clara tira des deux mains sur la poignée de la lourde porte. Le vent glacial s'engouffra dans la cage d'escalier. Les deux femmes, éblouies, plissèrent les yeux. Une fois dehors, Maiko se retourna pour regarder le long bâtiment rectangulaire. Clara lui fit signe de monter dans le 4×4 garé juste devant, prit place au volant et démarra. Dès que la porte du véhicule fut fermée, tandis qu'elles filaient sur la route de glace, Clara reprit son flot d'explications.

— Ici, c'est la base de formation, et juste en face, la station mobile de recherches. Les responsables de tout ce vacarme, ce sont les Caterpillar que tu vois là. Mais tu verras, on s'habitue. Et là, c'est le hangar des gros véhicules.

Elles s'arrêtèrent au dépôt, d'où elles ressortirent une heure trente plus tard avec un équipement pour Maiko.

— *Casi dos horas* pour trouver un pantalon et une veste, c'est pas possible ça ! Ils ont pas les tailles enfant. Faut manger un peu plus, *niña* !

Elles étaient maintenant devant un bâtiment qui ressemblait à un chalet suisse. C'était le « National Science Fundation ».

— On y est, annonça Clara en garant la voiture. On se boit un café et je te ramène.

Elles s'installèrent à un coin du comptoir.

— Est-ce que je pourrais visiter le laboratoire avant ? demanda Maiko.

Clara la regarda par-dessus ses lunettes.

— Tu me prends pour une guide touristique ? Je ne suis pas en vacances moi. J'ai du travail.

— Juste le labo. Je ne dérangerai personne.

Clara jeta un œil à sa montre.

— *Vale*, mais après je te reconduis au studio de Leif. Et ne va pas t'imaginer que je vais m'occuper de toi tous les jours. Tu devras te débrouiller seule.

Clara déposa les tasses vides sur une desserte et, accompagnée de Maiko, se dirigea vers son poste de travail.

— Vous avez des binoculaires dernier cri ! s'exclama Maiko.

— *Claro!* Nous sommes à la pointe de la technologie ici.

— Et le séquenceur, où est-il ?

— Dans l'autre pièce. Comment tu connais ce matériel ?

Maiko lui confia qu'elle était étudiante en microbiologie moléculaire. Devant la mine surprise de Clara, elle ajouta :

— Mon mémoire porte sur les « archæas ».

— Mmmh.

— Je pourrais peut-être me rendre utile dans ce labo ?

— Pas question. J'ai pas envie de m'encombrer d'une apprentie. *Anda,* enfile ton scaphandre polaire, je te ramène.

Le lendemain, Maiko fut réveillée par les tambourinements de Clara contre la porte du studio.

— *Bueno, niña,* j'ai réfléchi. Je veux bien te laisser une chance de prouver de quoi tu es capable dans un labo. Habille-toi et rejoins-moi dans la voiture.

Maiko s'exécuta sans attendre.

Arrivées au foyer du « National Science Fundation », elles se dirigèrent vers une grande tablée et prirent place l'une à côté de l'autre. Les présentations pouvaient commencer. Devant la foule d'informations à enregistrer, le cerveau de Maiko commençait à surchauffer. Elle parcourut les visages des personnes présentes autour de la table, se demandant lequel d'entre eux était le contact de Solberg.

— T'en fais pas, dans quelques jours tu te sentiras en famille. Ici on ne s'encombre pas trop de barrières inutiles et la plupart des infos que cette survoltée t'envoie te paraîtront logiques, dit un géant en faisant un clin d'œil à Clara.

C'était Olaf. Peut-être lui…, pensa Maiko.

— Sa spécialité, c'est les étoiles de mer; pour le travail. Et les étoiles… du ciel pour le reste, dit Clara.

Il y avait sept autres personnes autour de la table dont quatre biologistes, deux informaticiens et un médecin. Pendant qu'elle buvait son café, Maiko tenta de coller les noms sur les visages. Olaf, pas de problème, avec sa barbe hirsute, sa crinière orange, ses yeux bleu turquoise et son allure de gros nounours, il était difficile de ne pas s'en souvenir. Il y avait aussi Jenny, la médecin. C'était une blonde aux cheveux courts avec de grands yeux verts pétillants. Ensuite, Allan, l'un des deux informaticiens. Pour le reste de l'équipe, elle retint quelques prénoms, mais n'était plus capable de les relier aux bonnes personnes. Mis à part Olaf qui, comme Clara, semblait friser la cinquantaine, et la médecin qui devait avoisiner les quarante, ils étaient tous étonnamment jeunes, entre vingt et trente ans au plus. Clara interrompit les réflexions de Maiko.

— Comme je vous l'ai dit tout à l'heure, cette jeune femme s'appelle Tham. Elle est étudiante en microbiologie moléculaire et intègrera mon équipe dès demain en tant que stagiaire pour en tout cas les quatre prochains mois. C'est juste ?

— C'est juste, répondit Maiko, un peu intimidée.

Tous lui souhaitèrent la bienvenue et ce fut la fin de la réunion. Ensuite, Clara l'emmena au laboratoire et lui expliqua brièvement les différents postes. Puis Olaf lui présenta ses travaux en cours. Vers 18 h, Maiko n'en pouvait plus. Olaf se moqua un peu d'elle mais ajouta immédiatement qu'il était impressionné par son endurance.

Quand elle arriva au troisième étage du bâtiment où elle logeait, elle entendit de la musique. Du bon rock, comme elle en écoutait avec Jack et Gloria. Le son provenait du studio de Leif. Elle avait la clé mais hésita. Finalement elle frappa. Il l'attendait avec une bière à la main. Un plat de spaghetti refroidissait sur la table. Il avait réorganisé ses affaires et libéré un peu d'espace pour sa nouvelle colocataire. Il lui proposa de garder le lit car pour lui cela ne faisait aucune différence. « Le canapé est plutôt confortable et j'ai déjà l'habitude, je m'endors souvent là. »

Une douche, une bière et une assiette de spaghettis réchauffés plus tard, elle tombait de sommeil.

En quelques jours, Maiko avait trouvé son rythme. Elle se rendait au centre de recherche tôt le matin et n'en ressortait que lorsque ses yeux se croisaient. Parfois, Leif partait en mission au moment où elle arrivait. D'autres soirs, leurs horaires coïncidaient. Leif était ingénieur du son. Grâce à des appareils très sophistiqués, qu'il était le seul sur la base à savoir faire fonctionner, il enregistrait le chant des baleines, les craquements de la glace, le sifflement des tempêtes, le grondement de l'eau. Maiko écoutait ses récits, enchantée.

Le visage de Leif s'éclairait quand il parlait de son travail. On aurait dit que pour lui, tous ces sons étaient de la poésie. Cela le rassurait de savoir que sous la stérilité apparente de ce manteau blanc, sous la froideur de la glace, il y avait la vie.

— Qu'est-ce que tu faisais avant de venir ici ? demanda Maiko en allumant une cigarette.

Il en alluma une à son tour.

— Je bossais pour une boîte de production de musique à Auckland.

— Ça devait être cool, non ?

— Oui, ça dépendait des jours.

Leif détourna le regard. Maiko, désolée d'avoir manifestement mis le doigt sur un point sensible, prit la guitare qui était accrochée au mur et la lui tendit.

— Joue-moi quelque chose, tu veux bien ?

Il saisit la guitare, plaça les doigts de sa main gauche sur le manche pour plaquer un premier accord, puis les retira et posa l'instrument à côté de lui. Il se servit un verre de rhum, tendit la bouteille vers Maiko : « T'en veux ? » Maiko déclina. Elle allait s'excuser de sa maladresse, lorsqu'il reprit la parole :

— Personne n'atterrit ici par hasard, n'est-ce pas ? On cherche tous quelque chose. La paix peut-être, ou l'oubli. Mais quoi que l'on fuie, ça nous rattrape.

Il ralluma une cigarette, se servit un autre rhum et continua :

— Il y a deux ans et demi, mes parents et mon petit frère sont décédés dans un accident de voiture. Mon frère bossait avec moi à la prod. Après sa mort, je n'arrivais plus à travailler. Chaque fois que je passais la porte du studio, j'avais l'impression qu'il serait peut-être là, à mixer des sons en m'attendant. Je pensais que c'était normal, le choc, qu'il me fallait juste un peu de temps. Après plusieurs mois, rien n'avait changé. Mes collègues et mes supérieurs se sont montrés compréhensifs, mais moi je ne me supportais plus. J'avais l'impression d'être mort en même temps que lui. Puis, il y a eu cette annonce. Un bout de papier qui traînait sur le bureau de mon patron. Un institut de Melbourne cherchait un ingénieur qui maîtrisait certains instruments de mesure et de prise de son pour une mission en Antarctique.

Maiko resta muette. Le visage de son père, puis celui de Nao et de sa mère s'imposèrent. Un frisson lui parcourut l'échine. Elle demanda d'une voix douce :

— Tu as trouvé la paix ici ?

— Parfois je me sens en paix, oui. Souvent même.

Sur ces mots, il reprit sa guitare. La tension avait disparu. Depuis ce soir-là, Maiko s'endormait régulièrement au son des notes jouées par Leif.

Maiko passait le pas de la porte du laboratoire quand la voix de Clara retentit :

— Bon travail, *niña* !

Elle étudiait les résultats de la recherche que Maiko avait achevée après plusieurs semaines d'efforts. Elle attendit que la jeune femme prenne place en face d'elle, puis lui envoya un regard approbateur par-dessus ses lunettes.

— Tu es prête ! Ce matin je t'ai inscrite au cours de survie. Tu as besoin de cette formation pour être autorisée à quitter la base de McMurdo.

Devant le regard mi-perplexe, mi-effrayé de Maiko, elle ajouta :

— *Reacciona mujer* ! T'as pas envie de partir en mission ?

Les épaules de Maiko retombèrent de soulagement. L'espace d'un instant, elle avait cru qu'on lui annonçait son départ de l'Antarctique. Clara leva un sourcil impatient.

— Alors ? Ça te dit ou pas ? Tiens, je t'ai pris un café.

Maiko rayonnait. Bien sûr que ça lui disait de partir explorer le bout du monde ! Clara l'avertit que ce n'était pas gagné d'avance. Une fois le cours de survie passé, il fallait encore convaincre Francisco, l'un des directeurs de recherches, que la présence de Tham sur les prochaines missions était nécessaire. Maiko essaya de se rappeler les personnes que Clara lui avait présentées, mais ce nom lui échappait.

— Non, ne cherche pas, lui tu ne l'as pas encore rencontré. Il se planque dans son labo personnel comme un vieil ours solitaire dans sa caverne. Ça fait trop longtemps qu'il n'a pas quitté l'Antarctique. Il ne vient jamais au café, ni au réfectoire. Lui, c'est les bactéries qui l'intéressent, pas les humains. Ça m'a pris des mois pour qu'il accepte de jeter un œil à mes travaux. Après, quand tu le connais, c'est un bon type. Et un biologiste brillant !

Elle réajusta ses lunettes, se pencha sur le rapport de Maiko et posa l'index sur un résultat.

— Étonnant… comment es-tu arrivée là-dessus ?

— J'ai croisé les données avec celles que j'avais d'un autre spécimen.

— Jamais vu ici ! D'où tu sors ça ?

— Tromsø.

— Ah, ce *sinvergüenza* de Solberg ! Moi je lui envoie mes trouvailles et ça fait des semaines que j'attends qu'il me réponde. Il garde tout pour lui.

Maiko se redressa brusquement. Clara était le contact de Solberg !

— Alors comme ça, tu as fait partie de son équipe ? demanda Clara.

Maiko maîtrisa son irrépressible besoin de poser mille questions. Se précipiter, c'était risquer de voir Clara réagir comme Nicole Davidson, Walter Levin et les autres. Patience.

— *Que te pasa niña ?* T'as avalé ta langue ?

Vers 18 h, la fin de la journée commença à se faire sentir. Même si les cycles jour-nuit n'étaient pas marqués par la présence ou l'absence du soleil, toute la station semblait réagir à un rythme biologique.

Les semelles à crampons mouillées grinçaient au contact du vernis recouvrant l'escalier en bois. Le frottement de son pantalon polaire s'intercalait entre celui des chaussures sur le sol, et à chaque marche Maiko avait l'impression de créer de la musique. Dehors il neigeait. Depuis le bout du couloir, elle entendit la guitare de Leif. Elle frappa trois coups à la porte, code dont ils avaient convenu, et entra.

— Tu te répares ?

— J'essaie en tout cas.

Maiko lui sourit.

— Un rhum, ça te dit? proposa Leif en visant la bouteille sur l'étagère.

Plusieurs verres et un paquet de cigarettes plus tard, Maiko, allongée sur le canapé, tentait de suivre la conversation, mais ses paupières se fermaient. Elle s'endormit au milieu d'une phrase.

Lorsqu'elle rouvrit les yeux, il y avait quelque chose d'anormal dans la lumière. C'était laiteux. Leif n'était plus assis dans le fauteuil. Elle se dit qu'il avait dû tirer les rideaux avant d'aller se coucher. Ses mains parcoururent frénétiquement la fenêtre opaque. Elle étouffait. Soudain, une vague de froid s'engouffra dans la pièce. Leif se réveilla. Stupéfait, il regarda Maiko qui grattait la neige et la glace collées à l'extérieur de la vitre.

— Tham! Ferme ça tout de suite! Il fait – 30 °C!

Maiko reprit ses esprits et s'exécuta. Son souffle était court. Elle resta figée, cherchant l'horizon. Les flocons formaient une masse dense qui ne laissait pas plus d'un mètre de visibilité. Leif s'approcha d'elle doucement et posa les mains sur ses épaules.

— Viens, tu es glacée.

Il retira ses mains délicatement et, sans la quitter des yeux, se dirigea vers la cuisine à reculons. Après quelques minutes, l'arôme du café embaumait la pièce.

— J'adore cette odeur, dit Maiko doucement.

— Quelle sorte de désert as-tu traversé pour ne pas sentir la morsure d'un – 30 °C ?

Il lui tendit sa tasse. Maiko but à petites gorgées. Contre la vitre, les flocons avaient recommencé à s'agglutiner.

— Bientôt la neige aura de nouveau tout recouvert, dit-elle.

— Ils annoncent ce temps pour les quatre prochains jours.

Maiko resta pensive, le regard scotché à la fenêtre.

— Toute cette neige assombrit forcément un peu le ciel mais le soleil est là, quelque part, juste derrière l'écran blanc.

À ces mots, le visage de Maiko se détendit.

— T'es pas moins cassée que moi, on dirait.

Encordés les uns aux autres, un seau sur la tête, le groupe d'apprentis-survivants bravait le vent et tentait de rejoindre à tâtons le point « B » désigné par Frank, l'instructeur.

Maiko aidait son camarade de devant à se relever, après qu'il avait glissé sur une plaque de glace pour la dixième fois, lorsque le sifflet retentit.

— C'est bon! Vous pouvez retirer les seaux.

Le souffle glacial emporta un gloussement général. Ils s'étaient retrouvés à l'opposé de l'endroit où ils étaient supposés se rendre. Frank laissa passer quelques secondes, puis, d'un ton sévère, s'adressa au groupe:

— Ça vous amuse maintenant, mais essayez d'imaginer un vent encore plus froid; oubliez le ciel bleu que vous avez au-dessus de vos têtes aujourd'hui et ajoutez les cristaux de glace qui vous transpercent les joues et le front.

Plus personne ne riait. Il poursuivit:

— Allez. Retour au point «A». Vous avez dix minutes pour mettre sur pied une nouvelle stratégie, et on recommence!

De retour à l'appartement, Maiko, éreintée par cette quatrième journée de cours de survie, profita de l'absence de Leif pour s'octroyer une longue douche. L'eau chaude raviva la douleur dans ses mains. Au creux de chacune d'elles, une cloque ouverte, provoquée par le va et vient de la scie, suintait. Elle avait passé les deux premiers jours de survie à tailler des blocs de glace pour construire des igloos.

Le lendemain, ce serait la visite médicale. Elle passa la main sur la cicatrice dans son dos. Elle allait devoir expliquer ça. La voix grinçante de Stan résonna dans sa tête. L'image du corps de son père… elle ferma les yeux pour chasser cette vision d'horreur. Nao. Son cœur se serra. Elle coupa l'eau. De toute façon, jamais je ne pourrai le leur dire. Ils ne s'en remettraient pas ! se dit-elle pour faire taire la culpabilité.

Elle sortit de la cabine en agitant sa main pour dissiper la vapeur qui avait transformé la pièce en hammam. Elle ouvrit grand la porte de la salle de bains et tomba nez à nez avec Leif, qui resta figé.

— Excuse-moi, je ne t'ai pas entendu entrer ! dit-elle, gênée, tentant de cacher ses seins d'une main et d'attraper une serviette de l'autre.

Leif, qui avait détourné la tête, lui en tendit une qui traînait sur le dossier du fauteuil. Elle la prit en ajoutant :

— Désolée… vraiment.

— T'es belle à crever avec tes cheveux trempés.

Il s'avança vers elle, droit dans ses bottes, avec son sourire franc et du soleil dans son regard. Du bout des doigts, elle parcourut son visage. Depuis ses yeux clairs, elle suivit l'arête de son nez, la peau fine des joues, le dessin que formait la naissance de sa barbe de deux jours, la ligne de la mâchoire jusqu'au menton, puis elle remonta sur sa bouche qu'elle effleura. Leif la serra contre lui, comme pour chasser la moindre trace de vide subsistant encore entre eux. Puis cette étreinte ne suffit plus.

Allongée dans le lit, blottie contre Leif, Maiko se sentait en sécurité. Comme si avant lui, ni la peur ni le dégoût n'avaient existé. Sous ses mains, chaque parcelle de peau effleurée se réveillait. Par ses caresses, Leif lui restituait son corps. Tant qu'elle resterait là, dans ses bras, plus rien de mauvais ne pourrait l'atteindre. Leif colla une oreille contre sa poitrine. Il écoutait les battements de son cœur. Elle se demanda s'il pouvait entendre sa douleur. Il bascula et attira Maiko vers lui. Il caressa son dos, parcourut sa colonne vertébrale et s'arrêta sur sa cicatrice.

— Tham… C'est quoi le souci avec l'obscurité ?

— La nuit c'est la mort.

On frappa à la porte. Leif hésita mais, comme on insistait, il finit par se lever et enfiler un caleçon. C'était Jeff.

— Salut !

Son sourire se mua en rictus lorsqu'il comprit qu'il tombait mal.

— Euh… désolé, je vous dérange… il te reste des cigarettes ?

Leif lui tendit un paquet qui traînait sur la table. Jeff fit un petit signe de remerciement et disparut dans le couloir.

Nue, assise sur une table d'examen, Maiko fixait le rideau blanc qui délimitait le box d'auscultation du centre médical. Jenny se désinfecta les mains. Stéthoscope autour du cou, elle plaça les branches dans ses oreilles et posa le petit disque métallique et froid sur la poitrine de Maiko :

— Inspire profondément… expire, inspire encore… Parfait, dit-elle en replaçant l'appareil autour de son cou. Tes résultats sanguins sont bons. Ton état de santé général aussi.

— Tu peux me parler de ça ? dit-elle tout en tâtant la boursouflure dans son dos.

— Ah ça, j'ai eu une infection rénale pendant mon adolescence. Ils ont dû me retirer un rein.

Jenny posa son index sur la cuisse de Maiko.

— Tu vois cette marque, là, au-dessus de ton genou ?

— Oui, répondit Maiko. Je me suis fait une entaille en jouant avec un canif quand j'étais petite.

— Une grosse entaille alors ! Quoi qu'il en soit, c'est lisse, régulier. Tu cicatrises bien.

Maiko, interdite, releva la tête et fixa les yeux verts de Jenny.

— La balafre dans ton dos ne ressemble pas du tout à ça, Tham. Ce n'est pas un chirurgien qui t'a opérée.

Maiko cherchait comment se tirer de cette impasse. Elle n'avait aucune envie que Clara ou le reste de l'équipe soient au courant. Même à Leif, elle ne voulait pas en parler. Jenny reprit :

— Tu n'es pas obligée de m'expliquer, mais je vais devoir le signaler à Clara. Je te laisse te rhabiller.

— C'est pas possible, ça ! Qui a laissé ces lamelles dans la cuve à coloration ? pesta Clara.

— Qu'est-ce qu'elle a aujourd'hui ? demanda Maiko à Olaf.

— Elle est contrariée. La mission est annulée, chuchota-t-il.

Clara se tourna vers eux.

— *No creas*, je t'entends, Olaf Andersen.

Maiko baissa la tête et reprit place vers son microscope.

Clara profita d'une pause-café d'Olaf pour s'asseoir près de Maiko.

— Jenny est venue me voir, que tu saches.

— Clara, je…

— *No te pongas asi, niña.* Même si j'aurais préféré que tu m'en parles, l'annulation de la mission n'a rien à voir avec toi. Ils annoncent des blizzards de plus de 180 km/h. pour les trois prochains jours. C'est le protocole de sécurité. C'est tout.

Après deux semaines de météo apocalyptique, les vents s'étaient enfin calmés et le ciel avait retrouvé ses teintes bleutées. Ces conditions climatiques plus clémentes avaient permis à Leif de partir rejoindre ses amis en

Nouvelle-Zélande pour le Nouvel An. Depuis qu'il avait quitté la station, Maiko comptait les jours. Treize, pensa-t-elle en se réveillant ce jour-là.

— *Hola, niña !* T'as des petits yeux, toi, ce matin ! s'exclama Clara en la voyant arriver.

— Hmmm…, marmonna Maiko.

— *Que pasa*? Le lit est moins confortable sans ton chéri, *a que si* !

Les joues de Maiko se teintèrent de rose. Clara l'avait dit sur le ton de la plaisanterie, mais elle avait raison. L'absence de Leif avait donné l'occasion aux vieux démons de ressurgir et de venir hanter ses nuits.

— Regarde sur ton bureau. C'est arrivé dans le cargo de ce matin !

Une enveloppe épaisse, portant l'inscription : « Personnel – Pour Tham », était posée sur le dessus de sa pile de statistiques. Maiko hésita par réflexe.

— *Bueno que*? Ouvre-la, *niña !* Je suis curieuse, moi !

L'enveloppe contenait un CD accompagné d'une lettre. C'était Leif.

Bonjour Tham,

Demande à Allan qu'il te file la clé du studio d'enregistrement, insère le CD dans le lecteur, mets un casque, ferme les yeux et écoute… Qu'est-ce que tu entends ? Dis-moi ce que tu vois, ce que tu sens…

XXX Leif

Elle leva des yeux éloquents vers Clara.

— Vas-y… mais ne tarde pas trop ! On a du boulot !

Après avoir écouté, elle se rua sur un bloc-notes et se mit à écrire :

Leif,

Je vois une forêt, luxuriante. Le tronc d'un arbre centenaire, les rais de lumière qui filtrent à travers ses feuilles. Il fait chaud et humide.

Ça sent la terre mouillée et les champignons.

Je sens la vie.

Ici le ciel est bleu. Hier Clara m'a emmenée chez Olaf. Il m'a fait visiter son observatoire personnel. J'ai eu droit à toutes les explications ; comment il a bricolé sa coupole, où il a trouvé le matériel, combien d'années ça lui a pris pour monter son mini observatoire astronomique. J'ai vu ses photos des étoiles. Il dit que ce sont des soleils. Des millions de petits soleils. C'est magnifique. J'aurais voulu que tu sois là.

Je t'embrasse

Tham

Elle plia la feuille de papier et l'inséra dans une enveloppe sur laquelle elle recopia l'adresse qui se trouvait sur le colis. Elle courut jusqu'à l'aéroport et, *in extremis,* atteignit l'avion qui s'apprêtait à repartir. Elle convainquit le pilote de poster le courrier dès son arrivée à Christchurch.

Quelques jours plus tard, Maiko reçut une nouvelle lettre de Leif.

> Tham,
>
> Quand tu liras cette lettre, je serai bientôt de retour à McMurdo.
>
> Il y a deux ans, en quittant Auckland pour le bout du monde, j'avais l'espoir de trouver les réponses à des questions que je ne parvenais même pas à définir. Te rencontrer a donné un sens à tout ça.
>
> Je suis impatient de te retrouver. L'odeur de ta peau me manque…
>
> XXX Leif

17. Des millions de soleils

22 février 2005

— Je double la mise.

— Tu bluffes. Je suis.

— Moi je me couche. Attention à toi, Tham, Allan a une veine de cocu au poker.

— Je suis aussi, annonça Jeff. Vas-y, montre, je suis sûr que t'as rien.

Allan abattit ses cartes. Full aux as.

— Merde alors! Comment tu fais, mec? s'exclama Jeff.

— Des années d'expérience, répondit Allan tout en ramassant le tas de cigarettes qu'il venait de gagner.

Maiko jeta un œil inquiet vers la fenêtre. Pour la première fois depuis son arrivée à McMurdo, le soleil avait disparu sous la ligne de l'horizon. Leif passa un bras autour de ses épaules.

— Bon les gars, nous on va y aller, on se voit demain. Merci pour la soirée, lança-t-il en quittant le studio, accompagné de Maiko.

Leurs respirations s'accélérèrent. Dans l'obscurité, Maiko s'abandonna à la vague de plaisir qui la submergea.

Leif s'endormit en la serrant contre lui. Lovée au creux de son corps, elle savoura le calme qui les enveloppait.

Vers quatre heures du matin, Leif se réveilla. Il trouva Maiko, le front appuyé contre la fenêtre, observant le dégradé rose-orangé du ciel.

— Qu'est-ce que tu fais ? grommela-t-il.

— La nuit est déjà finie.

— Tham, il est quatre heures du matin. Viens te coucher.

— Je vais devoir partir pour un temps.

— Qu'est-ce que tu racontes ?

— J'ai des choses à régler, Leif.

Si leur amour surpassait ce qu'elle avait vécu jusque-là, il ne résolvait pas tout. Elle avait l'impression de tricher, d'être une usurpatrice. Leif aimait Tham, mais qu'en était-il de Maiko ? Il lui avait ouvert son cœur, il avait le droit de connaître la femme avec qui il partageait ses secrets. Mais Maiko ne pouvait pas se dévoiler sans avoir réglé ses comptes avec les vieux fantômes. Maintenant qu'elle avait retrouvé la force de jouir de la vie, elle n'avait plus d'excuse. Nao, Maman. Elle devait affronter l'épreuve ; leur annoncer la mort de Juan.

Gloria, Jack, François ; ils lui manquaient tellement. Jade a-t-elle pu leur donner des nouvelles ? A-t-elle retrouvé son fils, construit une nouvelle vie avec lui ?

Et puis, l'été austral touchait à sa fin. Parfois Leif partait, plusieurs jours, en mission. Sans lui, sans sa force tranquille, impossible de traverser six mois d'obscurité. Même si abandonner son amour lui semblait insurmontable, elle devait partir.

Elle sentait le souffle de Leif, sa bouche qui parcourait son dos à un millimètre de sa peau.

— Reste..., supplia-t-il.

En arrière-fond, la radio grésillait. Il l'avait branchée pour avoir les bulletins météo en direct. Elle se retourna et l'enlaça.

— Tu passerais toutes les nuits ici ? Avec moi ?

— Toutes les nuits, tous les jours, tout le temps, murmura Leif.

Elle prit son visage entre ses mains.

— Sérieusement, Leif, tu ne peux pas me promettre ça ! Comment tu vas faire pour tes missions ?

Il se dégagea brusquement et répondit sur un ton sec :

— Je m'arrangerai pour être de retour tous les jours. Fais-moi confiance !

Il se leva, saisit le CD qui était rangé dans la bibliothèque et le brandit vers elle.

— Tu te rappelles ce que tu as ressenti en écoutant l'enregistrement que je t'ai envoyé ? Tu m'as écrit : « Je sens la vie ». Eh bien ces sons ont tous été enregistrés de nuit, Tham. La nuit, ça peut aussi être la vie.

Elle se leva, passa le t-shirt de Leif qui traînait sur le bord du lit et s'assit sur le canapé. Elle alluma une cigarette.

— Il faut que je te parle.

Elle commença par la disparition de son père, puis le mutisme de Nao, la drogue, l'amnésie, Gloria, Jack… Elle tenta de modérer son récit, mais le barrage avait sauté. Ses émotions, les secrets qu'elle avait retenus durant tous ces mois, se déversèrent en un flot incontrôlable.

— … et je suis arrivée ici.

Leif demeura silencieux. Après quelques secondes, il l'enlaça, la souleva et la porta jusqu'au lit. Vers trois heures du matin, ils s'endormirent, épuisés.

Le lendemain matin, Leif la réveilla doucement, lui tendant sa tasse de café.

— Je pars avec toi, dit-il. Laisse-moi juste une semaine ou deux pour m'organiser.

Maiko, encore engourdie, fut submergée par la joie. Elle n'avait même pas envisagé cette possibilité. Elle avait l'impression de rêver.

Quelques jours passèrent, puis l'euphorie céda la place à la réalité. Maiko allait quitter le bout du monde sans réponses. Hormis la teneur de ses travaux qui la rapprochait de plus en plus du but poursuivi par son père, plus aucun indice concernant la disparition de ce dernier n'avait surgi. Clara n'avait plus fait allusion à Solberg, et Maiko n'avait pas osé s'aventurer sur ce terrain miné. Elle risquait d'être démasquée si Clara réagissait comme Levin et les autres.

Le visage de Maiko s'assombrit. Et si ceux qui la poursuivaient la retrouvent, qu'adviendra-t-il de Leif ?

Leif passa la main sur son front.

— Tu fronces les sourcils. À quoi tu penses ?

— J'ai peur.

— Tu n'as rien à craindre. Je te protégerai. Tâte-moi ces muscles, plaisanta-t-il en bandant ses biceps.

Elle rit jaune.

— Maiko, je veux t'accompagner. Rencontrer ta famille, Gloria, Jack.

Leif l'embrassa avant d'ajouter :

— Si vraiment ils te recherchent toujours, ils s'attendent à ce que tu voyages seule. À deux on passera plus inaperçus.

— Tu as raison. Mais dès notre arrivée à Christchurch, je m'achèterai une perruque.

Hong Kong, 2 mars 2005

Son badge flambant neuf d'inspecteur du district de Mong Kok dans la poche, Jess appuya sur la sonnette en bas de l'immeuble.

— Oui ?

— Inspecteur Wang.

Au « clic » de l'ouverture automatique, Jess poussa la porte et gravit les marches des trois étages. Walaya l'attendait à l'entrée.

— Il est là ? demanda Jess.

En guise de réponse, elle l'invita à passer dans la cuisine. L'homme qui l'y attendait se leva et courba le dos en signe de révérence.

— Content que vous soyez venu, professeur Solberg.

Walaya termina de préparer le thé et posa une assiette de biscuits sur la table. Tout trois prirent place. Jess s'adressa au professeur Solberg :

— Comme vous l'a probablement dit madame Saez, nous avons retrouvé sa fille, Maiko, à Tokyo. Cependant, elle s'est enfuie avant que nous ayons pu l'interroger. Nous savons que les individus qui la traquent en ont après un dossier secret en lien avec les recherches de son père et vous-même.

— Comment pouvez-vous être au courant pour le dossier si vous n'avez pas questionné Maiko ? s'inquiéta Solberg.

— Vous confirmez donc que ce dossier existe, rétorqua Jess.

Solberg haussa les épaules, se gratta la barbe, et finit par acquiescer en soupirant.

— C'est Maiko qui l'a ? reprit Jess.

— Non, c'est moi. Je l'ai mis en lieu sûr.

— Les personnes qui s'intéressent à vos recherches pensent que Maiko connaît son emplacement. Tant qu'ils n'auront pas mis la main sur votre foutu dossier, ils ne la lâcheront pas. Ce sont de dangereux criminels. Le professeur Saez a déjà payé de sa vie. Si nous voulons revoir Maiko saine et sauve, vous devez me dire ce que vous savez. Le temps presse, professeur.

— Comment pouvez-vous affirmer que Juan Saez est mort ? Il a disparu mais son corps n'a jamais été retrouvé, à ce que je sache, s'exclama Solberg.

Jess adressa un regard compatissant à Walaya avant de répondre :

— Nous avons des images de son corps. Les photos sont en cours d'analyse, mais je doute que le professeur Saez ait pu survivre à de telles blessures.

Solberg promena ses doigts sur les motifs de la nappe en toile cirée.

— Peter, je t'en prie. Je ne supporterai pas de la perdre, elle aussi. Nao ne s'en remettrait pas. Dis-lui ce que tu sais, supplia Walaya.

Solberg prit une longue inspiration et posa sa main sur celle de Walaya.

— Juan est vivant.

Elle retira brusquement sa main et la plaça devant sa bouche. Elle étouffa un sanglot.

— Il est en Antarctique. Il poursuit nos recherches sur la base de McMurdo. Il y a un an, Maiko a débarqué dans mon département à Tromsø. Je ne savais pas quoi faire. J'ai longuement hésité mais j'ai finalement décidé d'en informer Juan. Cette nouvelle l'a bouleversé, mais quand je lui ai parlé du travail et des capacités de Maiko, il était fier. Il m'a demandé de la garder dans mon équipe, de la former, et de veiller sur elle. Tout se passait bien, jusqu'à ce que cette bande de vautours la localisent. Nous n'étions plus en sécurité à Tromsø, alors nous sommes allés nous faire oublier à Alta.

— Comment ont-ils su où elle se trouvait ?

— C'est Selma, l'ancienne secrétaire de Juan, qui a vendu la mèche.

— Selma ?! s'exclama Walaya.

— Maiko posait de plus en plus de questions sur son père et comme je ne lui apportais pas les réponses qu'elle attendait, je crois qu'elle est partie les chercher ailleurs. Du jour au lendemain, elle a disparu. J'étais dévasté.

— Pendant toutes ces années, tu savais qu'il était en vie et tu nous as laissé croire le contraire ! Comment as-tu pu nous faire ça,

Peter ? s'indigna Walaya, les joues baignées de larmes.

— Juan m'a fait promettre. C'était pour vous protéger.

Jess s'adressa à Walaya.

— Personne ne doit savoir que votre mari est en vie, madame Saez. Vous m'entendez ? Tant que nous n'aurons pas arrêté tous les coupables, et surtout, tant que nous n'aurons pas retrouvé votre fille, ces informations devront rester strictement confidentielles.

— Ah, c'est le moment des adieux ? lança Clara en voyant entrer Maiko dans le laboratoire.

— Oui, la jeep est chargée, on est prêts. Leif m'a déposée ici pendant qu'il passe saluer Allan et les autres.

— Vous êtes sûrs qu'il va décoller, l'avion ? T'as vu la tempête qu'il fait dehors ! On voit pas à plus d'un mètre, ça souffle fort aujourd'hui.

— T'as pas envie que je parte, hein ? D'après le bulletin météo, c'est passager. Ça devrait se dégager vers 21 h 30.

— Tu vas me manquer, *niña*.

Olaf fit irruption dans le laboratoire :

— Venez vite !

Elles rejoignirent le reste de l'équipe qui était agglutiné devant l'écran de télévision du foyer où un bulletin spécial de BBC News commençait :

« Différents laboratoires privés, dont la célèbre firme hongkongaise Celltrack-Labs, seraient impliqués dans une sordide affaire de trafic d'organes. Interpol, en collaboration avec des agents des polices de Hong Kong, Tokyo, Johannesburg et Bruxelles, travaille actuellement au démantèlement de l'une des plus importantes filières internationales. L'un des principaux accusés, Tsai Ji Ling, chef de la police du district de Mong Kok à Hong Kong, a été arrêté mercredi matin à son domicile. Son présumé complice, le docteur Yvan De Smet, directeur de la prestigieuse clinique Cécile, à Bruxelles, est soupçonné d'être l'une des têtes pensantes de ce réseau. Il est actuellement recherché par la police belge. Après l'audience de ce matin, le ministère public affirme qu'Yvan De Smet et Tsai Ji Ling auraient réalisé des bénéfices considérables par le biais de trafics de drogue, d'organes, et de réseaux de prostitution.

De son côté, l'avocat de la défense évoque des pressions subies par Tsai Ji Ling de la part des gouvernements hongkongais et espagnol. Dans son communiqué de presse, le procureur belge évoque des liens établis entre cette nouvelle affaire et celle qui mettait déjà en cause le laboratoire Celltrack-Labs dans la disparition du biologiste Juan Saez en avril 1995, et de sa fille, Maiko Saez, en janvier 2000. Des photographies attestant de la mort du professeur Juan Saez sont actuellement examinées afin d'établir leur recevabilité par la cour. Sa fille Maiko Saez demeure introuvable à ce jour.

Deux collaborateurs de la firme Celltrack-Labs ont été interpellés dans la nuit de vendredi à samedi alors qu'ils essayaient de passer la frontière chinoise. Actuellement en examen… »

— *Hijos de puta* ! Quand je pense qu'on a collaboré pendant des années avec ce labo !

Maiko, totalement affolée, saisit un talkie-walkie.

— Leif ! Où es-tu ?

— Je suis avec Jeff, chez Allan.

— Il faut partir, tout de suite. Viens vite !

— L'avion ne décollera pas. J'ai appelé la tour de contrôle, la tempête stagne sur nous, ça ne s'arrêtera pas avant 23 h.

— Non, c'est impossible ! Je dois prendre cet avion ! Le pilote changera d'avis, tu verras, viens, je t'en prie.

— Calme-toi. On partira dans quelques jours. Reste avec Clara, j'arrive.

— Ils ne doivent pas l'apprendre comme ça !

Maiko jeta le talkie-walkie sur la table, embarqua les clés du 4×4 d'Olaf qui traînaient juste à côté et fila vers la sortie.

— Tham ! Tham ? Réponds-moi ! crachait le talkie-walkie. Maiko ! Tu me reçois ?

Clara, perplexe, saisit le combiné.

— Elle est partie. *Que pasa aqui ?* J'y comprends rien !

— Elle est têtue comme une mule ! répondit Leif.

— Maiko ? demanda Clara à Leif sur un ton incrédule.

— Rattrape-la ! ordonna Leif.

— Impossible, elle a pris les clés de la jeep d'Olaf. Ma voiture est de l'autre côté du bâtiment.

— Bon, je vais la rejoindre à l'aéroport. Je pars avec Jeff. On reste en contact.

Clara raccrocha puis se brancha sur la fréquence de Francisco.

— Clara… vous avez vu les news, n'est-ce pas ? Je t'avais dit qu'il fallait la renvoyer sur le continent !

— Comment t'as pu la laisser croire que t'étais mort ?

— J'ai fait des choix ! Clara ! Dans la vie on fait des choix. On se persuade qu'ils sont justes car on a pesé, analysé, décortiqué chaque argument. J'étais convaincu d'avoir pris les bonnes décisions.

— Maintenant il faut partir chercher ta fille, si tu ne veux pas qu'on la retrouve congelée au printemps ! *Anda,* ramène-toi, Juan.

Le vent soufflait la poudre de glace qui s'élevait en tourbillons autour du véhicule. Le champ de vision était quasi nul. La jeep d'Olaf avançait difficilement. Des bourrasques la poussaient hors de la route balisée. Glissant sur les plaques gelées, rebondissant contre les congères, Maiko s'agrippait au volant. Les yeux rivés sur le cortège scintillant des cristaux dans la lumière des phares, elle tentait de discerner les piquets indiquant la route.

Après une vingtaine de minutes, au détour d'un tas de neige, les éclairages de la piste de l'aéroport apparurent au loin. Elle entama la descente. Grisée par l'espoir de convaincre le pilote de décoller, elle accéléra. La voiture dévalait la pente de plus en plus vite. Maiko fixait les projecteurs qui se rapprochaient. Elle ne vit pas la corniche. Elle entendit juste le fracas provoqué par la tôle froissée de la jeep qui s'encastra dans le mur de glace. Péniblement, elle releva la tête et distingua la fumée noire qui s'échappait du capot. Une sensation de tiédeur coula sur son visage. Sa vision se troubla. Elle ferma les yeux.

Leif lui apparut, marchant vers elle, une main en visière pour se protéger des aiguilles de glace projetées par le blizzard. Puis elle sentit son corps se soulever.

— Leif…, balbutia-t-elle. Il fait si sombre. J'ai besoin de voir le soleil. Emmène-moi au soleil, mon amour.

Comme quand elle était enfant et qu'elle s'endormait dans le sofa du salon, à la fois ennuyée et bercée par les discussions des adultes attablés juste à côté, Maiko s'était assoupie. Elle les entendait sans les écouter. La voix de Leif, celles d'Olaf, Clara, Jeff. La voix de son père.

Elle ouvrit les yeux.

Sous son regard émerveillé, des millions d'étoiles scintillaient dans l'obscurité du ciel austral. Juan avait ouvert la coupole de l'observatoire d'Olaf.

— Tu vois, Maiko, ils sont là, les soleils, des millions de soleils.

Remerciements

L'auteure remercie :

Audrey Bécart, Michel Molinari, Fritz Keller, Evelyn Calero, Pilar Molinari, Lilou Desmeules, Solal Desmeules, Lucrezia Pardi-Comensoli, Fabio Benoît.

Collection Zoé Poche
CHOIX DE TITRES

1 Amélie Plume, *Oui Émile pour la vie*, 1997

3 Maurice Chappaz, Jean-Marc Lovay, *La Tentation de l'Orient*, correspondance, préface de N. Bouvier, postface de J. Meizoz, 1997

6 Nicolas Meienberg, *L'Exécution du traître à la patrie Ernst S.*, trad. par U. Gaillard et L. Weibel, postface de D. de Roulet, 1998

9 Jean-Marc Lovay, *Polenta*, postface de J. Meizoz, 1998

17 Étienne Barilier, *Le Dixième Ciel*, 2000

23 Catherine Safonoff, *Retour, retour*, 2003

29 Matthias Zschokke, *Max*, trad. par G. Musy, 2004

33 Claude-Inga Barbey, *Petite dépression centrée sur le jardin*, 2006

36 Oscar Peer, *La Rumeur du fleuve*, trad. par M.-Ch. Gateau-Brachard, 2007

39 Adrien Pasquali, *Nicolas Bouvier, un galet dans le torrent du monde*, 2008

40 Amélie Plume, *Les Aventures de Plumette et de son premier amant*, 2008

41 Adrien Pasquali, *Le Pain de silence*, 2009

42 Metin Arditi, *La Chambre de Vincent*, 2009

43 Jean-Marc Lovay, *Aucun de mes os ne sera troué pour servir de flûte enchantée*, 2009

44 Robert Walser, *Nouvelles du jour, Proses brèves II*, trad. par M. Graf, 2009

45 Pietro Boschetti, *Les Suisses et les nazis. Le Rapport Bergier pour tous*, 2010

46 Friedel Bohny-Reiter, *Journal de Rivesaltes, 1941-1942*, 2010

47 Jean-Jacques Langendorf, *La Nuit tombe, Dieu regarde*, 2010

48 Claude Delarue, *La Mosaïque*, 2010

49 Blaise Hofmann, *Estive*, 2011, rééd. 2019

50 Catherine Lovey, *L'Homme interdit*, 2011

51 Catherine Safonoff, *Autour de ma mère*, 2011

52 Anne Brécart, *Le Monde d'Archibald*, 2011

53 Jean-François Duval, *L'Année où j'ai appris l'anglais*, 2011

55 Georges Borgeaud, *Le Soleil sur Aubiac*, 2012

56 Friedrich Glauser, *Le Thé des trois vieilles dames*, trad. par D. Renaud, 2012

57 Aude Seigne, *Chroniques de l'Occident nomade*, 2013, rééd. 2019

58 Robert Walser, *Le Territoire du crayon*, trad. par M. Graf, 2013, rééd. 2020

59 Ivan Farron, *Un après-midi avec Wackernagel*, 2014

60 Robert Walser, *Seeland*, trad. par M. Graf, 2014, rééd. 2020

61 Rose-Marie Pagnard, *Le Conservatoire d'amour*, 2014

62 Patrick Delachaux, *Flic de quartier*, rééd. 2014

64 Roland Buti, *Luce et Célie*, 2015

65 Blaise Cendrars, *J'ai tué* suivi de *J'ai saigné*, 2015

67 Alice Rivaz, *Sans alcool*, rééd. 2015, 2020

68 Nicolas Bouvier, *Histoires d'une image*, textes et 25 ill., 2015

69 Maurice Chappaz, *Testament du Haut-Rhône* suivi de *Les Maquereaux des cimes blanches*, 2016

70 Catherine Safonoff, *Le Mineur et le Canari*, 2016

72 Bessie Head, *Marou*, trad. par Ch. et N. Surber, 2016

73 Guy de Pourtalès, *Marins d'eau douce*, 2016

74 Robert Walser, *L'Étang* et *Félix*, 2016

75 Corinna Bille, *Emerentia*, 2016

76 Yves Velan, *Soft `Goulag*, préface de P. Antonietti, postface de Ph. Renaud, 2017

77 Max Lobe, *39 rue de Berne*, 2017

78 Ludwig Hohl, *Le Petit Cheval*, trad. par A. Moeri, préface d'O. Mannoni, 2017

79 Maurice Zermatten, *À l'est du Grand-Couloir*, préface de D. Jakubec, 2017

80 Nicolas Bouvier – Thierry Vernet, *Le Courrier, la courroie, ta bonne lettre*, Fragment de la *Correspondance des Routes croisées*, préface de D. Maggetti et S. Pétermann, 2017

81 Pascale Kramer, *L'Implacable Brutalité du réveil*, 2017

82 Anne Perrier, *Le Livre d'Ophélie et La Voie nomade*, préface de D. Jakubec, 2018

83 Georges Borgeaud, *Le Voyage à l'étranger*, postface d'A.-L. Delacrétaz, 2018

84 Charles Ferdinand Ramuz, *Aline*, introduction de D. Maggetti, 2018

84bis Bruno Pellegrino, *Comme Atlas*, 2018

85 Charles Ferdinand Ramuz, *Construction de la maison*, introduction de S. Pétermann, 2018

86 Charles Ferdinand Ramuz, *L'Amour du monde*, introduction de R. Cosandey, 2019

87 Charles Ferdinand Ramuz, *Une main*, introduction de G. Poitry, 2019

88 Maxime Pietri, *Chroniques gourmandes*, préface de H. This, 2018

89 Tendaï Huchu, *Le Meilleur coiffeur de Harare*, trad. par O. Ferrard, 2019, rééd. 2021

90 Noëlle Revaz, *L'Infini livre*, 2019

91 Robert Walser, *Histoires d'images*, trad. par M. Graf, 2019

92 Charles Ferdinand Ramuz, *La Beauté sur la terre*, introduction de Ch. Morzewski, 2019

93 Charles Ferdinand Ramuz, *Taille de l'homme*, introduction de F. Freudiger, 2019

94 Charles Ferdinand Ramuz, *Les Signes parmi nous*, introduction de G. Philippe, 2019

95 José-Flore Tappy, *Hangars*, avant-propos de Ph. Jaccottet, 2019

96 Roland Buti, *Le Milieu de l'horizon*, 2016, rééd. 2019

97 David Chariandy, *Soucougnant*, trad. par Ch. Raguet, préface de P. Chamoiseau, 2020

98 Nicolas Bouvier, *La Guerre à huit ans*, préface de S. Dupuis, 2020

99 Charles Ferdinand Ramuz, *Paris (notes d'un Vaudois)*, introduction de P. Assouline, 2020

100 Robert Walser, *Petite Prose*, trad. par M. Graf, postface de P. Utz, 2020

101 Oscar Peer, *Coupe sombre*, trad. par M.-Ch. Gateau-Brachard, préface de J. Meizoz, 2020

102 Charles Ferdinand Ramuz, *Posés les uns à côté des autres*, introduction de R. Mahrer, 2020

103 Madeleine Bourdouxhe, *À la recherche de Marie*, 2020

104 Bernard Comment, *Château d'eau et autres nouvelles*, préface de H.-U. Jost, 2020

105 Charles Ferdinand Ramuz, *Adam et Ève*, introduction de D. Hamidović, 2020

106 Max Lobe, *Confidences*, préface d'A. Mabanckou, 2021

107 Bruno Pellegrino, *Là-bas août est un mois d'automne*, postface de M. Audétat, 2021

108 Robert Walser, *Vie de poète*, trad. par M. Graf, postface de P. Utz, 2021

109 Gustave Roud, *Essai pour un paradis* suivi de *Pour un moissonneur*, préface de M. Desbiolles, 2021

110 Richard Wagamese, *Starlight*, trad. par Ch. Raguet, 2021

111 Charles Ferdinand Ramuz, *L'Homme perdu dans le brouillard*, Nouvelles I (1905-1911), introduction de D. Maggetti et S. Pétermann, 2021

112 Charles Ferdinand Ramuz, *Les Femmes dans les vignes*, Nouvelles II (1914-1921), introduction de D. Maggetti et S. Pétermann, 2021

113 Michel Layaz, *Louis Soutter, probablement*, préface de M. Thévoz, 2021

114 Roland Buti, *Grand National*, postface de C. Jaquier, 2021

115 Ella Maillart, *Cette réalité que j'ai pourchassée*, avant-propos d'O. Bauer, 2021

116 Nicolas Meienberg, *Maurice Bavaud a voulu tuer Hitler*, trad. par L. Weibel, préface de S. Michel, 2021

117 Charles Ferdinand Ramuz, *Le Lac aux demoiselles*, introduction de J. Meizoz, 2021

118 Aude Seigne, *Les Neiges de Damas*, postface de V. Rossignol, 2022

119 Marie Gaulis, *Le Royaume des oiseaux*, postface de L. Koutchoumoff, 2022

120 Sonia Molinari, *Ne pas laisser le temps à la nuit*, 2022

Achevé d'imprimer
en février deux mille vingt-deux
sur les presses de CORLET,
à Condé-sur-Noireau, France,
pour le compte des Éditions Zoé
Composition CW Design, Belgique